有度文化

张弛 著

鬼卡点

山西出版传媒集团　北岳文艺出版社

·太原·

图书在版编目(CIP)数据

鬼卡点 / 张弛著. — 太原：北岳文艺出版社，2024.1
ISBN 978-7-5378-6787-0

Ⅰ.①鬼… Ⅱ.①张… Ⅲ.①中篇小说—小说集—中国—当代 Ⅳ.① I247.5

中国国家版本馆 CIP 数据核字（2023）第 189122 号

鬼卡点

张弛 / 著

//

出品人
郭文礼

选题策划
刘文飞

责任编辑
刘文飞

装帧设计
FAJUN

印装监制
郭 勇

出版发行：山西出版传媒集团·北岳文艺出版社
地址：山西省太原市并州南路 57 号 邮编：030012
电话：0351-5628696（发行部） 0351-5628688（总编室）
传真：0351-5628680
经销商：新华书店
印刷装订：山西人民印刷有限责任公司

开本：787mm×1092mm 1/32
字数：216 千字
印张：8.375
版次：2024 年 1 月第 1 版
印次：2024 年 1 月山西第 1 次印刷
书号：ISBN 978-7-5378-6787-0
定价：59.80 元

本书版权为本社独家所有，未经本社同意不得转载、摘编或复制

目录

鬼卡点 001

起盗心 039

救风尘 099

爱辽阔 155

善　终 205

创作谈：与"娱乐文学"的角逐 255

鬼卡点

1

姜崇武看到前方那个卡点,看到那个像鬼魅一般在暗蓝夜色和浓重雾气之中挥舞着"停"字牌的警察时,他的心一下抽紧了。一股冰凉绝望的感觉瞬间贯注全身,好像掉进了冰窟窿里。他本能地松开了油门,任车子凭着惯性慢慢向那个警察滑过去。混乱的头脑里浮起了一个念头,事不过三,他的报应日到了!

他是在车子过黑水河的时候第一次浮起这个念头的。当时他硬着头皮,带着一股咬牙搏命的心理,小心翼翼地匀速地把车开上冰面。车至河心时,他隐约听见外面传来喀嚓一下,似乎是冰面开裂的声响。那一瞬间他心里一哆嗦,本能地点了一脚刹车。但他很快反应过来,如果骤然停车,整个车体的重量瞬间压在一块局部冰面,只能加大那开裂。他的脚颤颤地、悬浮着搭在油门上,保持适当的给油力度。车子略慢一瞬,又开始匀速前进。那是他第一次浮出这个念头,报应日到了!他在内心盲目地祈祷着,两手紧握着方向盘,眼睛死死地盯着前方河岸,岸边那鹅卵石密布的坡地和枯瑟瑟的树木越来越近……

车子上岸后,他略略松了一口气。他没敢停车向来路看,看一看河心的冰面上到底起没起裂纹。他也不知道是不是祈祷真的起了作用。他就这么驾着这辆破车,做着心惊胆战的白日噩梦从冰河上蹚过来了。难道神灵真的在保佑着他?难道他捅那狗日的捅得没错?噩梦又开始在头脑中翻涌,有几刀是噗噗地捅进去,没有什么阻力就没到了刀把。但有一刀,也许捅在了肋骨上,他感到坚硬的一顶,刀尖就滑向一侧,又是噗地一下进去了。他想不明白,那一瞬间他咋就那么疯狂,狗日的再坏,也不能下这么狠的手……现在全完了,时间是无法倒流的……他用力地晃着脑袋,把各种绝望恐怖的念头像鸭子抖水似的从脑袋里抖出去,没有意识到高度的神经紧张已经蔓延到身体的每个角落,他的脚板已经不知不觉踩紧了油门。

突然,一个毛团从车前的雪地中一晃而过,他本能地一脚刹车。山岭沟壑瞬间旋转起来,车子剧烈地晃动着,等他醒过神来,车头已经调过一百八十度,朝着来路了。车轮子就压在崖边上。他惊出一身冷汗,那个报应日的念头又一次浮上心头,他眼神空茫地盯着蹲在树林里的那个长耳毛团,半天才意识到那是只野兔。

此刻已经是第三次了,又到命悬一线的关键时刻了。他眼睛朝遮阳板上骨碌了一下,就恐惧地转去盯着那个越来越近的警察。他盯着那个警察右胯侧的部位。尽管御冬棉袄鼓鼓囊囊,但细看那个部位仍凸起一物,这和他预料的一样。他内心不由得一阵绝望。遮阳板后面的那把刀子,尽管有二十厘米,也不是那个东西的对手。在车停下的一瞬间,他闭了一下眼睛,一切都听天由命了。

笃笃笃的敲玻璃声迫使他睁开眼,他看到右侧车窗玻璃上紧贴着的那张脸。那张脸完全裹在一顶棉帽里,两片毛茸茸的大耳扇紧贴着脸颊一直裹到下巴,并用两根细棉绳紧紧地捆在一起。毛烘烘的耳扇包裹之中,那张脸孔显得异常狭小。但这一圈毛烘烘并不能带来暖和的感觉,警察哈出的热气在一圈茸毛上结了一层疙疙瘩瘩的霜球，连他那几天没刮的胡子以及眉毛上，都挂满了白霜。

"开门！快开门！冻死我啦！"警察在窗玻璃上笃笃地敲个不停。两只眼睛活像黑人的白眼珠，骨碌骨碌地转动着，打量着驾驶室里的角角落落，闪动着亢奋的光芒。那种古怪的笑容，仿佛对他的到来既兴奋又好奇，像个第一次见到汽车的原始人。

姜崇武不由自主地瞟了一眼遮阳板那里，估了估距离，一个念头一闪而过，放他进来。一旦有变，就扑过去把他抵死在右车门上，使他右胯侧的枪拔不出来，而自己的左手却能摸着那把刀……

"冻死我啦！他妈的零下35度，你知道吗？我在雪地里等了你整整半个小时……"

姜崇武的心骤然提到了嗓子眼儿，浑身肌肉绷紧，准备好那致命一扑。同时眼睛紧盯着已经坐在副驾驶的警察，看他有什么动作。

然而，警察的动作出人意料，十分松弛。只见他把两只手伸到暖风出口那里正面反面地来回烘烤着，烤热了就伸到脸上干搓着，黑脸上眼睛半眯着，显然十分享受。半天了才长吐一口气，道："你还在老鹰嘴爬坡时我就听见了，就跑出来接了。我还以为是老李上来了，他妈的，咋连着三天不见一辆车上来！"

他盯着警察，对方丝毫没有采取行动的征兆。对方不动，他更不敢轻举妄动，毕竟敌强我弱，不逼到绝路上……但是，老李是谁？路都断了他上来干什么？他弱弱地嘀咕了一句："你在等谁？路都断了……"

"路断啦？咋断的？"警察停止搓脸，睁圆眼睛诧异地问道。

"百尺崖雪崩，把路埋了。"他弱弱地答道，内心里期待着关于老李的下文。

"那你咋上来的？"警察笑脸没了，两个眼珠子略略鼓出来盯在他脸上，血丝像细小的网兜兜住那两颗眼珠，却兜不住从幽深处透射出的疑惑光芒。

他一下慌了，谎话没顾上编，实话就哆嗦出来了："我是……我是走的……走的战备公路。"

"战备公路？黑水桥十年前就冲垮了，你咋过的河？"

"河上结冰了。"

"好家伙，你胆子不小！老天有眼没把你沉到河底，让嘲骨鱼把你嘲干净！"警察脸上又浮起了笑意，捏出一支烟让他，他慌忙摆手，堆出一脸受宠若惊的谄笑。

警察兀自点上烟，深吸一大口，问道："命都不要了，急着干啥去？"

"我爸病了。"

"你爸在哪儿？在德青镇？"警察显然已经放松了怀疑，居然帮他打起草稿。

他赶紧顺杆爬，"是的，在德青镇做边贸生意。"

"嗯。"警察又长长地吁出一口烟气，接着长叹一声道，"还是儿子亲啊，提着脑袋来看爹。老李是绝对不会冒这个风险来接我的。他妈的，只有等路通了。"他把烟蒂扔底板上，抬脚狠狠地碾碎。

"你没带违禁品吧？"警察本来朝挡风玻璃外凝望着，忽然想起什么，扭过脸问道。

他一愣，一时竟吓蒙住了，眼珠子管不住地朝遮阳板一瞟。

"黄羊皮？猎隼？雪莲？"警察提醒着，略有些不耐烦。

他一下明白过来，松了口气，头摇得跟拨浪鼓似的道："没有没有！"

警察扭过身子朝后窗张望一番，皮卡车厢里空空荡荡，转过身来道："下车吧。"

下车？他又愣住了，心虚气短地问了句："下车干吗？"

"天黑了,你不住下你咋办?"

"我跑长途的,常开夜车。"

"那是在别处,这条沟里你敢开夜车?你知道这叫啥沟吗?"

"不是,不是叫怪石沟吗?"

"那是三年前开发旅游时才改的。原来叫死人沟,叫几百年了。"

他脑子里迅速闪回了来时那条路,那条路像飘带似的,在群山万壑之间盘绕拂动……黑水河上来之后车子打的那个旋,更让他心中一颤。

"哪天雪化了你再来看,沟里的骨头架子比公里桩还多,马骨头、骆驼骨头、狼骨头、人骨头,要啥骨头有啥骨头!"

警察两眼紧紧地盯着他,眼神里仿佛有所期待。

留不留下?他激烈地盘算了一番,觉得警察现在还没怀疑到他,如果硬要走……再加上自从出事,他已经三天三夜没睡觉,这一路逃亡又太过凶险,他有种身心俱疲、再也爬不动一步的感觉。

他听着警察的指挥,把车开向卡点的值班房。

2

姜崇武坐在行军床上,捧着警察泡的一罐头瓶热茶,两眼一直不敢离开警察。警察进来出去,不知在忙些什么。片刻,外面就响起吭哧吭哧的掘地声。他的心又悬起来了。掘地声一停,警察就从外面走进来。只见他走到摆着桌子——桌下堆着面口袋、油桶等一应杂物的那个角落里摸索了一阵,转身朝自己走来。他的右手里赫然握着一把匕首,匕首借着西窗进来的最后一抹天光,一晃一晃地闪动着寒冷油腻的光泽。姜崇武只觉脑中嗡地一响,就啥也听不见了,眼前只见警察持刀朝他一步步走近,目光交接时,警察脸上绽开古怪的一笑……那一刻如此漫长,无法用正常感觉度量，好在警察最后只笑望着他嘟囔了一句什么，就出门到外面去了。

一身冷汗激出，瞬间遍体发凉。耳朵恢复了听觉，外面响起一阵杂乱的足蹄踏动声。他放下杯子，轻步朝窗户挨过去，心提到了嗓子眼上。探头一看，见警察刚把一只黄羊扳倒，单膝跪压着，把羊头压到刚才掘的浅坑里。嘴里叼一捆细绳，两手捞抓着，就把三条羊腿搂到一起，右手取绳几个绕旋就把羊蹄捆成一束。接着，警察左手扳住羊角，把羊头扭向一边，脖子充分暴露出来。右手握刀，无名指和小指微微翘起，去脖子毛下边轻轻探摸了一下，然后扑哧一下，刀刃就滑进了羊脖子里。那三只捆起来的蹄子拼命要挣，却又挣不动，只一个劲儿地微微颤动着。唯有那只放开的蹄子使劲痛快地蹬着，但也只是徒劳地在地上刨起一道蹄印……姜崇武再也看不下去，脑子里全是出事那天的场景，他跟跄到床边，颓然坐下，沉重的脑袋再也支撑不住，不得不两手抱头支在膝盖上，混乱的念头像一群马蜂在脑袋里嗡嗡作响，此起彼伏。

"把磨刀棍拿来！"

外面传来警察的喊叫。他蒙蒙地站起来，在昏暗的屋子里转着圈，脑子里还在响着磨刀棍这个词，反应不过来是什么东西。

"就在墙角桌子上！"外面又传来警察的喊叫。

他蒙蒙地到桌边，拿起那根油腻腻的铁棍走出门。

他把磨刀棍递给警察的时候，头脑渐渐清醒。他察觉到警察的笑容似乎并无恶意，不像刚才看到的那么诡异。难道他只是宰羊招待自己吗？

他看着警察单膝跪地，用刀尖在羊的右后蹄上挑开一个小口，把磨刀棍伸进去搅动一番，待皮肉分离，把嘴对上去，腮帮子鼓圆猛往里吹。十几个回合，苗条的黄羊顿时四蹄伸直浑身圆胖起来。警察用刀尖从肛门处流利地一划，唰地一下直划到断脖茬处，好像拉开外套拉锁一般轻松流畅。然后肚腹处下刀,刀尖从皮肉之间划开、扩大,待剥离的皮子足够大,用手抓住十分得劲了,警察左手抓住皮往上揭,右手握拳从皮肉黏接处一下接一下用力往里捣……片刻工夫,一张羊皮就像脱毛衣似的脱了下来。

至此,姜崇武的头脑彻底清醒过来,忽然意识到,要命的敌人正在热情好客地宰羊招待自己呢!望着他那一副不亦乐乎的架势,一种热乎乎的受宠若惊的感觉,从冰冷的敌意、紧张和恐惧的缝隙之间渗了出来,在心中混合成一种从未品尝过的古怪、别扭的滋味,渐渐幻化为一片疑云:他为什么如此热情?难道有什么针对他的阴谋诡计在里面?

他试探着道:"警官,您不必这么麻烦,我带的有吃的,够咱们两个。"

警察夸着两只血手,掉过脸看着他道:"这只羊本来准备宰给老李的。狗日的不来,你来了。那就宰给你!我发过誓,谁来了宰给谁!"

见警察情绪颇佳,他得寸进尺,冒险试探:"老李,来干啥?"

"来替我呀!他来了,我就可以下山啦!"

他似乎明白了一点儿什么,心情放松了许多。

3

满满一大盘清炖羊肉,一人一海碗油花荡漾、葱末漂浮、透明青萝卜片若隐若现的羊肉汤,一茶碗酒香四溢的伊犁特。一切都在头顶上那盏牧区马灯黄黄的光晕笼罩之下。

"兄弟!你是我三个月来见到的第一个会说话的活人!这块好肉给你!"警察抓起一块肋条肉递到他面前,"尝一下,一寸肥一寸瘦,最好吃的部位!"

姜崇武努力控制着手抖接过那块肋条肉，当那层夹肥夹瘦、脂香四溢、回味甘甜的肋条肉被撕进嘴里时，稍加咀嚼就不禁一阵迷醉。加之肉汤的浓香随着热腾腾的蒸汽扑面而来，钻入鼻孔，一种热泪盈眶的冲动忽然袭来。他赶紧假借呛咳扭脸用手抹去。

在正式端酒碗之前，警察用刀子从那半扇肋条肉上割下一条两指宽、一巴掌长的肥油，把那条晶莹透明、宛如白玉的肥油用三根手指撮着，颤颤地递到他面前，脸上挂着神秘的邀请的笑容。他连忙摆手，堆起一脸抱歉的笑容。

警察一笑："你不懂，这可是好东西。"说着仰起脸，张开嘴，三根手指撮着肥油颤颤地悬吊在嘴巴上空，一个美美的吸溜，脸上呈现出无比满足的神情，然后神秘地笑望着他说："喝酒之前来上这么一块，护胃养肝。这还是我老婆传的秘方！看在咱们有缘的分上传给你。你怎么样？结婚了吗？"

他心尖上一颤，连忙摇头说："没有没有！"他要坚决避开这个话题，因为这话题会把他拉进那血腥的一幕。

"赶快结婚吧！有个女人真好！"警察冲他端起了酒碗。

这正是他想要的。为麻痹一下紧张的神经，也为了讨好警察，他夸张地一口喝下了半茶碗。一道火焰顺着嗓子眼一路烧到胃里，一股热辣的酒气直冲鼻腔和脑门，那种眼泪逼眶的感觉又一次袭来。不过，这次是一种挺舒服的感觉，像是被什么温暖了、感动了。那种温暖和感动就像温泉，把纠结在心中的紧张和恐惧给泡软了，泡化了。

他终于敢放胆直视警察的眼睛了。酒气支撑在心里，反而让他镇定了，清醒了。联想到警察见到他后的种种举动，以及他的那句"你是我三个月来见到的第一个会说话的活人"，他看出警察对他的到来充满了惊喜，眼神里充满了热情，甚至是渴望。

他那盯着警察的眼睛，仿佛专心倾听的眼神，显然是鼓励了警察的倾诉欲。憋了三个月的无数话语，开始滔滔不绝地从那张嘴里倾泻出来。

"年轻时喝酒经常胃疼，自从老婆给我传了这个秘方，喝酒再也没疼过。我在家里的时候，只要想喝酒，老婆必给我炖一锅清炖羊肉。有个女人真好！天天在一起的时候你可能不觉得，起腻发烦，甚至吵嘴打架，可是一个月没女人，你就会心神不宁、茶饭不香。三个月，你就会坐立不安，睡不着觉。"

他装出一副对男女婚姻一无所知的架势，好奇地望着警察的眼睛。

"其实我早想宰这只黄羊了。一看见它，就想起清炖羊肉。一想起清炖羊肉，就想起了我老婆。我当时想，老婆既然来不了，吃个清炖羊肉，也算和老婆见了半个面。可是这只羊炖不了，马想禄拦着不让！你知道吗？这只黄羊是马想禄养的。年初倒春寒那回，从老鹰嘴下面那条沟里捡回来的，当时还是个羊羔，差点儿冻死。是马想禄捡回来养大的。所以不算野生动物。马想禄不让宰，因为他吃得惯风干肉。他也不想老婆，他老婆早跟一个地毯贩子跑到乌鲁木齐去了。他心死了，把黄羊当老婆，吃风干肉也无所谓。我可吃不惯风干肉！风干肉炖洋芋，风干肉炖青萝卜，风干肉炖白菜，他妈的天天都是风干肉，顿顿都是风干肉……"

他想不到那个叫马想禄的警察居然也摊上这种事，居然也拿对方毫无办法。这让他心理稍稍平衡一下，但很快就引起一阵让人精神崩溃的悔恨之情。他眼睛虽然还盯着那张喋喋不休的嘴，可灵魂早已出窍，游荡到那场血腥事件中去。那一刀一刀扑哧扑哧捅进对方肉体时的感觉，灵魂附体似的重新回到他的身上，对方那张惨白惊恐、嘴唇哆嗦着的脸，逼真地浮现在眼前……只要再稍稍忍耐一下，只要不喝那场酒……可一切都太晚了，时间是不可能倒流的！今后的命运，要么绑到刑场上让人活活弄死，像那只黄羊一样，要么就这样永无宁日地东躲西藏下去！

他浑身发凉,有种万念俱灰、万劫不复的感觉……他用力地摇了摇头,强行把绝望恐惧的念头赶出头脑,端起碗把剩下的半碗酒倒进嘴里。一股热辣的酒气从心底一路升腾,那个一直支撑着他的念头也跟着酒气升腾上来,在头脑中弥散,他的灵魂稍稍安定下来,听觉又被警察的聒噪声占据:

"那些风干肉还是上一轮老戴他们在的时候晾的。你吃过风吹了两年的风干肉吗?红军长征吃皮带都比这个强!吃到最后,我对风干肉恶心到家了。有本书上说,一百多年前,埃及的文物走私贩子为了把木乃伊走私到西方国家,就把木乃伊藏在风干肉里,边境检查人员根本检查不出来。大量珍贵的木乃伊就这么和风干肉一起出口,按风干肉征的税!想起这件事,我再也吃不下风干肉了,看到风干肉就恶心想吐。可马想禄这老家伙还是天天都是风干肉,顿顿都是风干肉!不知风干肉吃多了还是怎么的,这家伙越长越像木乃伊,一张脸皮皱皱巴巴、毫无水分,就像一张揉皱的油纸,简直嘶啦一下就能揭下来!脑袋呢,秃了一多半,只在耳朵上面还有一小撮干枯的灰毛,额头上的皱纹一直延伸到头顶。嘴皮呢,就像两片药材公司收购的肠衣,一点儿水分都没有!尤其那两条瘦刮刮的黑腿,简直跟房梁上挂的风干肉没什么区别。自从因为宰黄羊的事与我发生争执之后,他再不跟我说话了。他本来就话少。你有时候看着他吧,就像个粗制滥造、皮包骨头的木偶在你跟前僵硬地走来走去,简直有种木乃伊复活的恐怖感觉!有天夜里,我半夜渴醒了找水喝,发现马想禄就在做饭的那个角落。他把一条腿放到案板上,手里提着斧头。我吓坏了,跑过去准备问问他干啥。只见他提起斧头就把案板上那条腿剁下来,我一看,断茬处毫不流血,毛毛的全是肉丝丝,就跟风干肉似的!我吓蒙了,问他这是干啥。他转过脸阴森一笑,说了句,风干肉没了。"

姜崇武听愣了，两眼直直地盯着警察，一眨不眨，一声不吭。警察看到故事把他镇住，洋洋得意，十分畅快，眼含神秘的微笑，盯着这难得的观众，鲜红的舌苗灵巧地探出来，将说干的嘴角舔弄了几下。也许这故事憋在心里几个月，守株待兔似的等待着他的听众，早已等得望眼欲穿。

警察又举起酒碗与他对碰一下，将碗中残酒一饮而尽。"你别害怕！只不过是我做的一个梦。这个地方待久了，大白天也会做梦，医生叫什么？幻视幻听？下午的时候，你这辆皮卡车硬是被我当成老李的那辆警用桑塔纳，一直开到眼前才发现不对！啥时候变成皮卡的？我真有些恍惚搞不清。"

他小心地插了一句："马想禄呢？"

"死了。"警察说，"高原心脏病回去后就发作了。我真后悔，不该让他回去。如果不回去，说不定现在还活着，可是他的幻觉很厉害，常把我当成黄羊，把黄羊当成他老婆。我都不敢穿黄衣服。他还嫌我，说我有梦游。就这样，我告他有幻觉，他告我有梦游，我们俩弄不到一块儿，领导就让他先下山了。现在我可后悔了！还是马想禄在的时候好，至少有个活人陪你。只要你说黄羊的好话，那你还有话可跟人说的。不像现在，只好自言自语。如果你听见我一个人说话，你可别见怪。那不算什么，只是……只是个小毛病。老戴他们说了，下山半年就好了。"说到这里，警察仿佛面带羞赧，望着他浅浅一笑。

听到这里，短暂的放松悄然退场。随着警察那喋喋不休的话语，诡异莫测、令人恐慌的氛围不知何时又笼罩了这间小屋。

盘子里的清炖羊肉早都凉了，油脂像蜡似的在肉块表面凝结了白白的一层，望之使人顿丧食欲。

"警官，时间不早了。要不，咱们都早点休息吧，明天一大早我还要赶路。"

"赶路？赶什么路？"警察从痴迷的回味中猛醒过来，诧异地瞪大眼珠子望着他，仿佛对这句扫兴话十分沮丧，甚至对他这始乱终弃的行为感到气愤。

"你看，羊还剩大半个呢！专门为你宰的！这可是马想禄的老婆！当心马想禄的在天之灵！你可是在死人沟里开车！"警察盯着他，腔调严厉起来。

他知道警察喝多了，不讲理了，先把他哄着睡下再说。

"警官，咱们先睡觉吧，明天的事明天再说。"

可警察没说够，不愿意。他赔着笑脸低三下四地哄了好几句，警察才嘟囔着同意睡觉，并且硬把他按在床上睡，自己躺在了沙发上。

他本来困倦已极，可是心里那件事让他怎么也睡不着。窗外寒风呼号，一想到自己龟缩在这崇山峻岭之间的漆黑小屋里，身背命案亡命天涯，吉凶未卜前路凶险，后悔和绝望又涌上心头。这时那个念头及时地升腾起来，强撑起他疲软萎靡的精神：他半生都在忍耐，半生都在窝囊，到了这件事，他是无论如何也忍不下去了！姓霍的如果把他老婆远远地拐走也就罢了，可是，这狗日的偏就这么公然挎着他老婆在县城里四处招摇。小小的安远县，低头不见抬头见。每次碰见，这狗日的不但脸无愧色，不躲不闪，还趾高气扬、昂首阔步，倒搞得他不得不拐弯躲闪！他再也忍不下去了！他再也活不下去了！打架他是打不过的，姓霍的是县城里有名的强人，周围有狐朋狗友围着，要想雪耻，要想活人，唯一的选择就是干了他！每次想到这里，他的脑子里就一片白热，仿佛有颗原子弹在里面爆炸……也许老天爷都是同情他、支持他的，他竟然顺利地把车开过黑水河，一路逢凶化吉地跑到这个卡点。警察居然也对他毫无怀疑。明天就可以逃之夭夭，鱼入大海。可是，警察真没怀疑到他吗？

他为啥挡住不让他走？他为啥热情得过了头？他想干什么？他的那种古怪笑容，到底隐藏着什么算计？各种念头在脑海里此起彼伏，纠结缠绕，直至后半夜才演变为模糊阴暗的重重梦境。不知过了多少沧桑岁月，黑沉沉的梦境中，如同矿井营救似的，忽然掘开了一丝丝光亮，使他略略清醒过来。那唤醒他的丝丝光亮，是黑暗之中钻进耳中的一点儿窸窸窣窣的声响。他睁开眼，在一片漆黑之中努力捕捉一点儿轮廓。可在这深山之中，停电的黑房子里，当真是一点轮廓都捕捉不到。他只听到极轻微的脚步声慢慢向门口移动过去，接着门开了一道缝，透进些微光线，随即合上。他想，是警察去尿了。门外寒风呼啸，但忽然，寒风的广大呼啸之中有个小而尖的类似哨声一掠而过。又过片刻，门一开一合，随后一切归于沉寂。他开始还在想那哨声是什么，但实在想不出个所以然。忽然想到警察喝酒时所说的，这地方容易起幻觉，或许是幻觉吧。他想，又沉沉睡去。

4

早晨，到值班室外一看，群峰耸立，白雪皑皑。阳光普照下，反射着耀眼的光芒。经过一夜寒风呼啸，白雪覆盖的山峦沟壑，仿佛结上了一层光洁的冰壳。那条盘绕飘拂的山路，也冻得坚硬发亮。

姜崇武遥望着那条路，愁肠百结地走向那辆破皮卡。正要打开车门发动时，忽听身后传来一声大惊小怪的叫唤："哎！你的车咋歪着呢！"

他抬头一看，正是警察，手朝车头部位指了指。他顺着方向看去，果然，车头看起来不平，略朝右侧倾斜一点。他狐疑地拐到右面向下打量，以为车轮陷在坑里了。可眼光一接触到车轮，脑子里轰地一下就蒙了。右前轮彻底瘪了！他一阵透心凉，想想那条结满冰壳的雪路，再加上这瘪了一个轱辘，关键时刻连方向盘都把不住的破皮卡，他明白是走不了了。

他脑子里电光石火一般，想起了半夜的那声哨音，又想起了昨天晚上他说要走时，警察的种种奇怪表现。他有点儿明白了，但这明白的后面，藏着更大的不明白：警察到底想干什么？！他不由自主地去偷窥警察的脸，不料警察的眼睛正望着他。他眼光哆嗦了一下就躲闪到一边，脑子里回放着刚才一瞬间的印象：警察半张着嘴，一副对此情况毫无准备的无奈模样。然而，细琢磨，警察的眼神深处，却潜藏着一丝微笑，流露出一种得逞之后的放松和满足。

难道警察已经知道他的事情？如果是这样，他早该动手了。他又瞟了一眼警察胯侧的部位，那个东西依旧鼓凸在那里。难道他觉得一个人势单力薄，要拖到同伙儿来了再动手？他不禁打了个寒噤。但随后一个声音在脑子里响起，不可能，不可能！警察说过，三天前（雪崩之后）就停电了。手机是没有信号的。他不可能得到山下的任何布控信息。他心里渐渐踏实下来。但旋即又想，即便如此，他也不能久留！

他不想再搭理警察，默默地蹲在瘪了的轱辘跟前，愁眉紧锁。

"有备胎吗？"身后传来警察关切的问话。

"没有。"他几乎不想搭理，勉强嘟囔了一句。

"那咋办呀？"

姜崇武不再吭声，琢磨着警察刚才的话音，因为他从中听出了一丝心虚。警察早知道没有备胎，那天检查时他就看见了，所以他才来了这么一手。他纯粹是明知故问。

姜崇武默默地吸烟，一声不吭，间或乜斜着眼看看警察。突然，他狠狠地把烟头踩灭，咬牙切齿地说："不行！我爸病得厉害！今天说啥得走！我把方向盘把紧点，开慢点！"

"哎，兄弟别冲动！别冲动！这可不是别处，这可是赶路客闻风丧胆的死人沟啊！你爸病得再厉害，你把命填进去也没用啊！要不这样，我先带你看看路，你再做决定！"警察一脸紧张，还带点儿乞求地望着他，生怕他耍二杆子硬要走。

其实他并没有这个决心，只不过发了恶作剧心理，突然想试探试探警察。他冷笑了一下，接着警察话茬道："那我就跟大哥去看看，这路到底怎么个险法？"

爬上那座五十米高的瞭望塔塔顶，他整个胸腔像个破风箱似的呼哧呼哧地捯着气，眼前一片黑晕。墨绿莹莹的天空上，太阳黯淡无光。他这才意识到高原缺氧的厉害。如果不是警察架着他，他真想立刻不顾体面地瘫在地上。他终于喘过来了。天空渐渐恢复了明亮的蔚蓝色。群山万壑雄浑开阔地展现在眼前，万千雪峰如同一座座银子打造的王冠，在阳光和蓝天的映衬之下，反射出璀璨夺目的光芒。多么辉煌灿烂的奇观！寒风射眼，他有一种想要流泪的感觉，如果不是那件事始终像铅块似的坠在心头，他真想留在这里，再也不走了。

"看！你要走的路，就在这山沟沟中间，像不像一堆让狗刨乱的麻绳，东甩一下，西绕一下，弯弯绕绕，没完没了……你开下去就知道了！"

警察在他耳边得意地聒噪，用手指点着那条重峦叠嶂之间时隐时现、时断时续的飘带。

"看！近处那条沟里，有一匹死马的骨头架子！看！那儿还有一匹死骆驼！"警察一边如数家珍地介绍，一边兴奋地把望远镜塞给他，右手急切地给他指点着，就像小孩子向同伴炫耀家中秘藏的宝物。

"看！有翻车摔死的，看那个挤扁的驾驶楼；有驮不动货物，活活累死的；还有饿极了互相吃掉的。看！还有人骨头，雪埋得看不清了！如果夏天来看，简直太震撼了！走几步一副，走几步一副，比公里桩还多。

今年入夏，西星公司想一年五万块钱把我的瞭望塔租下来，针对徒步冒险团搞旅游开发。我没答应，万一死了人，把我扯进去扯不清楚！"

他默默地用望远镜在警察指点的山沟里搜索着：冰冻不前的河流，高耸危立的岩石，山峦南坡如同万千军阵默默肃立的塔松林，银光闪闪的雪峰，都一刻不停地在镜头里晃动着。他的手冻僵了，再也端不稳那沉重的望远镜。白雪皑皑的沟壑之间，他更是分辨不出白色的动物或人的骨架。

"没看见？"警察在一旁不相信地问，脸上有种恨铁不成钢的表情。"你眼睛咋长的？你知道吗？这里叫望乡台，如果天气晴好的话，用那架老戴他们搞来的、闲得无聊看月亮的天文望远镜，一直可以望见安远县城。"

对此，他从鼻子里哼笑了一声。

"要么这样！跟我下到沟里去！"警察扯住他的袖子，脸上露出抬杠的神情。

"我信了你了，今天不走了，行了吧？"他拿开警察的手，无可奈何地说。

"不是让你看骨头架子，是跟我一块捞鱼去！今天晚上吃什么？难道还吃马想禄的老婆？"

警察从值班室提了一把镐，拿了一把火钳子，让他提一条塑料编织袋，里面装着一条羊腿就出发了。

他们沿着山坡上被人踏出的那条小道，慢慢地往沟里下。警察让他走在后面，踏着他踩过的脚窝走。不一会儿他的大腿就酸疼难忍，膝盖弯控制不住地打起颤来。他觉得只要一步不慎就可能滚下坡而死，后悔不该答应跟警察下来。他老觉得这个警察身上有一股神秘的无形的力量一直在纠缠着他。这股力量看不见摸不着，没有强制性，但却像蜘蛛织出的透明、柔软而轻盈的网,把不慎闯入的昆虫牢牢缠住,使之难以脱身。

他一路上思索着怎么才能给轮胎打上气,从这个卡点脱身。可在这荒无人烟的卡点,硬是想不出一点办法!想到急眼处,甚至想把车扔下不要了,步行下山。可马上反应过来,那只会引起警察更大的怀疑。况且,想赶到通外山口,路还长着呢。

"看!这是骆驼!"

不知不觉他们已经下到了沟底,警察正用脚踢着一排骨架。他哆嗦了一下,目光从那副白森森的骨架上飘忽而过。接下来,随着警察那不断地响起的"看!看!"的叫唤声,一副接一副白森森的骨架在视野中鱼贯而入。有一次,警察没用脚踢,轻声喊了句"看",就慢慢地蹲下来,用手小心翼翼地拨去浮雪。这时,他以为是鹅卵石的那颗骷髅头就从浮雪下慢慢显出真容。他第一次如此近距离地与一颗骷髅头对视,他忽然发现,骷髅那龇着牙的模样,真像是在嘲笑什么。那两个黑洞洞的眼窝,仿佛无底般深邃,从那深邃中透出的目光,仿佛大有深意。不知怎么,他突然想起了姓霍的,觉得姓霍的已经附体到骷髅头上,正借着骷髅头的一对儿黑眼窝深深地盯着他呢!他不禁打了个哆嗦。

警察点燃一根烟嘬了两口,小心翼翼地插进骷髅头龇着的那排黄牙的一个豁洞里,然后附耳低声说:"平常我也不迷信,但是要捞唧骨鱼,还真是心里没底!不说保佑,起码让他别跟咱为难。说实在的,如果不是你有缘人,我是绝对不会耍这个二杆子的!"

说话就来到一片宽阔的河面,河面都已结冰。那冰面有的地方发白,有的地方发青。发青的地方,隐约可见似有水在冰下暗流涌动。警察带着他,小心翼翼地尽量挑着白冰处走,但慢慢接近中间一大片发青的冰面。警察用镐尖使寸劲向冰面上掘去,"嘭!嘭!嘭!"几下,冰面凿裂了一个小破口,裂纹向四周略略扩展。警察低声指挥着他向后略退半步,一边脚下略略用力踏动,试探冰层的结实度,一边用镐尖小心将洞口扩大。大至脸盆大小,向后伸手,低声道:"羊腿!"他悬着心,将羊腿递过去。警察接过羊腿伸进冰窟窿里,半晌不见动静。他两眼紧盯着青黑色的、半透明的冰面,忽见有东西在冰面下倏忽往来蹿动,抬头望向警察,警察也正眼珠半凸、全神贯注地盯着冰窟窿。就在他屏息凝神、物我两忘之际,只听哗啦一响,警察猛地将羊腿从冰窟窿提起,只见羊腿上密密麻麻地挂着成串的小鱼,像一层银色的鳞片闪动。羊腿甩落在冰面上,一地银片子在冰面上蹦跳,个别小鱼还舍不得撒嘴,叼在羊腿上。警察手忙脚乱地用火钳子去冰上夹鱼,嘴里叫唤着:"打开打开!袋子打开!"他赶紧撑开袋口迎向警察的火钳子。看见有小鱼在脚下蹦跳,他伸手去抓,立刻被鱼叼住,惊得一甩,只觉手指上一阵剧痛,仿佛被锯条拉了一道口子。一线细密的血珠子顿时渗出了皮肤。他去看那鱼,只见那鱼龇开一小排细密而锋利的牙齿,一边在冰面上蹦跶着身子,一边用一只凶恶的眼睛盯着他。那一眼盯得他不寒而栗。

如此几个回合,编织袋底就有一层鱼在活活地蹦跶着。警察说声够了,就带他上了岸。直到踏上岸,警察才长吁了一口气,擦了一把额头上的汗,对他说:"还好,咱们吃鱼!不是鱼吃咱们!若不为你这个贵客,我是绝不会冒这个风险的!"

5

警察一边掏肚子刮鱼鳞,一边"兄弟、兄弟"不停嘴地、亲热地使唤他干这干那,一会儿让他卜菜窖拿葱拿辣皮子,一会儿让他到贮藏室里找姜找蒜,把值班室里忙碌出一家人过年般的气氛。有那么几个瞬间,他真的感动了。如果没有那件事,他真要认下这个兄弟。可是,他的心思最终总会回到现实，回到如何尽快远走高飞这个问题上。在捅炉子时，望着熊熊燃起的火苗，他脑子里又浮现出刚才在贮藏室所见一物。那是一个压在众多杂物下的牌子，牌子落满灰尘，隐约可见上有红油漆所书二字"便民"。不知为何，此物总在心头萦绕不去，似有所喻。此刻盯着妖娆起舞的火苗，脑中忽然灵光一现：很多警察卡点都提供些针对性的便民服务……他心头升起了一线希望的亮光。他瞟一眼警察，警察正在专心致志地刮鱼鳞，晚上要一鱼两吃，油炸一盘，红烧一盘。他离开火炉，慢慢踅进贮藏室，打开手机照着亮，在杂物堆里紧张地翻腾着。三翻腾两翻腾，那个圆滚滚的气泵就映入眼帘，他一阵狂喜，心跳加剧，呼吸急促起来……

他抱着气泵来到警察面前。"哥，有这个，我找到了。"他努力压制住心中的紧张，平息着心跳。

警察从鱼堆上抬起脸，诧异地睁大眼睛瞧着他，眼珠子在他的脸和怀里的气泵之间来回转动着，显然一点儿思想准备都没有，半天才尴尬地说："噢……那什么，打气泵，入冬车一少，就收起来了。我都……我都忘了，也不知道好着的没有。"

"试试？"他坚持地盯着警察。

"明天吧，明天一大早就试，天都黑了。"警察眼神避开他说。

"现在就试试吧，试试心里踏实。"他努力坚持着。

"你咋就那么着急呢？"

"我爸病很重，急着要见我。"

"你爸叫啥名字？我托熟人先照应着。"

他一下愣住了，吭哧一下，不得不说："贺劲松。"

"贺劲松？德青镇做边贸？没听说过呀？"警察露出困惑的表情。

"他是……他是才来的。"他慌乱地圆着谎。忽然意识到对方也在撒谎，电话不通，手机没信号，他咋托人？可他没敢把事情挑破。好在警察已经起身了："小伙子沉不住气，走吧。"

二人把气泵接到电瓶上，很快那个瘪轱辘就打饱了。警察帮着他麻利地把轮胎装上。其间他一直在想着，警察这究竟为了什么？难道在这鬼卡点待的时间太长，脑子有毛病了？

还是那盏黄晕晕的牧区马灯吊在头顶上，灯光笼罩的还是那张矮腿方桌和两个人，一人面前还是一茶碗伊犁特，唯一不同的是，盘子里的清炖羊肉变成了干炸嘲骨鱼。昨天本来就喝多了，今天不休息接着喝。二人的眼睛很快都开始发红。看着对面喋喋不休、说话的劲头比昨天有过之而无不及、似乎一直可以说到时光尽头的警察，姜崇武渐渐进入恍惚，仿佛不幸掉进了一个时间的死循环中难以自拔。

手机何时落入警察之手，他都未能察觉。只是警察那张话痨嘴突然安静下来，他才发觉警察正在调看他的手机。警察的黑脸上，两个眼珠紧盯着屏幕，目光炯炯，痴迷专注，手指不时地在屏幕上轻轻划拉一下。随着手指的划拉，嘴角和眼角不时地浮现出一丝亲切的笑纹。他本来心已经提起来了，生怕警察从手机里嗅出一丝那件事的味道，脑子里紧张地回忆着，有没有与那件事相关的任何蛛丝马迹保留在手机里。事情是一时冲动做下的，除了酒后的那个联系电话，还真没有任何蛛丝马迹在电话里，而且那个通话记录他早删掉了。

警察那亲切的、怀旧的笑纹，终于让他慢慢放下心来，相信警察并没有发现什么。

警察突然把手机屏幕伸向他，咧着一嘴刺眼的白牙，笑笑地问道："这是谁？你女朋友啊？"

他一看屏幕，愣住了，正是他和她在桑林公园那棵百年老桑王下的合影。围着桑树王的铁链子上，成串的同心锁在阳光下发出金灿灿的光芒。远处由县城书法家题写的"桑中之乐"金字牌匾也熠熠生辉。

他茫然地点点头："啊，是的。"心中一阵刺痛。

警察收回手机，抿住嘴唇，无限怀恋地望着那张照片咂摸良久，才抬起头问道："桑林公园你最近去了吗，有没有其他的照片？"

他愣了一会儿神才反应过来，说："都砍完了。"

"什么？！桑树都砍完了？那棵百年老桑也砍啦？"

他不知所措地点点头："是的。开发商把地皮圈了，要盖房子。"

"混他妈的账！这群婊子养的畜生！给老子一点儿念想都不留！"警察突然恶毒地咒骂起来，腮帮子咬肌毕现，青胡茬根根直立。"想不到一年不在，竟有这么大变故！"骂罢，端起茶碗将碗中烈酒一饮而尽，长长地吁出一口酒气，两眼看住他，眼神慢慢柔和起来："知道吗兄弟？你哥我打出生以来最美好的回忆，都留在这桑林公园了，都留在这棵百年老桑树上了。来，你也整一个，哥告诉你一个天大的秘密！"

看着他将碗里酒喝干，警察伸过脸，面带神秘的微笑，低声说："你哥我，第一次把你嫂子办了，就是在这棵百年老桑树上……"

在树上？他吃惊不小，眼神一时集中在警察嘴上，还真走不了了。

"那时候，老丈人，尤其是丈母娘，坚决不同意你嫂子跟我谈恋爱，因为当时我还只是个派出所的联防队员。但架不住他们丫头吃里爬外就喜欢我！为啥？就为我这张稻草变金条的嘴。我这张嘴，生性爱说话。经年累月下来，说话技术一流！丫头为啥喜欢我？跟我在一块有说不完的话！两瓶啤酒、一包花生米，我能跟她白话一晚上，让她笑得比春节联欢晚会还多，让她眼睛都不眨一眨。再加上我这人讨喜的手段又多，你看我这做菜的手艺咋样？你吃！"

警察夹给他一筷子干炸鱼。他边嚼边点头，不得不承认这干炸鱼面浆厚薄挂得正合适，调料撒得是五味俱全、哪味也不过头，油温火候也恰到好处，炸出来是外酥里嫩，滋味隽永，齿有余香。

"丫头每次跟我在一块，别提多舒服了。那时候姑娘不像现在这么现实，一谈恋爱就是谈房子谈车子，跟做买卖似的。那时候姑娘还讲究个感觉。那时候我木工活儿好，帮朋友搞装修，装出来的房子都是安远县的样板房！丫头在茶畜公司当会计，常年坐办公室落下个腰椎病，我就按她腰身的曲线外加合适的角度，反复试验给她打了一把椅子，从此她的腰疼病就好了！搁现在，那叫人体工程学！再加上我给她说了，我已经是正式警察了。当时派出所警力不足，经常让我穿着警服跟他们一块办案。她就信以为真了。我这也不算骗人，因为我相信派出所肯定会把我招成正式警察的。我这人聪明，不管啥事情，看两眼就会。那时候，县一级公安局的办公经费中央财政不管，是由县里承担的。县里就让罚款解决。那时候的派出所所长不好干，满脑子都是经费问题。谁能搞来钱维持运转，谁就当所长。滋泥泉派出所不在交通要道，又不在商业区，车也好，赌也好，嫖也好，没一个沾边的，到哪儿罚去？所以那时候派出所修电、修车、修家具设备啥的，全靠我。我又是电工又是木工又是汽车修理工，没有我，派出所就转不动了！所长答应下半年招警无论如何把我招进来。你嫂子家里可沉不住气了，跟县里工商局长的儿子挂搭上了，逼着你嫂子跟我摊牌。

"那天晚上，我们两个到桑林公园本来是商量办法的。两个人唉声叹气，长吁短叹，硬是想不出办法！最后我急了眼了，暗下决心，今晚先把你嫂子办了，把鸭子煮熟再说！决心刚下，公园门口就响起丈母娘的鬼叫声，边叫边往林子里搜过来了。你嫂子急得六神无主，问我咋办。当时我们正好坐在百年老桑王下面，我一咬牙，上树！托住你嫂子屁股，胳膊一发力，呼地一下就把你嫂子托上了树。刚好老桑王上有一根U形的树杈，十分粗壮，横着长的。我俩一人抱着一根树杈，观察丈母娘动静。丈母娘就跟驴推磨似的，把个桑园推了好几圈，就是不知道抬头往树上看看。那时候桑园可是安远县最著名的男女关系集散地，丈母娘一边推磨，一边鬼叫，一声一声的，惊扰了十几对野鸳鸯，招来了十几双白眼，有人还对她背影吐唾沫，别提多讨嫌了！好不容易把她熬走了，夜也深了。你嫂子这时才发现骑虎难下，再被我一鼓动，索性不回家了。我下树撇了一大捆树枝，又到白天开过农产品展览会的地方捡了一大块苯板，在那个U形树杈上临时搭了个安乐窝。我们俩趴在上面聊天，讲丈母娘今晚的笑话壮胆，边讲边看下面桑树林里的野鸳鸯。路灯光从园子外面斜斜地照进来，成千上万根桑树枝重重叠叠，活像森林一样浓密。透过重重桑枝往下看，桑园里亮一块黑一块的，猛一看好像看不见啥。但仔细辨认，就发现男的女的这一对儿、那一对儿，几乎每棵树下都有！每一对儿都闭着眼睛抱成一团，卿卿我我、耳鬓厮磨、亲嘴唧舌，叽哝有声。就像夏天池塘里抱对的青蛙，不看不知道，一看吓一跳！受到这种氛围的感染，我俩情不自禁，胆大包天，在安乐窝里就安乐上了。这一节哥就不给你细说了。总之，在树杈上办那个，就像在船甲板上似的，随风起伏，乘风破浪，要多惬意有多惬意，要多豪迈有多豪迈！烦人的丈母娘早被抛到九霄云外了，真是世上无难事，只要肯登攀！

"完事之后，只觉得十几年的积淀，一朝发挥得淋漓尽致！我俩躺在随风起伏的树杈上，两眼透过层层枝叶，望向黑幽幽的夜空。只见夜空中繁星点点，灿烂星光在桑枝桑叶间时隐时现，闪烁不已，似对我俩的行为颔首赞许。不一会儿，一轮满月从桑枝间升起，满月大如车轮，被枝枝杈杈分割成一汪碎金……多么美好的夏夜，将来临终之日，回光返照之时，我一定会想起这个永恒的夜晚！"

警察的眼神无限怀恋而又空茫无助地凝望着窗外的夜色。看嘴形，他还在嘟嘟囔囔地给自己念叨着什么，因为没有出声，具体内容不得而知。只见笑容渐渐褪去,脸皮渐渐板结,他的注意力回到手机上继续刷屏。突然,他猛抬起脸,手指颤颤地指点着屏幕,惊喜地叫道:"×××垮台啦?!"

姜崇武朝他举着的手机略瞟一眼,是那个举国闻名的大老虎,内心不由得诧异,这警察不知何年何月发配到这里,真的与世隔绝啦!于是略点点头:"早垮台啦!"

"他妈的!真是恶有恶报!想不到你能给我带来这天大的喜讯!"警察又朝他举起了碗。半碗酒下肚,抹一把嘴,警察脸伸过来说:"你知道吗?我就是被他坑到这里来的!"两只眼睛闪烁着兴奋的光芒。

"什么?!"他想不出一个县里的土鳖警察,怎能和那么大的人物发生关系。

"是这样。去年年初,×××到安远县视察。安远县自打解放没见过这么大的首长,各级领导战战兢兢,压力很大。省里定了一级警卫,县里改成了一级加强警卫。凡是×××经过的路段,每十米一个警察。本县警力不够,就打报告从外县调。硬是用警察给×××编了个活篱笆。排到我刚好是守一个地下道口。也是合该有事,车队快来的时候,我老婆突然情况不好,那时孩子刚怀了三个月。电话里是丈母娘骂老婆哭的,把我脑子弄乱。我下到地下通道一看,里面空无一人,四个出口只要三个有人把守,空口袋里也变不出个妖孽来。我心一横,就乘人不备脱岗跑到医院去了。想不到那个上访老户提前两天两夜就带着干粮藏到环卫工放扫帚的那个小贮藏间里了,门反锁着,清查的也不知道里面有人啊。我一走,就出现了一个漏洞。这狗日的早就精心谋划好了,车队一来,同伙儿把电话一打,这狗日的像条吃了死人肉的野狗,红着眼钻出地道,一家伙就扑到车队跟前拦车喊起冤来!这下不得了!冲撞了北京来的大首长!安保工作出了大事故啊!责任倒查呀!严肃追究呀!一家伙把我和马想禄给填到这个鬼卡点来了！"

"这又跟马想禄有啥相干？"他一时迷惑，忍不住插问。

"咋不相干?！马想禄这狗日的当时就在离地下道口十米的距离，按说完全可以把上访户按住！可是做预案、搞演练的时候，指挥长反复强调守好自己的岗位。大家又都没经历过这种事，神经太紧张，想得太多。当时马想禄身后也有看热闹的群众，他一下想多了，他想的是，上访户是从我的岗位窜出来的，出事责任也归我。如果他来扑救，帮我堵住缺口，他身后再有人冲出来，那不成了"种了别人的地，荒了自己的田"吗？我们公安战线可是讲究"属地管辖"啊！关键时刻，就那么几秒钟！还没等他算好利弊，上访户已经冲到车队跟前了……他就这么莫名其妙地陪我来了这个鬼卡点！所以他对我怨气很大，处处跟我作对，黄羊坚决不让我宰！结果，把自己气出了高原心脏病。"

"唉，人的命，天注定……这事虽说我也有责任，可也属于世事难料。"警察沉痛地低下头，半晌又抬起脸，神色肃穆地说，"马想禄啊马想禄，×××垮台啦，你安息吧，你瞑目吧……"

他回想着警察说的话，心里突然一咯噔，脱口问道："难道你已经在这里守了一年啦？"

警察诧异地看着他，也好像在怨怪他的迟钝："可不是嘛！已经整整一年啦！马想禄只陪了我九个月。十月份我看他有幻觉，一是觉得不安全。再者他毕竟是受我连累，就打报告让他先回去了。后面三个月就只剩下我一个。你知道，嘴是我身上最闲不住的器官。对我这号人来说，别的都没啥，就是没人说话太难受！四月份我老婆显肚子的时候住在娘家，因为我从来没去过她娘家，她挺个肚子怕人说闲话，非让我回去露个面。当时我走不了，就说让她来一趟照个合影，在朋友圈里散一下，效果也一样，结果走到半路上就吓得转回去了。"

"那为啥?"

"他妈的还不是因为车上坐了个不吹牛就要憋死的饶舌鬼!一路上不停地吹呀,什么死人沟啦,嘲骨鱼啦,野鬼拉人啦,听得我老婆毛骨悚然。加上沟里确实骨头多,越往卡点开越多,再加上又有点高原反应。唉……"

警察说到这里长叹了一声,那一声仿佛把一年的怨气都叹了出来,最后总结道:"我对不起老婆的地方太多,欠得太多。上个月无聊上山,在对面山坡上发现有玉石矿脉,虽说只是青白山料,不过拿回去也算是给老婆有个交代。"说到这里,警察抬起眼睛望着他,眼神中仿佛有种期待、有种鼓动的意思在里面。

警察想干啥?姜崇武又紧张起来,他的计划是,无论如何明天一早出发,再陷在这里,怕要出事!他早有不祥的预感。

"兄弟你这次来得太好了!给我带来了这么多山外的信息,你简直就是……寒冬里的一缕春风。我该怎么报答你呢?这样吧,明天跟我上趟山,采玉去。你挑好的大的拿,背到德青镇换了钱给你爸治病,我估计,换个三五万元不成问题!"

警察终于图穷匕见,暴露了真实意图。

姜崇武慌忙摆手道:"哥,钱我不缺!我现在就想赶紧见到我爸!明天一大早我就走!哪里需要什么报答,只要你别拦着我,我就谢谢你了哥!"

"哈哈哈哈!说哪里话!兄弟,我拦你干什么?!尽孝第一!尽孝第一!"警察仰天干笑了几声,悠悠地望了他一眼,又举起碗,"来!喝干睡觉!"

一夜无话,寒风呼啸。

6

清晨，淡青色的晨光刚刚从窗户斜射进来，姜崇武就睁开了眼睛。在警察身边，他是睡不踏实的。但警察睡得很香，嘴半张着，成串的呼噜声从里面鱼贯而出，显然昨夜的倾诉深深地安抚了他孤独焦灼的神经。

姜崇武悄悄地爬起身，蹑手蹑脚地走出门外。他想在不惊动警察的情况下，悄悄地开车离开这鬼卡点。他总觉得，一旦把警察弄醒，必然节外生枝。他轻脚快步地走向皮卡车，边走边打量四个轱辘，四个轱辘均饱满鼓圆。他带着紧张兴奋的心情打开车门，坐进冰冷的驾驶室，把钥匙抖抖索索插进锁孔一拧，同时紧张地扭过脸望着值班室的门，生怕引擎声把警察吵醒。然而，奇怪！引擎只发出短促的"喀啦"一声，再无动静。他关掉、再拧，关掉、再拧，依旧是"喀啦！喀啦！"短促的两响。他急眼了，再拧，这回连"喀啦"声也没了，毫无动静。

一股极度的烦躁和焦虑涌上心头，他妈的这是咋回事！这鬼地方！他颓丧地倒在靠背上，手捂着额头想静一静。他想，是不是天太冷了打不着火。接着想到的就是得回到值班室里搞热水浇。他又试了一回，这才注意到仪表盘上的那个蓄电池形状的警示标志。他妈的没电了！咋会没电呢?！昨晚打气的时候还好着！他的眼珠焦躁地在驾驶台上乱转着，忽然发现一件隐蔽的怪事：车大灯开关竟然处在打开状态！他妈的车大灯开了一夜，再加上打气泵用电，把电耗光了！

他盯着那个处于打开状态的大灯旋钮，顿时联想到了该死的警察！他捏紧拳头直着眼死死盯着挡风玻璃，仿佛要用目光把那里熔穿一个洞。但脑子里轰响了半天，设计了数个凶恶的计划后，发现个个都于事无补。要想离开，他还得要靠警察，这个穿着警服的怪胎，到底要把他纠缠到何年何月?！

他咬牙切齿地诅咒了一番，猛地打开车门，蹬蹬蹬地朝值班室跑去，他那狂乱的目光似乎感到窗口有人影一晃。打开门时，警察正左手端着牙缸，右手捏着牙刷，诧异地望着他。

"哥！你就放过我吧！"他两眼带仇地紧盯着警察，"我爸真的不行了，如果见不到我，他老人家死不瞑目啊！算我求求你啦！"他说到最后声嘶力竭，语带哭音，双手抱拳，恨恨地盯着警察，肚子里不知一股什么气支撑着，这弥天大谎硬是被他撒得理直气壮，催人泪下！

警察一下慌了，放下牙缸牙刷掰开他的手："兄弟你坐！兄弟你坐！我咋着你了？我还说早晨把羊肉汤热了，热热地喝上一碗送你走呢！你咋就不见了。你什么意思，谁拦着你了？"

"车又没电了，打不着了。大灯开了一晚上。"他咬牙盯着警察，想从他脸上看出阴谋诡计的痕迹。

警察一脸茫然，犹如白云生处："你是说电瓶没电了？原因是大灯开了一夜？"

他不吭声，摆出一副看拙劣表演的架势。可警察毫不怯场，表演得十分自然，叫人难辨真伪：

"会不会是你昨天试车的时候，忘了关大灯？酒喝得那么多。"

"我试车？我啥时候试车了？"

"昨天喝完，临睡之前，你不放心你那轱辘，说是动一下车再看看还撒气不。你忘啦？你去看看车是不是动地方了？"

警察笑望着他，一副大人不记小人过的架势。

他一听，脑子有点儿蒙。其实这两天他脑子基本上或轻或重地蒙着。难道他昨天喝完酒后真动了车？他试着从记忆深处打捞动车的场面，似乎还真捞上来那么一星半点儿的印象。

他颓丧地垂下头坐在破沙发上，干搓着脸，忽然起身走出门外。他来到车前观察一番，实在想不起皮卡昨晚究竟停在哪里，是不是挪过位置，只是一地的乱辙印。

他慢慢地回到值班室，一屁股仰倒在沙发上，用手捂着脸。

"那你咋办呀？"警察小心地问了一句。见他不吭声。警察又说："不要紧，路也该通了，有车上来时，给你电瓶充个电就好了。"

见他还不吭声，警察开始从杂物间进进出出地收拾着什么东西。一直到东西收拾好，警察忽然拍拍他的肩膀，亲切地说："兄弟，反正闲着也是闲着，不如跟我上趟山，把那块玉石弄下来。到时候挑大块的给你。"

他望着警察，目光茫然，仿佛已无法决断任何事情。

"这样兄弟。"警察压低声音，"你跟我上山，我保你下午拿着玉石走人！"他的眼睛里闪现出神秘的光泽。

不知为何，那光泽再次把他疲软的意志鼓动起来了。

"你咋保证我能走人？"

"上山就知道了。"警察神秘地笑望着他。

警察背着编织袋走在前面，他背着编织袋走在后面。山，越爬越高越陡峭。他们不时地要停下来，一边瞄住远方的那个目标——半山坡上长着一大簇干枯梭梭柴的断崖，一边寻找那断断续续的、人能爬过去的缓坡，从而拼接出一条可行性最好的道路。而一旦走起来，眼睛就得随时寻找适合攀爬的脚窝和抓手。爬着爬着，他的破风箱又开始呼哧呼哧地加班运转起来。眼睛只敢盯着脚下，不敢往山下看，只要看一眼那漫无边际的倾斜下去并且积雪一洼一洼的山坡，那漫山遍野的要么粗粝坚硬要么锋利如刀的石块石片，他就头晕目眩，心慌腿软。警察可不等他，警察把这一切不当回事，只管手脚并用地往上爬着。他的编织袋里只装着一盘电线和一根钢钎，警察的编织袋里装得可比他多多了。他妈的！

真是要钱不要命的货色!

  他们终于爬到那处断崖跟前,太阳已经当顶了。大概爬了两个多小时。警察擦了把汗,从编织袋里摸出一把小镐头,就在崖壁上刨挖起来。刨了片刻,指着新刨出来的岩石断面对他说:"看!"他看了一眼,确实有几分青白玉的颜色和质地。他不懂这个,不知道这算不算矿脉。他也不想要什么玉石。他只想赶快应付完这趟差事,就下山,开车离开这个鬼地方。

  警察围着那断崖头转了几转,选了几个点,就拿出钢钎开始砸炮眼。警察让他使榔头,自己扶钢钎。他说他没劲儿。警察说:"我是为你舒服。"于是警察抡榔头,他扶钢钎。没几下,他虎口都要被震裂了,手掌心连骨头带肉疼得钻心。警察在旁边恨铁不成钢地吼叫:"攥紧攥紧!攥得越紧越不疼!"可钢钎震得那个厉害劲儿,他哪敢攥呀!他觉得警察力使得太蛮了!最后,只好换成警察握钢钎,他来抡榔头。

  终于把炮眼砸好了,剩下的技术活他搭不上手了,也不需要他了。警察让他站远,从自己背来的编织袋里掏出成捆成捆的牛皮纸筒似的炸药筒,把电雷管塞进炸药筒,把炸药筒雷管朝下,塞进炮眼里。然后就是眼花缭乱、一团乱麻地接线。最后,警察长吁一口气,擦了把额头上的汗,说声"好了",把袋子交给他,自己拿着那盘电线一边布线一边向远处撤离。

  直到绕过了那块崖头,他们才停下来。山上寒风凛冽,他觉得耳朵都快冻掉了,他两手捂着耳朵,瑟缩着脑袋蹲在地上,像猴子似的蜷成一团。警察看了看他,说:"再坚持一下,快好了。"他仰起脸看着警察,问道:"为了你老婆的玉石,我跟你吃了这么多辛苦。你咋保证我下午能走?"

  警察看着他笑了笑,弯下腰伸手从口袋里掏出一个东西搁在他面前。

他一看，是电瓶！他把手从耳朵上拿下来，激动地摩挲着电瓶。突然感到头上绵绵的暖和，一看，原来警察把自己的棉帽摘下来扣在他头上了。他有了一丝感动，说："那你咋办？"只见警察把他那两只太阳光下薄得透明、拉着红丝的耳朵团弄到一起，用手指头捣着塞进了耳朵眼里。

秃着耳朵、脑袋怪异的警察蹲在地上，拿过电瓶和一个开关盒开始接线。大概因为耳朵关闭了，他显得异常专注。过了片刻，线接好了。警察仰起脸，望着他大声说："起爆啦！注意，蹲下！"

只见警察将开关盒上那个T字手柄果断向下一压，轰的一声沉闷巨响，脚底下一阵震颤，远处断崖后面，灰土渣石四面迸射，一股烟雾和尘土的云朵冉冉升起。声波撞向对面的山坡，撞向更远处的重重山岗，又纷纷反弹回来，带来渐远渐轻渐淡的一波波轰轰轰的回声。警察的眼睛亮晶晶地望着断崖那里，嘴角上翘，隐含笑意，目光充满了兴奋和神往。然而，当姜崇武把目光略一上移，移向雪线之上更高邈的山巅时，奇怪的一幕出现了：他看见一线雪潮如波浪翻涌似的，正沿着山巅奔涌而下。这股雪的浪潮一路呼风唤雨，不断裹挟，坐大成势，终于呈雷霆万钧之势，崩塌下来。一种如远方雷电一般隐隐的隆隆声也传入耳中。再看警察，因耳朵已秃，竟毫无察觉，仍然痴痴地望着断崖那里。他急忙上前猛摇其肩膀，举手示意雪线之上。警察只一望，惊呼一声"雪崩啦！"一把拉住他就跑。二人在山坡上连滚带爬，狼狈逃窜。说不清有多少路是用腿跑出来的，有多少路是用身体滚出来的，只觉得天旋地转。跌跌爬爬，整个世界在眼前翻滚旋转，柔软的肉体在坚硬的石砾沙碛之间饱受锤炼磨砺，鲜活的疼痛最后变成钝重的麻木时，他们终于停下来了。

警察坐在地上，眼睛失神地望着遥远的、被雪崩半埋住的断崖，嘴里轻声念叨着："完啦，全埋了，起码到七月份才能化开。"

他的心早已跌到谷底，浑身的疼痛早已不算什么了，嘴里只喃喃地念叨着："电瓶，应该拿上电瓶。"

警察看了他一眼，说："你放心！我说了今天让你上路，就一定让你上路！"

"这个路咋上？！电瓶都没了！"

"你放心！我办法多的是！我有种强烈的预感，今天你必须上路！"

7

敲门声是在他们午睡时响起的。姜崇武看见警察去开门，心提了起来。

"老李！你他妈的才来！整整让我多待了两天！"

"路不是断了嘛，才修通！"

"好家伙！终于把老子熬到头了！"

姜崇武多么希望来的是过路客，但来的恰恰是他最怕见到的那个所谓的老李。他们热烈地寒暄着，互相拍拍打打，但他的耳中只剩下怦怦怦的心跳声，满脑子都是激烈的盘算。

"咦，这咋还有个人？谁陪着你呢，哥？"这是另一个年轻人的声音。

"他妈的，你们该来的不来，老天爷可怜我，安排这个小伙子陪我嘛！你们不来我都急死了！你们是不知道，越到最后越难熬，尤其你知道这是最后几天了，更难熬！但所有的难熬都比不上这两天，说好要来又没来的难熬！你们这是要熬死我呀！小伙子起来！跟两位哥哥见个面。"

他只有闭着眼睛装睡，心跳到了极点。

"哎，起来起来！搞点紫药水擦擦脸！等会儿让李哥给你电瓶充些电,你就可以上路了。"警察伸手过来晃他肩膀。

再也装不下去了,况且最后一句话又鼓动了他一下。他慢慢爬起来,眼睛略瞟一眼李哥,就低着个头坐在床沿上,一声不吭。

警察去老李他们带来的包里找紫药水了。他的余光感觉到老李的眼睛没放过他,一直盯在他脸上。

警察拿着紫药水来给他擦脸。他只有听天由命地把脸让警察摆弄着。世界一片寂静,只能听见自己的心跳:怦!怦!怦!

"小伙子姓啥呀?"他忽然听到那个姓李的问话,声调中似乎有种强压着的紧张。

他更加紧张,死撑着置之不理。警察晃了下他的肩膀,"李哥跟你说话呢!"

"听不见啊!放炮把耳朵震聋啦!"电光石火之间,他想出了敷衍的说辞,故意学着耳背的大声说话,连说带比画,脸上赔着傻笑。

"他姓姜!"他听见警察对姓李的解释道。

姓李的长长地噢了一声,就不响了。

紫药水擦完,他对着警察说了句"头疼",就又躺下了,耳朵却支棱着。他听见姓李的和警察之间似乎轻声细语了些什么。接着,门一响,姓李的和他带来的年轻人出去了。再片刻,警察也出去了。

他忽地坐起身,奔向窗边。只见那三人在他们开来的那辆警车跟前,正商量着什么。他们的神情十分紧张,边说边往值班室这边看,连说带比画了片刻,他就见老李和那个年轻人从腰间拔出了手枪,拉动枪栓上了膛!

他的心脏快从嘴里跳出来了,他妈的鱼死网破的时候到了!他深吸一口气,强自镇定了一下,猛地奔向床边,眼睛狂乱焦躁地四处打量。忽然看见警察换下来的那条脏裤子扔在沙发上,裤腿下面露出一角牛皮套。他奔过去一把撩开裤子,赫然露出牛皮枪套。他哆嗦着扯开枪套扣带,拔出手枪。又奔向窗边,见老李和那个年轻人正慢慢朝值班室踅过来。

门被一脚踹开,跳进来的是那个年轻人,嘴里大喝着:"手抱头蹲下!"但没想到迎面正对着他的是黑洞洞的枪口。年轻人扭头跳出门外,连滚带爬地跑到警车后面,嘴里喊着:"趴下趴下!有枪有枪!"

当他跑到窗前时,只见三人都已躲在了警车后面。

他紧握着枪,死盯着那辆警车不敢放松,耳中隐隐约约地听见警车后面在发生着激烈而小声的争论。过了片刻,他看见警察高举着双手从警车后面走了出来,慢慢地一步一步地径直朝值班室走来。警察的脸上带着那种特有的、他已经熟悉了的古怪而诡异的笑容。他的心一下悬吊起来,万万没有料想到会出现这种局面!他已经下定了鱼死网破的决心,不过他设想的始终是跟那两个来个你死我活,从没想过这个。他宁肯那两个上来,也不愿意面对这个。可偏偏就是这个上来了,高举着双手,皮笑肉不笑。他咋办?紧攥枪把儿的手心里渗出了细密的汗珠,枪头子在轻微地颤动着,食指就扣在扳机上,可看着那张皮笑肉不笑、越来越近的脸,他就是下不了扣动扳机的决心。乱纷纷的头脑中,除了激烈的盘算,竟然还有这两天两夜的场景倏忽闪过:吃肉、喝酒、宰羊、抓鱼,喋喋不休的嘴……他竟然就这么放警察进了门!

警察依然高举着双手,皮笑肉不笑地望着他:"兄弟,投降吧,没啥大不了的。霍启章没死,正在医院抢救呢!"

他愣了一下:"没死?!不可能!你咋知道?!"

"老李告诉我的。"

他死盯着警察的脸,足足盯了十秒钟:"胡说!你要我!你他妈的一直在要我,要不我早走了!你们他妈的个个都是骗子!"

"我没耍你!我真没耍过你!我要是耍你,能让枪在你手里吗?"

警察高举双手，状甚无辜，脸上是跑雪崩时剌出来的血道子。

"你不是为这个要我，你是为别的！要不是你要我，我早走了！"他越说越委屈，话里带出哭音。

"信不信由你吧！反正眼下就这么个形势，你不是那两个的对手！如果投降，五年八年的就出来了。要是硬拼，今天你的日子就到头了！兄弟，我是为你好！"

"他妈的我有枪！不让走，我就跟你们鱼死网破！别以为我不敢打你！"他放出一副凶恶的表情，枪头又哆哆嗦嗦指向了警察的胸口。

"这枪打不响，早坏了。"警察语调低缓，不无惭愧，"抓鱼的时候掉到水里三次。有一次喝多了，还当榔头钉过钉子。这里条件差，枪油都点灯用了。"

"胡说！"他真的恐慌了。

"不信你朝我这儿打。"警察收回举着的手，撕开衣襟，两眼深深地望着他，脸上笑得有些无赖。

他看着他的表情，彻底蒙了，犹豫半天，把枪口冲着屋顶一扣扳机，只听咔嗒一声，机头合上了。

他不甘心，猛一拉套筒，一颗子弹跳出弹仓，在黑暗的屋子里画出一道金黄色的弧线。

他又扣扳机，照旧是咔嗒一声，机头又合上了。

他还要拉，警察诚恳地说："再这么拉下去，子弹都拉光了……"

他哆嗦着把枪头又指向警察，泪水无声地顺着脸颊往下淌。

"这样兄弟，你也不必难过。看在咱们兄弟一场的分上，我跟门外的兄弟商量一下，给你算个自首。等会儿写个到案经过，咱不提拿枪这一节。这样算下来，五年八年的你也就出来了。你看咋样？我跟门外的兄弟都没说这枪打不响的事，我要是说了，他们还肯趴在雪地里等我跟你啰唆？我是为你好，给你机会兄弟……"

　　他模糊的泪眼渐渐清晰，脑子里一片空茫，眼前只剩下警察那一对大而有神的眼珠子和眼珠子里发出的那种莫名其妙的、极富鼓动性的光泽，以及那张喋喋不休的嘴。

　　警车是在傍晚时分离开鬼卡点的，借着最后一抹夕阳的余晖，驶向飘带一般苍茫远逝的山道。

起盗心

1

如果那天下午没有遇见李载芳，三个月后的那场灭顶之灾也许就不会发生。每次想到这一点，一种万劫不复的悔恨就像一只干巴有力的手，攥紧李惠梅的心脏，使她觉得心慌气短，胸闷窒息。直到另一个念头从绝望的缝隙中丝丝缕缕地涌流出来，才像打了麻药一样稍有缓解：那天下午她不能不待在那个位置，李载芳一步一步走近她，她无可选择也无可逃避，不但必须遇见她，而且必须和她亲密接触，为她提供服务……这就是命，不但是她的命，也是普安红的命。不管多大的灾难，一旦归结为命运，似乎就好受一些了……

那天下午，那个旗袍女子迈着城里女人优雅的步子从门厅方向走过来。在回春堂红茶般温馨幽暗的灯光映衬下，女人只是一个剪影，走动起来像水草似的袅袅飘拂。李惠梅形容不了，只知道那是城里上流女子们都熟练的步态，只知道轮着她伺候这位女士，因此毫无准备地迎上去。然而，刚迎上去两步，"欢迎光临"之类的话还未及出口，那女子恰巧从琉璃吊灯下经过，瞬间被那一团光晕照亮。李惠梅立刻被那张熟悉的脸孔震动了，脑子里一阵轰鸣……难道竟是她？李惠梅有点儿不敢相信，但脚步已经先自止住了,而且不自觉地低眉颔首把脸藏在阴影之下,同时一点儿印象迅速浮出脑海。早听村里人说过,她在这座城市已经混出来了。待那张脸经过下一盏吊灯时,李惠梅眼皮翻上去迅速地瞟了她一眼,心里有一分偷窥的紧张。那张脸与记忆中的李载芳重叠起来,似乎基本吻合,但又说不出哪一点上似乎有些变化。她不敢再多看一眼了。一方面震惊着怎么会有这么巧,有种不敢相信的恐惧,另一方面已经飞快地转动着怎么把自己藏起来的念头。然而,躲是躲不掉的。前些日子大堂经理的话已经很难听了,说是成天吊着个脸给谁看?是你伺候别个还是别个伺候你?!干不了就走人!她这才意识到,每当她抱着别人的脚侍弄的时候,的确是一副眉头紧蹙、面孔绷紧,甚至屏住呼吸的架势。不像别的姑娘,一边干一边与客人满嘴荤腥跑火车,跑到最后就是留工号留电话。有一次她无意中还看见阿瑞活儿快完的时候,突然伸手在客人的脚心挠了一把,丢上一个暧昧的嬉笑,客人也心领神会地回了一笑。她就明白,阿瑞已经挂搭上客人了,回头一定会有私下交易的……但是她不行,把形形色色、气味各异的脚抱在怀里侍弄,她实在反胃。不是没办法,她无论如何也不干这份下贱营生,至今她还瞒着普安红……

李惠梅醒过神来的时候,发现自己竟然在更衣室。大堂里已经响起了经理不耐烦的叫唤:"阿梅!阿梅!"

李惠梅这是干什么?难道想脱下工衣走人?这个蛰伏的念头一露头,立刻吓了她一跳。李惠梅晃晃脑袋,在经理的叫唤声中慌张四顾,猛然发现了谁忘在桌子上的口罩。李惠梅灵光一现,抓起口罩一戴,低下头朝客人那里走去。

"都有什么服务啊?"

她撑住一口气,没有吱声,默默地把服务项目单递给那个女人。她低下头慢慢地撕着一次性包装袋,取着毛巾等用具,直到听见女人说:

"那就这个'暖宫助眠回春浴'吧。"

……

女人的脚搭在她的大腿上,她双手握住脚掌,大拇指着力捏压着脚心的涌泉穴。她一直低着头,尽量避免让女人看见自己的脸。刚才两句话太简短,而且全是普通话腔调,她不能肯定是不是李载芳。但"回春"两字却带出了一丝乡音。那一丝乡音令她心中一咯噔,神经越发紧张。她还是忍不住悄悄翻起眼皮窥视她的客人。不料,女人也正眼神专注地盯着她。她心尖一颤,脑子里一阵轰鸣。她为啥盯着自己看?难道认出自己啦?!一般客人哪个不是躺在床榻上闭目养神?不过,另一个念头又跳出来安慰着她,今天的行头有点儿奇葩,谁都会好奇的。稍稍冷静的头脑里,刚才一瞬间的印象逐渐清晰地浮现出来,就是嘴角那颗所谓的"美人痣",上学的时候李载芳就给她们夸耀过。这么说,真的是她!……各种纷乱的念头在头脑里此起彼伏:小时候在村子里、在田野中疯跑嬉闹的场景,稍大后大人们众口一词称她"有心机"的评价,以及后来她考上这座城市的财会大专,而自己却落榜回村务农……她们之间的差距越拉越大,关于李载芳在这座城市里"混出来"的传说,像一座沉重的大山,压在村子里每个青年的心头,压得他们整天焦虑烦躁、坐立不安,最后纷纷出走。她和普安红也是这么走出来的,可是走出来两年了,这下贱的营生就是她目前赖以生存的唯一出路,而今天遇上的偏偏又是李载芳。她觉得冥冥之中,有一股残忍的力量在玩弄她,在折磨她,并且以此为乐,她感到心脏经受着一种不堪忍受的疼痛。她感到自己再也不能抬头了,无论如何也不能让对方认出来,看见她的这副下贱相。于是她只能看着女人的脚了。那只脚是那么的白皙、细嫩,修长,指甲上涂着玫红色的蔻丹,还点缀着几粒星光璀璨的晶粒,比回春堂大幅广告上的那只纤纤玉足更加漂亮性感。她忽然想起原先在村里的时候,女人的脚的大拇指外侧也有着那种凸出的所谓"大脚骨"。那是农村艰苦劳动留下的痕迹，她们都有的。然而，现在女人那里已经完全看不出那块凸起。这又给了她一线希望，希望女人只是相貌相似的另一位。但她立刻想到，那种所谓"大脚骨"是可以做手术修复的。或许女人早就通过手术把脚修复得完美无缺了。可自己的脚呢，"大脚骨"还难看地、可耻地凸显在那里。别说为这种事做手术，就连房租，她都是顾了这月没下月的。足浴盆里的水汽冉冉上升，挟裹着各种中草药的气味，尤其是藏红花那浓郁的香气，熏蒸着她的脸。她很快就热汗津津，就在她擦脖子上汗水时，一个不留神竟把口罩蹭下来，掉进了足浴盆里！更糟糕的是，在那慌乱的一瞬间，她竟做出了那个该死的动作，下意识地抬起脸瞟向客人，因为她最不放心的就是客人。她看见了客人惊讶的脸，听见了客人冲口而出的那句话：李惠梅！

2

普安红坐在新房客厅的角落里，边抽烟边盯着手中那张揉得皱皱巴巴的装修效果图。进度完成得越多，他心里越不踏实，脑子里不时地浮现出那个叫赵銮莺的女人。这个女人他只见过一次，但印象非常深刻。女人在几个房间里走来走去，眼光朝各个方向来回扫荡着，不大看他，嘴里用简短的、命令式的口气对他下达着指令："这里，这里，还有这里，全打掉。"她指点着几堵墙，然后看了他一眼。他点点头，心里不太舒服，但不得不跟在她身后满房子转悠。

"这里砌一堵墙，那个门堵死，改到这里来。"女人又看了他一眼，他又点点头，心里发堵。女人每看他一眼，就好像一枚鲜红的印章噌地一下盖在雪白的文书上，仿佛有了不容置疑的权威性和法律效力。

当时，两人手中各持一份的，就是眼前这份揉得皱皱巴巴的装修效果图。欧式风格：壁炉，罗马柱，星光璀璨的欧式吊顶，光泽细腻、色彩凝重的全木护墙板，橡木地板，雕花繁复、面包般蓬松舒适的欧式沙发……

但这份效果图后来被刘召风随手扔进了小区的垃圾桶里。"谁给钱咱们听谁的，按王老板的方案干。"

"可是，那个女人怎么打发？"他担心地问了一句。

"她？她就和王老板怀里那条'闹闹'差不多，能听她汪汪？再说，她到云南旅游去了，等她回来咱都拿上钱走人了。"

刘召风说着递过一纸合同。他看了看，上面附的效果图与女人的那份欧式风格完全两码事，基本是中式的。上面还有王异康的签字。

装修款由王老板支付，合同也是与王老板签的。他在心里再次确认了这一点。至于那个女人，顶多也就闹一闹，骂几句难听话吧。归根结底，钱是王老板付。他觉得在这座世相复杂的城市里，刘召风脑瓜子就是比他清醒灵光，当初跟着刘召风是对的。

刚来这座城市的时候，他日日都与那帮搞装修的民工们论堆儿混在一起，蹲在火车站广场西侧的那片民工市场上，人人面前摆着一块书本大小的木板，上面写着"木工""涂装""泥瓦工""水电暖"等形形色色的字样。他第一次体会到长时间蹲着等活儿的那种累。他不明白，在城里为什么没活儿干比干着活儿还累？在乡下，大忙季节一过，掏光了劲儿的身体彻底松懈下来，就有种从里到外、不由自主的舒坦，可以一直舒坦到下一个大忙季。但随着进城发财回来显摆的人越来越多，那种身心的舒坦就越来越少了。即使身体能闲下来，心是再也别想闲了。开始打听，开始谋划，连夜里都睡不着觉。这种心累进城后发展到极致，发展到没活儿比干活儿还累。因为在城里生活是一刻不停地要花钱的，租房要花钱,水电暖要花钱,吃饭要花钱,行路要花钱……就连屙屎尿尿都要花钱!没活儿就意味着没钱,就意味着坐吃山空、慢性自杀。因此,等活儿的时候看起来人闲着,心却是最焦的。

一开始接不上活儿,是因为他习惯不了大家抢活儿的方式。只要雇主一来,众民工像绿头苍蝇似的一哄而上,七嘴八舌地打听要干啥的,吵得雇主静不下心来挑拣,皱着眉头,像赶苍蝇似的只管挥着手嚷嚷:"一个一个来!一个一个来!"要他像绿头苍蝇一样地往里挤,对雇主涎脸谄笑地推销自己那点儿可怜的劳力,他感到十分屈辱,面子实在下不来。几次下决心,几次又打了退堂鼓。

那段时间他总是抢不上活儿,房租、吃饭、水电暖全靠李惠梅了。每天晚上两手空空回到家,有种说不出的窝憋难受。有一回,来了一个雇主,要泥瓦工,半个月前刚抢过活儿的那几个又把雇主围住了。他一下火了,肩膀左右一扛把那几个挤到一边,睁着眼放出一股蛮横,看着那两个道:"这回该我了!"其中一个不服气,两眼盯着他道:"你想干啥?"他上去一卡脖,对方立刻跌出去三四步远,手捂着喉咙,两眼又恨又怕地盯着他,边往起爬边从牙缝里挤出几句"你等着,你等着……"就招呼同伴走远了。

他觉出几分痛快,这才是他的行事方式。他决不会像狗一样挤到人堆里摇尾巴。他要用自己习惯的方式维护公平,这是他难以更改的天性。然而,他立刻发现,这种天性在城里注定要失败,因为那个雇主也被吓住了,人家可不想雇一个让自己害怕的民工到家里去干活儿。当他转向雇主的时候,雇主边瞟他,嘴里不知嘟囔些什么就走远了,走出十几步了还回头怯怯地瞟了他一眼。

他盯着远去的雇主半天,茫然又沮丧地回到原来的位置蹲下。这时,他无意中发现旁边有个人,边喝啤酒,边注视着自己,也许望了自己很久了。他一回来，那人立刻就从小卖部里拎了一捆啤酒回来邀他同喝，此人就是刘召风。

刘召风也从不挤到人堆里去抢活儿。当众民工一哄而上抢活儿的时候，他就蹲在一边似笑非笑地看着，边看边举起啤酒瓶子往嘴里倒酒。刘召风很仗义，往往一天等活儿结束后，就邀普安红去小吃店喝酒。他这个人有这么一手，淡淡地邀你一声，然后眼睛深深地盯着你不放，由不得你不去。这一手很怪，很神秘，普安红心里也曾抗拒过，但发现他那种眼神自己是抗拒不了的，只有跟着去。

刘召风喝了酒，就讲些城里面稀奇古怪的事，把普安红逗得哈哈大笑。他电话很多，有的电话他当着普安红的面接，对着那面嬉笑怒骂的。但有的电话，他边打边溜达，溜着溜着就溜到普安红的听力之外了。他很少能揽上活儿，但他从不着急，似乎也从不缺钱花。他蹲在那里，似乎在等着什么，但他不说，谁也不知道他究竟在等什么。

终于有一天，他对普安红说："跟我走。"于是把普安红带到了刘核云的装修公司里。从此，二人成为搭档，再也不用蹲在街边等活儿了。

3

李惠梅的手机响了。她掏出来一看，是李载芳，心里立刻哆嗦了一下。她的大拇指悬空在屏幕上方，和她的心一样微微哆嗦着。她的目光在接听和拒接两个电话图标之间迅速地来回移动着，铃声执着刺耳地响着，大拇指终于按向红的图标。她舒了一口气。自从那天被迫把电话留给李载芳之后，她就担心着这一天。而且自从遇见李载芳之后，她就开始身不由己地滑入一条不归路——她一直有这样一种预感。她之所以把李载芳的电话保存下来，就是为了识别，而识别的目的，似乎就是为了拒接。

那天要电话之前，李载芳说了很多安慰的话。她还是那么会说贴心话，一说就说到人的心坎上。比如小时候给她洗过脚的话，猛一听还真挺暖心贴肺的。其实李惠梅自己也自欺欺人地想到这件事。那时李载芳带她去山里玩耍，她不小心滚坡而下，摔伤了膝盖，滚了一身土。李载芳害怕了，毕竟她大些，是她带着上山的。李载芳于是把她背到溪水边，给她清洗了伤口，洗了腿，洗了脚。李载芳照顾得那么细致周到，以至于她都忘了疼痛，躺在石头上睡着了。最后是李载芳把睡得迷迷糊糊的她背回家的。听李载芳说这些的时候，她心情十分复杂，既有怀旧和感动，又有种沧桑自怜，眼泪都快流下来了。可事后她回过味来，小时候的洗脚，用书上话讲是青梅竹马，两小无猜。如今可不同，只能显示着两人之间的巨大差距和鸿沟。

可是，李载芳的电话还是执着地来。她无法回回都拒接，那也太不像话。也许她还会来回春堂的，而她暂时也无别处可去，到时怎么见面？她无奈地接起了电话，调整着自己的情绪，其实已经做好了防范和拒绝的准备，只是要调整好自己的情绪和声调，以便礼貌地、合情合理地拒绝。果然李载芳是邀请她吃饭的，她也就兵来将挡、水来土掩、见招拆招地拒绝了李载芳。

电话挂断后，她回味出一点儿蛛丝马迹，李载芳的态度非常诚恳，似乎真的很想见她一面，不仅仅是找老乡叙个旧或摆个阔这么简单。她回绝之后，李载芳那句"那好吧，再找机会吧"让人听着真的有几分无奈。当然，这丝疑问与她那种防范的心理相比太微弱，很快就被压到了下面。

然而，她没想到李载芳这么执着，竟会在回春堂的门外守候着她。

她一看见李载芳，脚步就顿住了，心里五味杂陈：先是一阵发烦，为什么缠住她不放？！难道李载芳不明白，自己不想见她，见了她就难受。她这段耻辱生涯，本来密封在心灵最深处，一不小心就被李载芳挑破了，就像挑破脓包一样，让人又疼痛又恶心。可是很快，正常的人情世故又涌上来，强压住她的心烦。人家都混得这么好了，还耐着性子关心自己，体贴自己，你凭啥驳人家面子？本来就混得不行，还硬拿着架子，只能让别人看出小肚鸡肠，让别人闻到一股穷酸气。心里的坚持就这么土崩瓦解了，脑子里嗡嗡响，嘴上都不知给人家胡乱支吾了些什么，脚步就不自觉地跟着人家走了。

李载芳并没有带她去什么高档酒楼，而是进了一家很大众化的餐馆，这让她感到一丝轻松。她又一次体会到李载芳那份深藏不露的善解人意，怪不得小时候大人们都说李载芳有心机，怪不得人家能混出来。

几杯酒下肚之后，她更加放松了。李载芳酒后的红晕仿佛冲淡了妆容，冲淡了这些年做城里人的洋气和贵气，有几个瞬间，小时候的模样在脸上复活了，让她觉得亲切了几分。李载芳先是向她打听小时候村里那帮伙伴的下落，为各人的不同命运感叹唏嘘一番，渐渐就与她一起回忆小时候在村子里度过的美好时光。两个人眼神都空茫了。最后李载芳半是感叹半是总结地说："你就是凡事太认真，太当回事，拿得起放不下。按说当年我考不上也不能你考不上呀，你是最聪明的，你痞一点儿就好了。"说罢，两眼定定地望着她。

这话说得她百感交集，想起了当年高考怯场带来的终身遗憾，命运沉沦，不觉鼻酸眼热，一点儿湿意从眼眶里渗出，只得借擤鼻涕用餐巾纸擦去。待平静下来，她再偷眼望李载芳，只见李载芳两腮飞红、艳若桃花，两个眼睛晶亮晶亮地凝望着她，仿佛正为她而沉思着什么。不知怎么，这一瞬间让她基本解除了对李载芳的嫉妒和防范，感觉童年时候的情谊仿佛真的回来了。李载芳那种眼神，真有种摄人心魄的力量。她甚至联想到如果她是个男人会怎么喜欢李载芳的……怪不得李载芳能找上房产老板。

李载芳忽然小心翼翼地说："你怎么想到……在回春堂干呢？"

尽管有酒精的麻痹，她还是心尖一疼，愣了一下，只得装出无所谓的淡然口气道："唉——还不是没办法，暂时先混几天……"说罢，举起酒杯往嘴里倒，一团火焰从喉咙口直烧进肠胃，她从鼻子里长吁一口气，一股酒气熏熏然直冲脑门。她低着头闷了一会儿，抬眼望李载芳，发现李载芳正目光灼灼地盯在自己脸上，忽然开口了："姐姐也帮不上你别的，要不，你先给姐姐帮一阵忙？"

她心里一紧，脱口问道："在哪儿？"

"就是到我家……给我帮一阵忙。"

她一惊，马上意识到这是要她去李载芳家当保姆，顿时由内到外一阵冰凉，酒也醒了一半，前面的防范和抵触全都附体了。

桌子上一阵尴尬的沉默。

头脑的轰鸣之中，就听见李载芳说道："我儿子这学期要到师大附中去上学了，老田专门在学院路买的学区房，我得陪着。这么着，老田就一个人住在北京路那边，这一个城东、一个城西的，我实在两头照顾不过来……我想，老田那边……能不能麻烦你帮我照料一下……这样我一两个星期过去一回也就行了。毕竟眼下孩子的学业是重中之重……工资方面你放心，一个月四千元，奖金另算。"

她忽然心里一动，工资只是一方面，另一方面是什么，酒后迟钝的大脑一时还未梳理清楚。她听见自己讪笑着咕哝了一句："这个……这个事，我还得回家跟普安红商量一下，回头给你话。"

她是在回家的路上才想明白自己为何会松动的，因为她要伺候的并不是李载芳，而是那个从未谋面的田树范。

4

普安红是下午赶到华峰家装建材市场石材区的,刚走进老安的店面,电话就响起来了,是赵鎏莺打来的。开始他没当回事,以为又要婆婆妈妈地交代些要求。不料赵鎏莺劈头就问:"你在哪儿?"语气颇为生硬。他心里咯噔了一下,道:"我在市场呀。"

"我知道你在市场,你在哪个位置?"

他先是一慌,紧跟着一阵不痛快涌上心头,女人的语气有几分盘问的意思。

"我就在,就在……C-2-204。"他抬头找了一圈老安的门牌号。

他没说他在石材市场,因为女人上午交代的是让选实木地板。她还沉浸在她那份早被刘召风扔进垃圾桶的效果图里。换了刘召风,张嘴一个谎话就把女人装进去了。他可没这个本事,性子太直,撒谎心里丑得慌。

"你在那里别动,我马上过来找你。"女人用命令的语气说道,随即压掉电话,连一点儿回旋的余地都没有。

这回他真有点儿慌了,他以为她还在云南,早晨电话里她没说回来了啊?!婊子不按常理出牌!看来需要小心。

老安在里面招呼:"老普,选材啊,进来喝杯茶。"

普安红手指竖在嘴上嘘了一声,道:"待会有个女人来找我,咱们装作不认识……"

老安半张着嘴,不明所以地茫然看着他,边看边把眼神瞟向他身后。就听脑后响起一声:"普师傅,你在这石材区干啥?"

赵鎏莺迈着T台模特般的弹性步子,精神抖擞,一耸一耸地朝他走过来,乳峰随着步子晃荡着。不知道的,还真以为是白富美女总裁呢。

普安红更慌了,婊子神兵天降,她从哪儿冒出来的?!

由于没编好词，难免语无伦次："我是……我是给另一个工地看看材料……"

"你还有几个工地啊?! 你就专心把我家的事做好! 老王没给你交代吗?"

"那是，那是……"普安红讪讪地附和着，内心却一阵恼羞成怒。在家乡的风俗里，男人是无论如何也不能被女人这样训斥的，但自从进了城，老规矩都讲不起了。为了钱，什么人你不得低三下四？钱难挣，屎难吃。

"那咱们就赶紧到木地板那边去! 质量、价格，你都给我把把关，你们都是行家嘛，比我懂。"女人就像老师表扬小学生似的，适时地表扬了他一句。

然而，这句表扬并没带给他一丝舒服的感觉。他的脑子里紧张地盘算起来，女人不会今天就要采买木地板吧？他该如何应付？万一女人发现破绽要到新房子里去检查，事情就败露了，这个工程真他妈的麻烦! 正当他头脑中乱哄哄时，电话又响。他掏出一看，是老安的电话。

他预感到老安有话跟他说，有意慢了几步。接起一听，老安压低嗓门鬼鬼祟祟地道："你们这单活是咋回事？刚才那个女人，她本来就在对面老郑家的店铺里，边看着你边打的电话。咋个又问你在哪里？这个女人好鬼，你要小心!"

他一听，出了身冷汗，想到刚才差点儿撒了谎，不觉一阵后怕。眼前这个女人真他妈的阴! 看来不光是要小心的事。

他压了电话，边走边想着如何对付她，想来想去没好办法。刚好路过厕所，借口小解钻进去给王异康打电话。王异康不接，平常他是只跟刘核云联系的。他只得编条短信发过去，说明赵鋆莺今天怕是要采购木地板了，问咋办。片刻，那边回短信来，说一切随她，只是最后交定金时让她给他打电话即可。

他心怀鬼胎地跟着女人来到木地板区，心里想着，万一王异康顶不住女人的闹腾，改了主意，那么前面干的活都要返工。她怎么突然从云南杀回来了？真是怪事。

二人来到木地板售卖专区，一家一家店铺转悠着。女人专要挑实木的高档品牌，不时地拿出效果图向他咨询。总之又要品牌好质量高，钱上又绝不当冤大头。拿他当了解行情的反复咨询，但又不肯充分相信他，生怕他领到关系户家里去吃回扣。问话的时候，两只眼睛直直地盯着他，不放过一点儿蛛丝马迹。他被盯得鬼火直冒，心里泛起阵阵厌恶。他眼下哪有什么心思吃回扣？再者说了，他在公司里干又不是跑单帮的，吃回扣也是吃进刘核云的嘴里，能轮到他？他只有冷眼旁观，心不在焉地应付着女人，心里盘算着一旦有变如何应付。

女人好不容易选定了一家，搞价钱时见他不给力，干脆赤膊上阵，与对方唇枪舌剑起来。他在一旁冷眼旁观，眼见得女人嬉笑怒骂，一张脸翻过来翻过去，收放自如，显见得是个经风雨见世面的泼辣货色。心中越发觉得压力增大，暗自定个主张，不管发生什么，都只推到王异康身上，让他应付去。

搞好价钱，要付定金时，他告诉女人，虽然包工包料，王老板并未打钱过来，只讲好付钱时给他打电话。见女人给王异康打电话，他又尿遁了。不知王异康是如何忽悠的，出来后，女人告诉他改天王异康付过定金，店家就送货。让他和店家互留了电话，就噔噔噔地走了。

他见女人走远，给王异康打电话，王异康只简短说了句："我把她打发走几天，你们抓紧搞，生米搞成熟饭，明白吗？"就挂断了。

5

普安红感到四肢都被小时候拔河的那种粗麻绳捆得结结实实，绳子有力地勒进皮肉。突然，四肢朝四个方向被拉紧，身体悬空了，粗硬的绳毛磨得皮肉火辣辣地疼。他不明白这是怎么啦，费力地抬起脑袋朝四周一看，只见四头牛朝着四个方向奋力地刨蹄蹬腿，状如拉犁，而牛轭上绷紧颤动的毛绳，这一头就捆在自己的四肢上……车裂！他脑子里突然蹦出这个古代酷刑的名称，一阵恐慌绝望。可奇怪的是，接下来的疼痛并不像想象中那样剧烈，只是一种熟悉的酸疼，这种酸疼弥漫在四肢百骸之中，搞得人一动不想动。就在这种弥漫的酸疼中，他极度心疼地看着自己的四肢被四头牛生生拉扯下来，牛走了，胳膊腿扔得东一截西一截，没人管。身体像打了烈性麻药，只有那种弥漫的酸痛感。可是那些生拉硬扯下的胳膊腿还活着，还有自己的意识，慢慢地朝躯干爬过来，想重新聚拢在一起……他忽然有了一丝清醒，这丝清醒也许跟那一丝丝轻微的响动有关。朦朦胧胧之中，他看见房门裂开一道缝隙，楼道里的光线透进来一瞬，缝隙又带着一声吱呀闭合了。他想起刚才的车裂，意识到是在做梦，心中一阵释然。他想起白天为了赶工，干得太狠了，那种弥漫全身的酸痛从梦里延续到清醒，就是证明。黑暗中传来窸窸窣窣的响动，他在朦朦胧胧中意识到，是李惠梅回来了。下一念头就是：几点了？这个念头没支撑下去就有些模糊了，但这个念头最后消失之前，带来的是一阵不快……

普安红坐起来，窗外透进淡青色的晨光。他渐渐回想起夜里惨遭车裂的梦境，轻轻晃了晃脑袋。又想起梦是被李惠梅的进屋打断的，接着想起了那个念头，几点了？当时几点了？接着那一丝被睡眠掩盖的不快如同吹尽黄沙似的显露出来，她最近是怎么了？夜夜回来得极晚，以前都是十二时左右就回来的。最近呢，几乎醒着见不到她的面。

他不由得低下头去俯视她的脸，她正趴睡在被子下，给他的是她侧枕在枕头上的左脸颊。他记得她的眉毛本来没有这么长，现在眉梢和城里女人一样画得弯弯的，眼睫毛微微上翘着。原本黑红的面颊因为久不参加田间劳动，如今也变得和城里女人一样白皙。他的目光又移向她的大腿，大腿收拢着趴在床上，整个暴露出被子边沿，她习惯的睡姿总让她的大腿这么暴露出来。丰满浑圆的大腿和直溜溜的小腿是她身体最有优势的部位，这是不受田间劳动影响的，丝毫也不输城里的女人。如今她越来越像城里的女人了。他甚至想象她穿着三点式泳装，就像广告牌上那些女人一样，会是什么模样。心里渐渐发潮，一种难以克制的冲动一波接一波地涌上心头，涌向四肢百骸。他记不清有多长时间没碰过她了。每天晚上回来，他浑身酸软，疲惫得要命，吃过她做的简单饭菜，倒头就睡，有时连洗一把都懒得洗。而最近她也回来得越来越晚，说是火锅店生意火爆，延时服务到晚上十二点，往往在他的睡梦中悄悄进入家门。而早晨他出门的时候，她则还在睡梦中。他们就在一座城市里，就在一个屋子里生活，但很少见面，渐渐有种陌生感，像今天这样愣愣地坐着凝视她，已记不清哪年哪月曾有过。昨天干得太狠了，把进度抢回来不少。昨晚他就决定今天不干了，休息一天。想到这一点，他越发心里发潮，他把颤抖的手伸过去，抚摸着她的大腿，那种光滑细腻的肉感像电流一样从指尖传导到心里，激动得他全身都颤抖起来。他一把翻转过她的身体来了个软着陆，感受到肉体的柔软承载的一刻，头脑中砰地燃起一片大火。她由朦胧的挣扎彻底清醒，睁眼望着他，一边推挡一边嘟囔着："不行！真的不行！还要上班！"他用火热的嘴唇堵住她的嘟囔，她的嘴唇在他的一番研磨下终于开启了，开始迎合他，两只手也伸到下面去褪内裤。他更加激动了，在一片迷醉的朦胧中紧盯着她的眼睛，她的眼角已经出现细碎的皱纹，眼圈隐约发青。她的眼神并不享受，而是暗藏着一丝隐忍。不过她的眼睛始终在盯着他看，似乎要确认她是否让他满足了。这些念头在他的头脑中此起彼伏地闪过，使他独自的肉体快意中，又混杂进一丝丝感动和辛酸……他终于轰然倒塌，沉睡过去。当他再次醒来时，又听见门的一声吱呀。他知道她又上班去了，他坐起来，突然感到心中无比空虚和沮丧，一些不好的念头乘虚而入，纷纷钻入头脑：她刚才的那种眼神，是种委曲求全。只有什么不好的事瞒着他时，她才会有这种眼神。这方面他眼很毒。他立刻联想到最近发现的种种疑点，天天回来得这么晚，去上班的时间似乎也推迟了。他扭过脸，发现她昨天的衣服换下来了，扔在椅子上没顾上收。他慢慢走过去，耸起鼻子咻咻地嗅了几下，没有嗅到那股熟悉的火锅店的气味。他的心越来越沉，抓起她的T恤凑到鼻子跟前细细一嗅，连一丝火锅味儿都没有，过去可是很浓的。

他拿过手机给火锅店打电话，得到的答复是："早走了，快一个月了。"

他心中一凉，她在骗他，她究竟在干吗？

他冲到阳台上向下一望，小巷里空无一人，干干净净。他愣了片刻，火急火燎地套上裤子，脸都没洗就下楼，推上电动车就朝外跑。

当他骑到王家坟公交站时，恰好远远望见她在上车，上的是412路，不是过去的308路。他跟上那辆公交车。那辆破旧的公交车跑得很慢，仿佛要故意熬煎他那颗焦虑烦躁的心。经过金水路的时候，一辆商务别克车突然斜刺里插进来，插在他和公交车之间。他咬牙切齿，边骂边一脚油门，只觉忽地一个后仰，身子左一偏右一偏，就又插到别克的前面，紧咬着公交车的屁股不放。别克从左侧赶上来，特意摇下车窗骂他，他都没理。

他紧盯着公交车的后玻璃，又担心跟得这么紧，她会不会发现他。

后玻璃在反光,看不清里面的情况。

终于在启阳路看见她下了车。他把车推进路边林带一锁,就跟了上去,远远地看见她走进了回春堂足浴中心。他的心彻底跌到了谷底。

他咬牙切齿地跟过去,一路只觉得太阳穴处嘣嘣作响。他没理大堂小姐的惊讶盘问,铁青着脸直接闯进了员工更衣室,一把拉住她就朝外走。

她满脸惊恐,一边走一边挤出一脸讨好谄媚的笑容,嘴里嘟囔着:"你别拉扯,我跟你走嘛!拉拉扯扯让别个看到笑……"

他把她拉扯到林带里,哆嗦着点上一根烟,眼睛不愿看她那副丑样子,连吸了几口,才厉声问道:"谁带你到这种……恶心地方来的?!"

她耷拉着脑袋,已掩面抽泣,半晌才道:"你当我愿意来?!……还不是没办法……你能拿回钱来吗?房租咋办?水电费,吃,喝……"

一提到钱,他就被噎得喘不过气来。是的,他混乱的头脑里也闪过一个念头,确实在一个月前,他们陷入了空前的危机。上轮租期还有一个月就到了,房东提前打了招呼,而且反复强调,地铁就要修到他家门口了,周围的房东们都开了会,行情看涨这是谁都挡不住的,他就是想发善心,也不能得罪其他房东。

他嘴唇哆嗦着:"那也不能到这种地方来!连个招呼都不打一声……他妈的想想都恶心!"他忽然抬起头放出凶光盯着她,"你没干那种事吧?!"

她抬起泪眼,脸上的表情扭曲了。"普安红!你狗日的要是不相信我,就别过了!明天我就回乡下去!"

他心尖一颤,虚了,知道是错怪了她。他把烟屁股扔到地上,狠狠碾灭:"走!回家去!"

见她不动,他上前拉了一把。她狠狠地扭动肩膀甩开他的拉扯。

"你还想干？让老家人看见，把地下的先人……"

"我还有半个月的工资……"她边擤鼻涕边抽泣地说。

"不要了！臭钱，听着就恶心！给你说了我快要挣大钱了……"

她斜瞟了他一眼，别过脸朝人行道上走去。

6

李惠梅调出李载芳的号，犹豫了一番，最后咬牙按了下去。

"李姐吗……那个事，我想，要不就按你说的……"

"商量好啦梅子？好的！好的！好的！……你等等噢，等下我给你回过去！"

她的心在扑通扑通地跳。其实她给李载芳打这个电话是有底线的。底线就是，她要伺候的是李载芳老公田树范，而不是李载芳本人。她不知道能不能守住这条底线，但眼下她已经没有退路了。她那份下贱营生已经被普安红发现了。她只有蒙着头往前走，任凭命运摆布了。好在，李载芳的声音给了她一丝温暖，李载芳的声音里有种抑制不住的兴奋，显然对她充满了期待。

李载芳的电话回来了："梅子！这样，你要是方便，明天十点钟到健康路的吉祥大厦一楼有个叫祥瑞的家政中介公司登个记，带上身份证和暂住证，健康路知道吧？我在那里等你。"

她一听，心有些发凉，怎么还要到中介公司登记？她们不是发小吗？她不是到李载芳家里去干活吗？怎么还要插进来一个中介公司？她还没想透，李载芳那边已经压掉了电话，她手持手机，茫然地听着一片嘟嘟声。但李载芳的声调又是那么热情亲切，自从遇见她之后，李载芳一直对她这么热情亲切，已经快要把她心中的那块冰融化了。

第二天上午十点，她们准时在祥瑞中介见了面。

李载芳和一个叫小王的经理指导着她把表格填了，身份证等都复印留底了，又问她："近些年辛苦吧，身体感觉怎么样？"她有些感动了，低声说："身体还好，就是常觉疲惫。"李载芳关切地问："进城这些年体检过没有？"她笑着说："没那个闲钱，更没那个闲工夫。"李载芳立刻说："走，我带你去搞个体检。"她先是受宠若惊地推辞："不必了，不必了，你也知道的，我们农村做惯了的，皮实。说是疲惫，主要是上夜班上的，其实没有在农村掏劲。"

"还是检查一下吧，这城里不比乡下，空气呀水呀蔬菜的，都不干净，每年都查一下，放心。"

"放心"两个字忽然触动了她的心思，她想起同伴中有人说过干保姆的例行程序，人家是要查查她有无传染病。她心中一凉，默默地跟着走了。

体检结束后，李载芳对她说："两天后，小王会给你打电话。到时候再到中介公司来签份合同，就可以上班了。"

两天后，她接到小王电话来到中介公司，并没见到李载芳。小王一见她，就给一个人打电话，说人已经来了，问对方什么时候过来。对方说半个小时。她听出对方是一个男人，不过半小时后来的是李载芳，对她露出熟络的笑容。小王笑容可掬地忙前忙后，又是倒茶，又是拿合同指点她二人填写，又是开票，"好嘞！好嘞！"的伺候声不绝于耳，殷勤得很。

二人终于坐上车，向城西北京路田树范的别墅驶去。车内开着空调，凉风微微拂面，外面的暑热迅速褪去。李惠梅坐在舒适的副驾驶座上，视线在流光溢彩的仪表板、豪华凝重的内饰件上缓缓地移动着。她从未乘坐过如此豪华的小轿车，只觉得浑身的肌肉和神经都绷紧了，脊背下意识地挺得僵直。直到回过神来,才像泄气皮球似的松下来,把自己软软地陷进副驾驶座里。她忽然靠向右侧车门,把手搭在玻璃窗的下沿上,侧过头望向窗外。窗外的高楼大厦迅急地向后方飘掠而去,偶然遇见人行道上趴在三轮板车上等活儿的民工,民工默默地望着她。那一刻,有一丝潜藏的优越感和满足感忽然涌上心头。但只一瞬间她就意识到,这一切都是别人的,她只不过偶然沾光而已。一种酸楚和压力的浪潮又把她淹没了。

这时,她听见一旁开车的李载芳说:"梅子,待会儿见了老田,咱们就假作不认识。今后也一直保持这样,好吗?"

她一愣,没反应过来,脱口而出道:"那为啥?"

李载芳沉默一下,说:"老田那个人有些怪毛病,我也不细说了,反正叫他知道咱们是发小的话,就不太好处了。再一个,老田那个人不喜欢话多的。你反正平常多做事,少说话。机灵点儿,有点儿眼力见儿就行了。他会喜欢你的。"

她的思维收拢回来,凉风的吹拂让她彻底冷静下来。她忽然意识到,其实这两大李载芳在中介公司绕的这一大圈儿,都是做给老田看的,就是为了瞒着老田她们俩是发小的事。由此她意识到,李载芳对这件事很重视,等会儿可能还会有所交代。

果然,车子拐上北京路的时候,李载芳又一次交代:"千万别让老田看出咱俩认识。"这次用了个"千万别",还向她露出了那种姐们儿的知心信任的微笑。

这是为什么呢?她忽然在心里有了一丝隐隐的兴奋和期待。

一座绿树掩映、青草如茵的独院别墅出现在前方。

7

普安红将那桶泥猛地往起一拎,只觉后腰眼里一阵抽搐般的剧痛。泥桶砰的一声蹾在地上,水泥点子溅了一裤腿。他扶着后腰慢慢靠墙坐下来,想到上次闪了腰连躺了好几天才下床,心里不由得一沉,工期一误,说不定有啥麻烦。这次的活儿总让他心里不踏实。他抽出一支烟点上,烟抽完略微活动了一下后背,觉得那疼劲儿已经过去了,才略略放心。

本来卫生间的泥水活儿是要与客厅、卧室一起做完的,因为王老板相中的那几款卫生间瓷砖没现货,要专门订,只得把客厅和卧室先搞完。轮到卫生间了,只好在室外的观景平台上拌灰,然后隔着窗台一桶一桶地拎进来。这增加了不少的工作量,尤其腰上吃重得厉害。

普安红慢慢地把泥桶拎上窗台,慢慢地爬过窗台拎进卫生间。他抽出一块砖用左手托着,右手用泥抹子连铲几抹子泥倒在砖上,三两下修刮好梯形的坡面,然后把砖拍在墙上,用橡皮榔头在几个点上轻轻地敲击,黑色的泥浆从砖缝之间挤渗出来,不过并不多,这就是经验。待这块砖与旁边的砖完全找平,普安红用抹布把砖缝间渗出的一点儿泥浆抹干净。看着平整光滑如镜的瓷砖墙面,他轻轻地吁出一口气,随手从口袋里掏出几块指甲盖大小的塑料卡片,插进砖缝之间。他用这种方法来保证所有的砖缝都缝隙均匀,整体效果非常整齐漂亮,雇主挑不出任何毛病。这次的卡片他特意选了两毫米厚的,不是过去的一毫米。原因是搬运时破碎的瓷砖他仔细看了,从断口处发现釉子很薄。冷门货往往是这样,不如大路货质量稳定。但这种薄釉最经不起冬暖夏凉引起的热胀冷缩,如果贴砖时合缝太密,边缘处的瓷釉热胀时就要龟裂、起皮、剥落。

王昇康不懂这些门道,他只要漂亮,看中的非要不可,不听劝。其实另有几款也很漂亮,但他就相中了这一款。宁可多花钱,宁可等时间,有钱就是任性。这种轴子只有顺着他。普安红盯着已经贴好的墙面,发现王异康的眼光还是不错的,瓷釉上烧制的是鸢尾花图案,花朵线条纤细妖娆,从花心到花瓣边缘,着色由浓到淡,变化均匀,十分养眼。万千花朵层层绽放,显得花丛幽深神秘,而整体的淡青色十分清凉雅致。有时候,普安红看着自己的劳动成果,那整面整面要么豪华气派要么温馨雅致的地面或墙面,不知不觉就会欣赏起来,尤其是他自己给雇主建议被采纳的花色搭配或图案纹样(他叫设计),再由他自己施工完成后,欣赏起来真有种成就感,可以沉醉在里面大半天。可一旦清醒过来,意识到那都是属于别人的,自己不知何年何月才能过上这种生活,也许一辈子也享受不上这样漂亮的房子和这样漂亮的瓷砖,就会感到一阵沮丧和绝望。

突然,客厅里传来一嗓子尖利的女人叫唤声:"这是谁的房子?是我的吗?!这是咋搞的?!"

普安红心头一紧,立刻走出卫生间,当他看到横眉立目站在客厅中央的赵鋈莺时,头一下蒙了。她咋个又神兵天降了?王异康不是说支出去最少半个月吗?看来,她早就怀疑上他们了。

"这是咋搞的?你这是咋搞的?!这是我的房子吗?效果图呢?老子的效果图呢?!"

赵鋈莺眉峰耸立,一对漂亮的眼睛硬是挤成了凶恶的三角眼。她雄赳赳地立在那儿,胳膊激动地挥舞着,指点着地面、墙面、电视背景墙,的确没有一处是按她的效果图施工的。她有种被人当猴儿耍了的愤怒。

她冲到普安红的面前朝他伸出手要效果图,愤怒得脸色潮红,鼻息咻咻,乳房耸动,手指发颤。

普安红克制着紧张和烦躁,弯腰从工具箱里拿出了王老板认可的效果图,递给她。

她草草地扫了一眼，就骂起来："他妈的！早就看出你们几个合起伙儿来耍老子！你当初是咋说的？老子给你交代的时候，你不是答应得好好的吗？！"

"赵姐，我们是正式公司，要按合同做事的。你仔细看看，合同上最后附的，就是这张效果图。是王老板签过字的。"

"这是谁的房子？我没告诉你吗？我的房子不按我意思装修，你们按姓王的意思搞？"

"那我们不知道那么多，我们只知道谁付钱我们就按谁的意思搞。"

"是吗？那你就走着瞧，看看谁说了算！"赵鎏莺剜了他一眼，声音激动得发颤，手里没闲着，几把将效果图扯碎，扔了一地。

普安红看着扯碎的效果图，感到憋在心里的那股怒气，那股不光是因这件事，而是无数烦恼积攒起的怒气，像啤酒泡沫一样发起来了，快要绷开盖子，溢出瓶口了。

只见赵鎏莺掏出手机，手指哆嗦着拨电话，拨一遍不通，拨一遍不通。

"妈个×的王异康！老子叫你吃不了兜着！"她气急败坏地噔噔噔地往外走，临出门转回头盯着他道，"我要叫你返工！全部返工！你等着，要老子！"两道凶光从美丽的眼睛里迸射出来，惹人憎厌，只觉丑陋。

他赶紧给刘核云打电话，打了几次不接。他才意识到刘核云一般不会接他电话的，刘核云只跟刘召风联系。于是又打刘召风电话，刘召风也不接。正烦恼间，只听一阵杂沓的脚步声踏进客厅，接着就是赵鎏莺尖利的叫唤声："砸！给我砸！"

他冲出卫生间，只见赵鎏莺带了个黄毛的小伙子上来了。小伙子吭哧一下说："这就砸呀？还是跟王哥再商量一下吧？"

"老王电话都不接，还商量个屁呀！"赵鎏莺一把提起重磅榔头，就朝那幅青花瓷的电视背景墙"独钓寒江"砸去，普安红精心拼贴出的瓷画，瞬间瓷片飞溅，裂纹满墙。

"窝囊废！连个女人都不如还混啥？！"赵鋈莺把榔头递到黄毛手里，指着客厅中间拼贴的莲座图案道，"砸！"

黄毛抡起榔头，又是手起锤落，瓷片飞溅！普安红怒从心起，那莲座图案是他亲自设计的，用了四种颜色，片片花瓣都是他精心切割、细心拼贴出来的，那简化了的饕餮纹样的花边，不管切割还是拼贴，都无比麻烦。光这莲座拼贴，工钱就是三千多。他冲上去抓住榔头把儿往下夺，黄毛还不肯撒手，普安红只发力一甩，就把黄毛像老家竹竿上挂的腊肉一样从榔头把儿上甩到了地上。黄毛在女人面前丢了面子，恼羞成怒，爬起就朝普安红脸上挥拳。普安红一时不备正中眼角，只觉眼前白光一闪，脑子里一声轰鸣，顿时蹿起一团火焰，上前搂住黄毛随便一抡就又甩在地上，骑上去抡拳就打，打得黄毛满脸开花。却听脑后女人嘶叫，接着就觉头顶上突遭尖锐的一击，一股剧痛从头皮像电流一样扩散全身，感觉就像被铁路检修工用尖嘴锤猛凿头皮，而且一下又一下。他一回头，竟是赵鋈莺用高跟鞋尖细的鞋跟在敲头。是可忍，孰不可忍？！乡下男人的脾气爆发了，他跳起来一把揪住赵鋈莺，单手卡住她的脖子就往窗台上搡，搡得赵鋈莺半个身子悬了空，两只脱了鞋的光脚在空中绝望地踢蹬着，两眼看住普安红，渐渐眼神空茫，眼仁翻白……

8

晋安红事后庆幸，幸亏他把打架的事告诉了李惠梅。本来这等丢人糟心事他是不肯告诉她的，但他估计晚上有可能回不去，不得不如实相告。这就导致李惠梅急慌慌地跑来了派出所。他没想到，多一个人，效果是大不相同的。怪不得老乡们摊上事了都要叫人，越多越好。李惠梅是个女人，家里的很多情况、打工的辛苦，由她哭着说出来，很容易引起警察的同情。普安红本来断定警察是要向着城里有钱女人的。不料，那个叫蒋汉威的警察眯着眼听了双方陈述原委之后，突然看定赵鎏莺道："赵女士，你这叫故意损坏公私财物你懂不懂？你犯法啦，根据《治安管理处罚法》是可以拘留你的。"

赵鎏莺一听，睁圆双眼看了警察一回，突然轻蔑地笑道："笑话！我砸我自己房子砸我自己瓷砖难道也犯法？我的东西我看不顺眼我就砸了……蒋警官，你是打瞌睡没听明白吧？"

叫蒋汉威的警察睁开眼，拿起桌上的合同呼扇着说："这可是人家家宝装修公司与王异康签订的装修合同，见不到你赵鎏莺半个字啊！"说罢嘿嘿一笑。

赵鎏莺睁着眼道："这套房子王异康是给我买的，装修也要按我的意思装修。等房产证下来你就明白了。"

"这个王异康是你什么人？买房子送你？"警察眼角带笑，明知故问。

赵鎏莺脸一昂，神情凛然道："男朋友。耍朋友五年了，马上要结婚。"

警察含笑对赵鎏莺意味深长地一望，低下头在电脑上操作一番道："这王异康有老婆嘛，你才耍了五年朋友，人家老婆结婚都三十年了，子子孙孙的一大群。你要和别个结婚，这一大群都答应吗？"

普安红心头滚过一阵快意，连黄毛都没憋住，噗地笑出声。

赵鎏莺脸色铁青道："咱们不扯那么多没用的。只要把王异康叫来一问就知道。"

"那你叫嘛。"警察道。

赵鎏莺道:"这两天他与我别扭,不接我电话。你给他打,就说赵鎏莺差点儿叫他雇的人掐死,叫他到派出所来。"

"连个电话都不接,还要了五年朋友……"警察边按赵鎏莺报的号打电话,边轻蔑地嘟囔着。

普安红看到,两颗清亮的泪珠在赵鎏莺的眼睛里越鼓越圆,终于像断线珠子一样流下来。

在等王异康的时间里,警察给他们处理打架的事。黄毛和普安红之间清爽,一个鼻子流血,一个眼圈乌青,照过相后,警察说是互相抵消了。赵鎏莺和普安红之间就有些夹缠不清:赵鎏莺说差点儿被普安红掐死,扬着脖子给警察看,上面确实有红指爪印;而普安红说被赵鎏莺高跟鞋凿了头,按老家说法是奇耻大辱,并且要晦气一年。因头发浓密,无法取证。扯到最后,警察不耐烦地让普安红到对面"小司发艺"刮光头去。不料普安红遛了一圈回来说:"没想到这繁华街区刮光头好贵,要一百块。口袋里差二十,人家不给刮。"警察不耐烦了,从自己口袋里掏了二十块打发他去刮光头。刮回来一看,青青的头皮上,和尚戒疤似的赫然散落着几点红红的印记。警察让赵鎏莺脱下高跟鞋拿来一比对,那几点红印记赫然正是那细高跟砸的,跟砸钢印似的,连那名牌商标都隐约可见。——拍了照存了档,这下赵鎏莺也无话可说,只得同意互相抵消。

王异康一进门,赵鎏莺就扑上去撒泼撕扯,骂他是骗子,是罪魁祸首。王异康长着一张和气生财的团团脸,一边涎着笑脸四面赔不是,一边哄弄女人说一切都是误会。然后又跟警察说,容他把女人带出去单独商量。

二人出去了足足有半个小时。这期间刘召风终于赶到派出所,听普安红讲了情况后,等着一对活宝周旋。

天色傍黑时，王异康终于把女人哄好。进了询问室说，打架的事双方就和解了事，谁也不追究谁。但普安红一方，必须按照赵鋆莺的效果图返工。

普安红刚要发作，刘召风按住了他，两眼盯着王异康道："王老板，合同是我们双方签的。我们公司员工，也一直是按合同办事，维护的是你的利益。现在你因为家事就把合同给变了，那咱们得说说清楚。"

王异康干笑了一声道："那是那是，算我违约。但咱们工程既然都起了头，我也不想再找别人了，就委托贵公司把它善始善终做完。"

"那我可丑话说在前面。前面装修的工钱，一分不少都要算给我们。已经装修好的要拆除，也要按时价算我们工钱。重新装成赵女士的效果图，工钱另算。"

王异康吭哧了一下，抬头笑道："行！行！就按你们说的办！"

9

这是李惠梅有生以来第一次住进这样的豪宅。最开始那段日子，给她留下最深的印象就是那种精神上的紧张、自卑和无时不在的压力。她用了好几天才搞清楚那座别墅里如同迷宫一样曲折回转的十几个房间各自的方位，至于用途及如何打理，到现在也没完全弄明白。她又不敢问，生怕在主人面前露出一副土鳖相。

她后来才弄明白，老田家的装修风格叫作中西合璧，还是他公司的员工来聚会的时候，从那个叫刘景丽的财务主管嘴里听见的。财务主管一看就是个时尚出尖的人物，见过大世面的。饶是她，也对老田的这所别墅赞不绝口。老田家的家具一律设计得怪怪的，造型倒是都很简单，但就是与家具城里的大路货明显不同。光是油漆一看就十分高档，泛着细腻的油样光泽。颜色呢,像他家孩子抹面包的黄油,一层透明的清漆之下,漾着一圈圈细致好看的木纹理。书柜、电视柜、沙发、博古架、茶几,在宽大的客厅里高低错落地摆放着,衬托在白底浅蓝色花草的墙纸之下,又鲜亮又沉着,看着十分养眼。时间长了李惠梅才弄明白,就连那摆放的位置都是经过精心设计的。头顶的水晶吊灯由无数晶莹璀璨、琢磨精细的水晶块垂挂而成,呈花船的造型。夜间如果有客人来派对,打开这一挂水晶吊灯,那无数水晶琢磨面反射出的点点金光,就能营造出一种富丽堂皇的效果。

每次李惠梅或躬、或趴、或跪着擦拭这些家具、摆设时,她的心情都十分复杂。一方面,这些家具器物实在太漂亮了,太高级了,让人不能不喜爱,不能不认真对待,小心伺候。蘸水抹布擦过一遍,待干了之后,还要对着反光面再看看,如有水渍,再哈着气用细绒布擦一遍。另一方面,这些高贵漂亮的器物却无一不勾起她心中的酸楚,给她心头平添一分沉甸甸的压力。她老是联想到她那间寒酸的出租屋,联想到人和人之间的差距为什么会这么大。尤其是在她收拾到更衣室的时候,看着环绕三面墙的十八门的衣柜,她就会想起李载芳。因为这三排十八门的衣柜都是属于李载芳的。她实在忍不住一一打开偷看之后,确认这一点的。裙装、套装、皮草、风衣、羽绒服、内衣、纱巾、披肩,都分门别类地妥帖收藏着,光滑平整地垂挂在一间间隔挡里。稍加联想,就可见李载芳光鲜靓丽、雍容华贵地出现在种种高不可攀的场合。再看看自己,一种自惭形秽的酸楚和压力就会满溢心头。收拾到卧室的时候,那宽大舒适、造型厚重的木床,蓬松柔软的床褥,温馨叮人的灯光,无不让她联想到李载芳和老田在一起的种种神秘舒适的夫妻生活。每次想到这里,她就不由得恨命运的不公,联想起两个人从小到大渐行渐远的生活道路。尽管李载芳的华丽生活深深地刺激着她,让她难受得喘不过气来,可奇怪的是，她还是忍不住地要去偷窥，去比较。她每次收拾更衣室时，都要躲在里面一个门一个门地打开衣柜，强忍着酸楚一件一件地翻看李载芳各式各样的高档衣物，一次次地体会那种喘不上气的感觉。上街买菜的时候，她还要到大商厦里去寻找那些品牌，打听价格，以至于最后在心里骂自己是自寻烦恼的贱坏子。

当她难受至极要自救的时候，终于发现了自己唯一一点优势，就是普安红比老田年轻得多。无论年龄还是相貌，都与自己正匹配，而且完全是由着自己的心意选择的对象。更为关键的是，普安红心里有自己。这么多年来，点点滴滴中都能看出他的心思。他那么吃苦受累地讨生活，都是为了她，这一点她心里是踏实的。而老田对李载芳呢？那可就不一定了。虽然在这里待了还不到一个月，她已经发现蛛丝马迹了。

这蛛丝马迹就出现在一个叫作刘景丽的女人身上。虽然她只在别墅里出现过两三次，而且每次都是跟一大群有男有女的公司员工，一起到老田家来参加派对的。但她有一种直觉越来越清晰，这个女人与老田的关系不一般。最开始是刘景丽第一次和大家登门的时候，当时她在客厅里为大家倒茶，员工们四散着东张西望地欣赏老田的别墅。在她给刘景丽倒茶的一瞬间，老田忽然给她介绍说："这是我公司的财务主管刘景丽，××财经大学的高材生。"二人互致了一个笑脸就过去了。当时李惠梅就觉得，老田的介绍有点儿突兀。那天他哪个员工也没给她介绍，单单就介绍了这个刘景丽，总觉得好像是刻意要介绍给她认识。至于内里有什么玄机，她想不明白，但她从此开始注意这个刘景丽。她总觉得这个女人在别墅里不像别的员工那么拘谨，显得轻松自在，有股子主人翁精神。这片别墅区坐落在清凉山的半山坡上，建有所谓的高尔夫练习场。那些员工们来了之后，都要装模作样地挥杆子过一过高尔夫瘾。有一回，刘景丽正笑闹着与一个员工抢杆子，老田在一旁微笑地说："晓寅，你还跟人家抢个啥哟!"李惠梅在一旁立刻听出,老田一定是单独带她出去打过真正的高尔夫球的。

后来一次派对的时候,她发现了一件更奇怪的事情。大家吃好喝好,在泳池游累了之后,纷纷窝在露台的休闲椅上休息。她在一旁伺候茶水饮料,无聊之际,望向老田。老田坐在休闲椅上,两手握着手机,两个大拇指在手机屏上飞快地点动着,两眼盯着屏,眼中不时地微微一笑,显然正与什么人微信聊天。忽然,她发现老田看着手机屏会心一笑,眼珠向右侧瞟了一下,就迅速地收回了。她一时好奇,顺着老田的眼风瞟过去,结果发现那边是刘景丽,姿势与老田一模一样,也是半躺在休闲椅里,两手握着手机搁在肚皮上,两个大拇指在手机屏上飞快地点动着,两眼盯着屏,眼中不时地微微一笑。

她兴奋起来,人虽然提着茶壶站在一旁,目光却专注地在刘、田二人的脸上来回睃巡。她发现,往往老田的大拇指在手机屏上操纵一番,停下时。你转去看刘的脸,她定然是盯着屏幕,然后会心一笑。反之也一样。有一回,她甚至发现,刘笑了之后,也向老田那边飘过去一个转瞬即逝的眼风。

他们在干什么?

她大着胆子,假借倒茶之机凑近了老田的休闲椅。她把眼神瞟向老田的手机,手上微微颤动着向老田的杯子里续茶,茶续了一半就听老田说了句"不添了"。这随口一句却似一声滚雷惊了她一跳,水都倒在了桌子上。她赶忙退下,心跳着。屏幕上写的啥根本没看清,只看清老田的头像是一个熊猫脸。(应该是对方的脸吧?)

待了片刻,她发觉二人仍在专心地玩着手机。她那顽强的好奇心终于战胜了恐惧,又端着饮料,从背后慢慢接近刘景丽那张桌子。倒完饮料,她终于看清她的手机屏,屏幕上赫然正是那张熊猫脸,字刚写了三个:"等会儿。"

他们这是在干什么?面对面的,却要用手机微信聊天。大庭广众、光天化日之下,进行着一场天知地知你知我知的秘密。

他们的这个秘密,像一颗种子,深深地埋进了李惠梅的心田,并且悄然地、顽强地发芽,生长着。

10

本来月底就该拿到手的工钱,被赵鎏莺这么一搅,遥遥无期了。王异康在派出所答应得好好的,把前面的工钱结了,然后再干返工活儿。可出了派出所,这钱就结不下来了。普安红已经三个月没拿回一分钱了,家里一切用度都靠李惠梅。这种吃软饭的日子,让他屈辱压抑,再也无法忍受。他几次催促刘召风,刘召风去催刘核云。就这么一个小工地,刘核云哪里顾得上这点儿事,被催烦了,他就把权力下放给了刘召风,说:"这活儿你是领工的,你去催王异康。管理费我也不提了,催回来多少都是你的。我没有那么多闲工夫。"

刘召风去一回王异康那里,回来就要铁青着脸大骂:"想不通王异康、赵鎏莺两个无赖是咋凑成了一对子的,真是天下少见!"

这天,刘召风给普安红讲:"这样下去不是个办法。咱们把上回派出所写的调解书拿上,还找派出所去解决,你把李惠梅叫上。"

三人到了派出所找到上次的蒋警官。蒋警官一听这事就一脸烦躁,摇着手说:"你们咋啥事都找派出所。派出所是管治安的,上次你们打了架,我们不能不处理。现在剩下的是合同纠纷,我们管不了。没那个管辖权。你们到法院告去吧!"

三人一听傻了眼。愣怔片刻,刘召风给李惠梅使个眼色。李惠梅上前开始给蒋警官道苦情,说好话。李惠梅告诉蒋警官,他家的房租已经欠了两个月,眼看租期已到,因为修地铁,下一轮房东还要涨房租,家里全指望着普安红的工钱救急呢。而这个装修房子的纠纷是这么来的,这套房子本来王异康装修好了要养二老婆的,结果没保住密让大老婆知道。大老婆在广州做珠宝生意,比王异康做得还大。其实王异康是靠大老婆起家的。大老婆发现他买了房子,就让他装修成现在这副样子,还安排人盯着他。他没办法,只有忽悠赵鎏莺。但他以前就忽悠赵鎏莺说是要跟她结婚的。赵鎏莺也猜出房子不按她的装修是大老婆搞的鬼,所以这回豁出去把脓包挑破,与大老婆决一死战,扳倒大老婆上位……

"他们有钱人玩女人玩砸了,拿我们穷人当替死鬼。我们咋能受得了啊?"

普安红注意到,蒋警官的眼神渐渐地专注于李惠梅的讲述,显然是有点儿说动他了。三个人都眼巴巴地望着他。

听到最后,蒋警官默默地吸了几口烟,拿起那张调解书道:"那我就最后再传唤他一次。但这个调解书是调你们打架的。后面这些经济纠纷按说不归我们管。如果再不成,你们上法院打官司好了。"

王异康来到派出所,依然是一张笑脸打四方,但说到工钱就是不吐口。经过几个回合的扯皮,普安红看出,他是怕把前面的工钱一结,他们就拍屁股走了。毕竟双方打了架,互相不信任。他的意思是把返工活儿统统干完,一块结钱。其实,刘召风和普安红私下正是这么商量的,工钱一拿到手就拍屁股走人,把烂摊子扔给姓王的,让他擦屁股去。他们是再也不想与他打交道了。王异康把这一点挑明,也戳中了他们的软肋。他们虽然拍着胸脯子做保证,但毕竟口气有点儿虚。蒋警官的眼光犀利地在刘召风和他的脸上扫来扫去,似乎也看透了他们的心思。但让他们把返工活儿全干完,他们坚决不答应。一是担心到最后算工钱的时候,姓王的要打折扣。二是所有干工程的,心理上最抵触的就是返工活儿,有种不吉利的象征在里面。三是这套房子是大老婆二老婆争风吃醋的标的物,是两个老婆拼死争夺的上甘岭,谁知道后面还有什么变故。他们真不想沾手。

双方僵持在这里。李惠梅紧张地看看他,看看刘召风,又看看蒋警官。

蒋警官最后不耐烦了,朝王异康吼道:"你是个老板,房子是你的,总得拿出个办法嘛!"

王异康用面巾纸擦着一脑门油汗,看看这个,看看那个,最后说:"要不这样,我在新民路鑫都大厦新开的一家店,还剩下些尾巴工程。你们把那个工地接上,多少干一些,我就把前面的工钱结了。至于返工活儿,等把我那个新店面搞完再说?"说罢,紧张地看着刘、普二人。

显然,他是想用那个尾巴工程把他们拴住,以防他们拿了钱就走人。

刘召风说:"看看工地再说。"

刘、普、李三人跟着王异康来到鑫都大厦。原来是王异康在大厦一楼新开的一家叫"璀璨星空"的珠宝首饰店。刘召风边听王异康交代着装修活儿,边在店面里转来转去地看,又转出店面东张西望地看了看整个大厦一层的环境,最后说了一个字:行。

11

李载芳是在第三次来看老田时,带李惠梅去吃的那顿饭。

当时本来说的是一起去给家里采买些日常用品。东西买得差不多了,李载芳突然说附近有一家叫勤和居的饭店,多是家乡菜,午饭就去那里吃。她疑惑道:"老田咋办?"李载芳说:"不管他,他有地方吃。"

当她随着李载芳向勤和居走的时候,一种令她紧张而又兴奋的预感就渐渐升上心头。她知道，李载芳不会无缘无故带她吃饭的。就像第一次请她吃饭一样，李载芳总是在有什么重大谋划的时候，才会请她单独吃饭。她感到埋在心田里的那颗种子开始发芽了，弄得她心里直痒痒。但她又不敢肯定，李载芳到底要谋划些什么，与她预想的是否一致。她只有忍着心头那股难挠的痒痒劲儿，暗含着一份期待。

然而，李载芳却并不着急，一边吃，一边和她闲聊，一会儿回忆家乡的味道，一会儿又说些村里过年过节的事，一会儿又问她和老田相处得如何，对老田有啥印象等等闲话。总之，话题东一榔头，西一棒子，漫无目标。但她可以看得出，李载芳聊得有些心不在焉，甚至心事重重。常常她问了句什么，李载芳就突然惊醒似的噢的一声，却又接不上话。话题常常中断，陷入难堪的冷场。她觉得这一刻时光难挨，心中的期待越来越煎熬，甚至让人烦躁。

就是在这一刻，李载芳喝了一口汤，忽然漫不经心地问了句："我不在，老田一个人着急不？"眼睛虽没有看着她，但这句话却如同在她脑海里敲了一记响锣，一片嗡嗡声。她知道，绕了那么大一个圈子，这句话才是李载芳想问的。但事到临头，她却突然慌了，一时拿不定主意，到底告不告诉李载芳。这事对李载芳来说，太重大了，会对李载芳有什么影响？她脑子一时都乱了。电光石火之间，就听嘴巴里说道："他才不着急呢！公司里的年轻人经常到家里陪他玩，热闹着呢！"话音未落，扑通扑通的心跳声已经在耳膜上响起。

"噢，都谁呀？"她依然没抬头看她，似乎漫不经心地又补了一句，"男的还是女的呀？"

"一来都一群，都是年轻人，男的女的都有，我也认不全。"她很紧张，不知道怎么才能把话题引到那件事上去。如果就这么涎着脸积极主动地把这件事告诉李载芳，她会有种告密的羞耻。她毕竟是高中毕业生，因为喜欢，读过无数的小说。在她的印象中，没有一个告密者不被钉在耻辱柱上受众人唾骂的。可奇怪的是，本能却驱使她一定要把这件事告诉李载芳。好像只要把这件事告诉李载芳，她就能放松很多，心头那份沉重的压力和酸楚就能得到缓解似的。最终她想到了一点，她这是在帮李载芳，不能让李载芳蒙在鼓里，毕竟她俩是同村发小。她心里坦然了。可这时候，另一种担心又浮上心头：这件事有点儿太琐碎，只是一种微妙的感觉，说起来太玄乎，李载芳能相信吗？是不是自己神经过敏？

这时，她忽然听到李载芳在对面说："老田就是喜欢热闹，喜欢跟年轻人鬼混，没大没小的。"她这番话很暧昧，尤其"鬼混"两个字听着很刺耳，像是有什么暗示。李载芳边说边看了她一眼，然后，又低下头去喝汤。但她能看出来，李载芳喝得心不在焉，汤上漂的菜叶都挂在嘴角了，都没发觉。李载芳就这么嘴角上沾着一片嫩绿的菜叶，沉吟半晌，抬头补了一句："年轻人？那刘会计也常来吧？"

她太紧张，以致没反应过来刘会计是谁，只呆望着李载芳。

李载芳看着她，皮笑肉不笑地那么一下，艰难地又补了一句："就是一个叫刘景丽的，现在赶时髦都叫财务总监的。"

此言一出，她脑子里豁然洞开：李载芳早就知道了。试想想，连她一个保姆待了一个月都看出来的事，李载芳这么精明的一个人怎么会没察觉？她一下轻松了，所有的负担都卸下了，唯一剩给她的，就是一吐为快了。她抬起眼睛，有些激动，又有些感激地望着李载芳，就像两个相互防范的地下工作者，终于对上了暗号。

她用那种推心置腹的语气，字斟句酌、小心翼翼地把刘景丽在别墅里的一言一行汇报给李载芳听。她很注意地不加任何评价、分析和推测的成分，就只是把她看见的、听见的一板一眼地汇报了，尤其是两个人用手机微信聊天的事。但她忘了，在这个过程中，她已经不知不觉地把自己扮演的角色给如实招供了。

李载芳瞪着眼睛一路听她说下来,最后,沉吟半晌,艰难地冷笑了一下:"我给你说过,老田这个人有些个怪毛病。有时候呀,就喜欢搞怪。"李载芳笑得很难看,弄得她心里有几分忐忑。

她没想到,当天晚上,她就收到了李载芳发来的微信红包五百元。说是发给她的奖金。

那一刻,她明白,她与李载芳已经秘密结盟了。

只是令她更没想到的事还在后面。

刘景丽又一次登门的时候是一个人来的。李惠梅给她打开门的时候,她欢快而亲切地叫了一声李大姐,就像几辈子的老熟人似的。接着她就说是给田总来汇报公司的财务状况的,还扬了扬手中的黑色公文包。

当时,她立刻就联想到刘景丽第一次混在大群中来家里时,老田为何要刻意地把她财务总监的身份介绍给自己。原来是为这一刻做铺垫的。她进而联想到,其实前面几次混在大群中间来,都是为后面的单独来做铺垫的,好叫她见怪不惊。她一下子体会到老田用心之良苦,心思之缜密。

刘景丽迈着白领丽人富有弹性的步伐轻快地上了二楼老田的书房,显然没意识到她会有任何威胁,没把她当回事。那一双白皙修长的城里女人的大腿在她的脑海中明灭,她在心里舒坦地笑了。

她不知道那天刘景丽是什么时候走的。她知道的只是,吃过晚饭后,田树范突然拿了一千元钱递给她,说是不要跟房东纠缠,城里就是这样,什么东西都是水涨船高,说风就是雨,其实地铁还不知猴年马月才能修到这儿呢。

她一下慌了,本能地伸手推挡着,嘴里说着推辞的话。可老田笑眯眯地看着她说:"这几天家里朋友来得多,你办招待也很辛苦,这也算是你的奖金吧!"

她还在推辞，心中一片慌乱。老田突然虎起脸说："拿着！不给面子吗?！我老田在社会上混了这么些年，还从来没有送不出去的东西！"

她只好讪讪地接过那笔钱。

当天晚上她失眠了，她一遍遍地分析老田给她钱到底啥意思，他和刘景丽会搞到什么地步。尤其让她不安的是，如今她拿了李载芳的钱，又拿了田树范的钱，简直是两头拿钱。事情如果发展下去，会发展到何种地步，她该怎么办。她想起老田虎起脸说的那番话，在这夜深人静的时刻，还真挺害怕的。

12

鑫都大厦1-21号，过去是一家爱马仕品牌专卖店，如今王昇康盘下来，要重新装修为珠宝首饰店。

鑫都大厦是本市有名的高端奢侈品商厦。普安红们平时都不敢进的，因为进去了也是自讨没趣。

狗日的不差钱！能把这里的店面盘下来。这是普安红的第一反应。

王昇康要换高档地砖，要重新吊顶，要包装几根廊柱，安装广告灯箱，还要安装一系列的玻璃橱柜。虽说是简单装修，工作量却不算小。关键是，这趟活儿干起来特别窝心恼火，纯粹是被别人捏住了软肋，拿住了七寸，被迫地干，为的就是把那套房子的半拉子工程的工钱拿到手。姓王的一定要等到这边的活儿干个差不多了，才会把上一段的工钱支付。这样，你拿上钱也跑不了，还得听候他的摆布，乖乖地把那套房子的返工活儿干上一部分，你才能拿上这里的工钱。等你把返工活儿也全部干完，你才能拿到全部的工钱。姓王的肯定是这么盘算的。普安红一边砸地一边想，越想越觉得自己就像一头被人牵住鼻环的牛，牛虽然力大无比，可一旦被人穿了鼻环，今生就只能任人摆布。在乡下的时候，他见过几个棒小伙子想尽法儿给牛穿鼻环的野蛮场面，那皮肉焦煳的可怕气味，那牛的凄惨哞叫和汩汩眼泪，还有那被捆绑结实无法挣扎、只有肌肉在抽搐的四条腿……如今呢，他的鼻子上也被穿了看不见的鼻环，那就是钱。他没钱，人家有钱。城里的有钱人就靠这个摆布他们这些乡下来的土鳖。

干活儿他不怕，他恨的是这种屈辱。他抡起榔头狠狠地砸地上的旧瓷砖，砸得碎砖屑像子弹一样飞溅，沉闷可怕的咣咣声震人耳膜。连他自己都被那股子可怕的发泄震动了，他停下手，往四周看，发现刘召风和那个改电路的小工子都停下了手里的活儿，定定地看着他。

刘召风走过来给他散了棵烟说："歇歇，歇歇，悠着点干。别着急上火。"二人点上火后，刘召风深吸一口，烟气徐徐吐出，弥漫在二人之间。隔着烟气，他看见了刘召风那一对凝聚在他脸上的眼珠子，仿佛大有深意。

其实，他一直不理解刘召风为何会轻易答应接下这一处工地。按他那种不饶人的脾性，他应当和姓王的缠磨下去，不会这么轻易就缴械投降的。而且，最近他活儿一直干得心不在焉。干一会儿就停下，到大厦一层转来转去，东张西望，心事重重的。时常还与其他店铺的服务员聊天，也不知他与他们有什么好聊的。

这边的工程干得差不多了，他和刘召风去找王异康要钱。不料姓王的又让他们到那套房子去，把该拆的吊顶拆了，该砸的瓷砖砸了。说是赵鎏莺电话打疯了，他生意都没法做，觉都没法睡了。让他们过去稍稍应付一下，就把上一段的工钱给他们。

普安红怒从心头起，睁着两眼看着王异康道："王老板你差不多就行了！你在派出所是咋说的？！你他妈的……"话没说完就被刘召风硬生生按住，拉到身后。

他只觉得两个太阳穴嘣嘣嘣地跳，脑子里轰轰乱响，连刘召风与王异康说些啥都没听进去。

出来后，刘召风拉住他，低声说："兄弟，听我的。哥哥我已经有盘算了，绝对不让咱哥俩吃亏。先忍忍，小不忍则乱大谋。"

他们又来到了建设路上的那套别墅里，把他们亲手铺的瓷砖一个个砸掉，把他们亲手钉起来的吊顶拆掉。赵鋆莺这回是彻底不相信他们了，天天都来亲自监工。她就活像个胜利将军，监督着他们这几个俘虏劳动。用她那种斩钉截铁的命令语气，把他们一会儿指挥到这儿，一会儿指挥到那儿，拿着她那张效果图给他们布置后面的任务。

普安红每天都强忍着一股邪火干活儿，从不与她说一句话。她盼咐他时，他就那么阴阴地看着她，看得她不寒而栗。

这天晚上下工后，刘召风喊他去喝酒。在酒馆那个最僻静的角落里，二人喝得酒酣耳热，他咬牙切齿地咒骂王异康和赵鋆莺。刘召风看看四周无人，忽然把脑袋伸到他前面，压低声音说："兄弟，你要是条汉子，就跟我搞他姓王的一家伙。既泄了这股子邪火，也发一笔小财，起码顶你干几年的。你干不干？"

刘召风的眼珠子在昏暗的灯光下灼灼发亮，充满了一种召唤的意味。那股子偶露峥嵘的不可抗拒的力量，从他的眼珠子里，从他说话的语气中间，散发出来了。

半小时后，他们就来到了鑫都大厦外面的环形过街天桥上。此时夜已深，只剩很少几家夜店的霓虹灯还在坚挺地闪烁着。鑫都大厦的钢化玻璃门早已锁闭，空无一人的大厦里一片漆黑，只有悬挂在玻璃幕墙上的巨幅广告灯箱还散发着温馨的光芒。

刘召风指着广告灯箱低声道："看，这大楼的玻璃幕墙是双层的，中间有一米宽的夹层。外墙挂的有广告，内墙挂的也有广告。这中间的夹层，就跟个小房子似的，待在里面，谁也发现不了。

普安红疑惑地望着刘召风。

"那天我发现，里墙有块玻璃碎了，没人管。等姓王的一开张上货，咱们晚上可以躲在里面。那些玻璃橱柜的锁头我研究过，好弄。对我来说，手拿把掐的事。"

普安红趴在天桥栏杆上，透过玻璃幕墙观察着大厦里微光映照下晦暗隐约的角角落落。刘召风说的，他听着像做梦。哪有这么容易的事，人家是傻子吗？他稍一想就明白了症结，脱口而出："人家夜里有保安啊，况且我们咋出去？"

"所以这事一个人干不了，非得咱两个合作才行！到时候，咱们最好不惊动保安，一旦惊动保安。咱们一块上，只要把他按住一分钟，我就有办法让他睡觉，你放心。"

他的两个眼珠子又灼灼发亮地盯着普安红看了。普安红先是打了个寒战，定了片刻，忽然他感到一股热流被那两个眼珠子给唤起了，涌遍了全身。

13

在安放那个录音笔之前，李惠梅心里有过一番激烈的斗争。不干吧，她已经拿了李载芳的钱，等于毁了和李载芳订立的盟约。况且，外表光鲜的李载芳与田树范之间，到底已经糟烂到何种程度，她有种控制不住的好奇心和窥视欲。这股子好奇心，最初李载芳让她装作不认识的时候就播下了种子。在发现田、刘二人之间的微妙动作后，种子开始发出嫩芽，而今已经长成参天大树，再也遮挡不住了。可是干吧，且不说紧张害怕，单是那种羞耻和内疚的感觉，一想起来就忍不住往上翻腾。说实在的，田树范对她挺好的，一点儿不拿架子。平常她做好饭摆上桌，他就招呼她一块上桌子吃饭，边吃边与她聊天，问她一些农村的事，也把他这些年混社会的千奇百怪的故事讲给她听。他这个人阅历非常丰富，说话也非常搞笑，常常一个段子讲完，就张着嘴哈哈大笑，白米饭摊在舌头上。见她不笑，还问她咋不笑。说实在的，如果老田不是她要对付的对象，心里始终有防范，她早就笑了，甚至喜欢上他这个人也未可知。最近，他开始给她讲荤段子。有天在饭桌上，老田忽然说："有个男人陪老婆到医院生孩子。医生讲，现在有种传感器，可以把产妇的痛苦传递一部分给孩子的父亲。男人就勇敢地连上了传感器。开始医生把20%疼痛传给男人，可男人毫无痛苦。医生又加到40%，男人还是毫无痛苦……最后，医生把100%的疼痛都传给了男人，男人还是毫无痛苦。这样，女人无甚痛苦就生出了孩子，一家人高高兴兴地回了家。却发现隔壁老王手里捏着钥匙，脸色铁青表情扭曲，死在了家门口……"荤段子讲完，他就张着嘴哈哈大笑，笑得连小舌头都让她看见了。边笑，边一眼一眼地瞟着她，仿佛要邀功请赏似的。那一刻，她终于忍不住捂嘴扑哧一乐，一瞬间彻底放松了警戒，甚至可以说是缴械投降了。因为她真的对他产生了一丝好感。他又趁热打铁地吹嘘自己，说："我这个人能成功，主要靠情商高。你以为跟那帮当官的拉关系光凭个请客送礼就行啦？会请客送礼的多啦！关键他们都喜欢我！喜欢跟我在一起！跟我在一起他们就开心、幸福！"

他们之间的关系，硬是被他弄得像哥们儿似的。前一向听她在电话里跟普安红商量老人看病住院的事，他又主动拿给她一千元。

如今要对他下手，她真的有几分不忍。她无法想象，一旦被他抓住，她该怎么办。

但掉过头来想一下，她就知道自己已经是箭在弦上，不得不发。来自李载芳的压力，还有自己内心那股子好奇心，让她已经无法停下。

她是在端果盘进去的时候，安放那支录音笔的。当时，刘景丽隔着书桌坐在老田对面，边说边把一些文件递给他，一副汇报工作的架势。她紧张地放下果盘，倒茶，眼珠子骨碌着，暗中寻找合适的位置。离得太远不行，声音录不清楚。他俩当时坐在窗边，窗台是最合适的位置。可是他家的花卉是怕晒品种，都在窗台下面摆放着。窗台上空无一物，没遮没拦的，只有那只空花洒在上面。她忽然瞟见窗帘，灵机一动。她假装去拿花洒，借机把事先打开的录音笔放在收拢成一束的窗帘布后面。

整个下午，她都忐忑不安地待在楼下的保姆房里。

她出来之后，才开始后怕，甚至后悔，觉得她放的位置太草率了，太危险了！如果他们之中的谁到窗台前来个凭窗远眺，一定会发现那个该死的玩意儿。当时她只想着录音效果，别的全没想到，悔死了！他们会不会做这么个动作呢？她绞尽脑汁替他们着想，似乎想不出什么正当的理由。如果真是汇报工作，怎么会突然来个凭窗远眺？如果是调情之类的，更不会跑到窗户边上……且慢！那岂不是要先把窗帘拉上？这个可怕的念头如同一枚炸弹轰然爆响，她眼前一阵眩晕。待清醒过来，她再也待不住了。她把拖鞋拎在手里，赤着脚上楼，慢慢靠近书房的门，侧耳倾听，里面毫无动静，耳中全是自己扑通扑通的沉重心跳。这里不可久留的，她蹑手蹑脚地下楼回到自己房间。这个下午的光阴是如此难熬，时间之河好像凝冻了似的。她已经无法正常地感觉时间过去多久了，只有靠看手机来确定。两个小时过去了，没有发生什么，当她心情刚刚有些安定，她突然意识到天色已暗。窗外越来越黑，她突然联想到，那支录音笔有个小指示灯。当处在录音状态时，红色的小指示灯就会不停地闪烁。她心往下一坠，又出了一身冷汗。下午那会儿窗外阳光强烈，她并未注意到这个问题。这会儿窗外光线越来越暗，那个闪烁的指示灯就会越来越惹眼。他们怎么还没谈完？他们要谈到什么时候？！

你们不就是要干那个吗？！你们赶快干吧！赶快滚到那个宽得像床一样的沙发上去干吧！干完了赶紧走人吧……各种焦虑而又烦躁的念头在她心中像海浪一样此起彼伏，没个踏实的瞬间。最终，她不得不又提着鞋上了楼。这回她拿上花洒当借口，胆子大了一些，靠门近了一些，她发现门缝下漏出一线灯光，里面传来低回细小的谈话声。她略感踏实了一些。有灯光，那个小指示灯不会太显眼。可是冥冥中的力量仿佛洞悉她隐秘的心思，灯光突然熄灭了。她的心要从嗓子眼儿里跳出来了！她紧贴在墙壁上连动都不能动，脑子里一片空白。半天，她才摸着黑，扶着扶梯下楼，两脚一下一下地捣着台阶，感觉都不是自己的了。

她坐在自己的小床上，背贴着墙，两手握拳贴于胸前，向不知何方神灵祈祷着……终于听见外面有了下楼送客的动静，最后是老田的招呼声。她理了理头发，抚了抚胸口，强作镇定地走出保姆间。

"咋这么黑呀？也不开灯。"老田咕哝了一句，然后吩咐道，"把洗澡水烧上，把书房收拾收拾就睡吧。"

她有了一丝小激动，颤巍巍地上楼，进到书房一看。桌上有果皮和大堆的瓜子壳儿，她奔向窗台，拨开那卷窗帘布一看，录音笔安然无恙，小指示灯还在不知疲倦地闪烁着。

当天夜里，她一夜没睡。她把门关好，蜷在被窝里戴着耳机听那段录音。开始的确是在谈工作，围绕着什么融资的事，一块什么地的事，她听不懂。后来就转到去欧洲的话题上，两个人明显兴奋起来了，罗马、佛罗伦萨，一个城市一个城市地谋划着。再后来，老田的语调就不正经了。声音离录音笔也远了一些，但还算清楚。她听出老田不知有了一个什么动作，刘景丽说，别！今天别！出去了再说。不是……不习惯……小李还在。接着她听见老田说，别怕，小李我早摆平了。乡下女人，好弄！

后面的她就听不进去了，只剩下老田那句话在脑子里反复回响：乡下女人，好弄！她觉得心脏就像被冰锥戳了一下，又疼又凉，弄得她浑身都发冷。前些日子有了几分好感的老田，忽然变得嘴脸丑陋，丑恶无比！她咬牙切齿地冷笑着，做出一个决定，从今天开始，她要积极地、尽其所能地帮着李载芳。这个家，她要把它整得热热闹闹的，越热闹越好！

她再次在勤和居见到李载芳的时候，不禁吃了一惊。几天不见，李载芳明显憔悴了，不知是没有精心化妆还是怎么的，人好像老了好几岁。她一下明白了，一定是那段录音把她折磨的。她眼圈隐隐发青，眼白上布满血丝，像个小网兜似的兜住两颗反应迟钝、混浊疲惫的眼珠子。说实在的，李载芳光鲜不再、沧桑萎靡的模样，让她既吃惊，又舒坦。过去那种一见到李载芳甚至一想起李载芳就沉重而酸楚的自卑感，忽然得到了释放，她觉得整个人好轻飘，可以飘到空中俯视李载芳了。只有在这种状态下，她才觉得那种软绵绵的、发作起来怪舒服的叫同情心的东西又回到了她体内。她开始绞尽脑汁，咬文嚼字地劝慰着李载芳，但她明显感到那些话语虚假无力，还没有面前的白酒对李载芳管用。

李载芳把瓶子里的酒一杯接一杯地往嘴里倒，虽也象征性地向她举杯示意，但根本不管她应和不应和，很快就把自己灌了个两颊绯红，絮絮叨叨。如今她在李惠梅这个乡下妹妹面前已经是个透明人了。她什么都不在乎了，把一切向李惠梅和盘托出，以求一快。

当年她是在建行做信贷员的时候认识老田的。老田年龄虽然稍大了些，却很讨人喜欢，嘴巴特别会讲。那时候，她和她的顶头上司廖副行长已经对饭局厌烦透了，可只要是老田的饭局，她们一老一少两个女人却心照不宣地都愿意去。在贷款方面，老田也很会办事，一切都中规中矩，含而不露，三个人默契到心有灵犀一点通的程度。那些年老田公司的贷款几乎都是廖副行长拍板，她经手的。可以说，是她和廖副行长冒着风险为老田掘到了第一桶金。到了那年金融系统整顿的时候，风声渐紧，廖副行长把老田和她叫到一起商量对策，只有她离开银行，才能确保大家都无事。廖副行长很仗义，说是跟老田讲好了，让她到老田的公司暂时屈就一下。老田更慷慨，当场把财务总监的位置许给了她，说是早就仰慕她的才干，求贤若渴了。后来和老田结婚，也是廖副行长一手撮合的。到了老田的公司，她也真是蛮拼的，使出浑身解数帮他把着财务大关。可以说，老田的江山，至少有一半是她打下的，这里面不仅有耗尽心血的辛劳和智慧，还有当年所冒的那种不堪回首、想起就后怕的风险。

然而，等她有了孩子之后，农村出身的那种禀性就发作起来，她就想和孩子在一起，对公司里那些业务实在提不起兴趣，再加上自恃有功，可以吃老本了，就从公司里退出来专心带孩子。说起来这个，刘景丽还是她从远房亲戚里精心物色的，当初连个工作都找不上，为了留城低三下四地找到她门上。是她看着人可怜又老实，才要到自己身边精心管带出来的。谁知自己离开公司才几年，她就成了田树范的一条狗。不，光是狗还不足以描述她的特性，她就是《农夫和蛇》里那条冻僵的毒蛇，一旦苏醒就要咬恩人的。当她发现刘景丽和田树范不对头之后，她产生了一种不祥的预感，她早晚会被刘景丽从这个家里挤出去。她决定杀他个回马枪，重新回到财务总监的位置上，抓回财权。

"这男人啊，你一定要牢牢地抓住他的要害，抓住他的命门。就像一条蛇，你要捏紧它的七寸。就像一头牛，你要给它穿上鼻环，把牛鼻绳牢牢攥在手里。你一松手，他立刻就变成不通人性的野畜生！啥是男人的命脉，就是他的财产。"李载芳两个布满血丝的眼珠子里，散发出一股奇异的亢奋的目光，弄得她都有些害怕。

然而，七八年不工作，她回到岗位上也难以适应了，很多政策、法规、财务制度都变了。她经常被刘景丽和田树范合起伙儿来捉弄，被刘景丽那句"那你说咋办吧"噎得喘不过气来,被她那张暗藏嘲弄的笑脸激得气血上头、手脚发颤,却又毫无办法。没办法,七八年家庭妇女的生活让她彻底落伍了,让她脑子都锈住了。她提出要在公司占股份,却被田树范以公司早已与别的公司合股经营,他无权为她划拨股份为由一口回绝了。有姓刘的在那儿把持着,她连田树范究竟有多少财产都弄不清楚,只能过着每月从田树范那里讨要生活费的日子,简直像个高级乞丐,像给田家带孩子的保姆!

她感慨地给李惠梅讲,不能找所谓的成功男人,因为成功男人一般都精力特别旺盛,不旺盛经不住那成功之前的九九八十一折腾。可也正因为精力旺盛,一旦他成功了,有条件了,就要找各种各样的女人发泄过剩的精力。田树范之所以要搞刘景丽,根本原因就在这里。有一回,她无意中在网上看见,韩国对屡教不改的强奸犯实施化学阉割。她一下子找到了灵感,找到了救星。她知道那是一种药物注射的办法。她就在网上查了很多资料。最后,她还找了一个信得过的医生朋友密谋,想趁老田治他的慢性病的时候,悄悄给老田来这么一家伙。她出二十万都行。可那朋友是个窝囊货,有钱不敢挣。

李载芳把这么多乌七八糟的事情一股脑儿倾倒给她,她一时真有些接受不了。刚开始,她震惊,震惊之后是舒坦和放松。她没想到,李载芳光鲜生活的背后还有这么多糟污。她觉得终于可以在精神上和李载芳平起平坐了。可听到后来,她就觉得恶心和害怕了。

李载芳不知何时抽起烟来了,此时眼圈发红地吐出一缕青蓝色的烟雾,没轻没重地拍了一下她的肩膀,用那种酒后直硬的口气道:"男人,没一个好东西!别相信任何男人!唯一可靠的,只有这个!"她拇指和食指捻动了一下。

听到这句话,那种恶心感又泛了上来。她觉得自己和普安红的关系,被这句话亵渎了，她不能再像刚才那样随声附和了。

她说："那不一定。"她的语气决绝坚定，可以说是断然否定。

她看见李载芳一愣，然后笑了一下，说："你是说你家小普？别忘了他现在可是个穷光蛋，吃着你的软饭。等到他有钱了，你再看看他的真面目。"说罢，她打了个酒嗝。

她看着李载芳那副痞相，只觉得一阵作呕。

14

普安红觉得自己要被烤熟了，看了眼对面的刘召风，发现他也像瘟鸡似的闭着眼，耷拉着脑袋，整个脑袋晒得通红，细密的汗珠子正慢慢汇聚成流，从下巴上无声地滴落。他可以想象到自己也一样。他们都未曾料到在这道不足一米宽、密不透风的玻璃夹层里，在半下午炽烈阳光的暴晒下，温度会达到烤箱似的程度。他想起关于小孩子在锁闭的小轿车里被活活晒死的传闻，心里起了一阵恐慌，但感觉自己似乎还没到昏厥的程度，只得咬牙坚持下去，此时已是骑虎难下了。

本来他还犹豫不决，没下决心，可是最近他又不断受到新的刺激。他拿不回家里多少钱，可李惠梅的手上却越来越大方。她关切地问他钱够花不，还主动拿钱给他。可越是这么着，他的一颗男人的自尊心越是饱受践踏。他一度怀疑她到底干什么工作，来钱这么容易。有一次检查她手机的时候，发现她常常500元、1000元地从一个"怕黑女人"那里收到。在他的一再逼问下，她终于坦白自己是在李载芳家里当保姆。这个消息把他深深地刺激了。这个李载芳本来就是他的噩梦，也是村里很多年轻人的噩梦。他们还在村里不敢走出来的时候，每次扎堆聊天，只要提到她，大家就把她编派得不成个样儿。可没想到，自己的老婆却巴巴儿地跑去给人家当女佣了，而自己还连屁也不能放一个。不知怎么的，他把这仇恨全都寄托在姓王的头上了。也就是从那时起，他下定决心要干这一票。

他觉得刘召风是老手，肯定不止这一回了。刚才要进玻璃夹层的时候，他以为要等到大厦快关门人少时再进，因为缺的那块玻璃离地面有1.5米左右的高度，需要攀爬一下。可刘召风说，人越多越好。只要保安注意不到，顾客看见怕啥。现在的人都忙自己的，没有一个会管闲事的。只要与自己无关，他们连想都懒得想一下。果然，他们就那么当着熙来攘往的人流爬进玻璃夹墙里。或许人们还把他俩当修理工了。他暗暗觉得刘召风真是胆大心细，一定是此道高手。想到这一点，他有了几分踏实的感觉。普安红又一次望向对面的刘召风，见刘召风微微睁开眼，流进眼角的汗水搞得刘召风挤眉弄眼的，最后从裤兜里掏出矿泉水，又掏出一袋花卷，扔给他一个，低声说："吃！夜里还有力气活呢！"

他看着刘召风鼓着腮帮子嚼着花卷，又仰着脖子咕嘟咕嘟地灌矿泉水，狼吞虎咽，吃得很香。本来紧张得毫无食欲的他，竟然也受到鼓舞，产生了一丝食欲。

吃饱喝足，太阳慢慢落下去了，玻璃夹层里的温度好受了一些。他学着刘召风的模样，把矿泉水瓶子枕到脑袋下面，平躺下来。在一片燠热之中，他的脑子渐渐陷入一种昏昏沉沉的状态，一些牛头马面轮番登场，此起彼伏，梦境极为怪诞压抑。

当他再次醒来时，周围已是一片黑暗。他的眼睛适应了黑暗之后，才发现一丝微光中悬浮着一张人的侧脸，懵懂之中他先是一惊，接着才认出那半张脸是刘召风的，那颗眼珠子晶晶亮亮地悬浮在黑暗中，散发着莹莹的光泽，像夜猫一样专注地凝视着什么地方。他爬起来凑到缺块玻璃的那个方洞沿上，这才发现，微光来自大厦一角那个值班室。只见那个秃顶保安坐在门口的靠背椅上,懒洋洋地打个哈欠,又竭尽全力地伸了个长长的懒腰,然后拾起立在地上的手电筒,揿亮,胡乱扫射着巡视过来。他俩赶紧低下头去。过了一会儿,他们看到那团光晕摇晃着上了楼。又过了十分钟,光晕又摇晃着从楼上下来,摇晃着进了值班室。接着,从值班室发出的一缕微光也彻底熄灭了。

整个大厦沉浸在一片黑暗之中。借着玻璃墙外街道上漫过来的灯光,他看见刘召风脑袋伸在方洞沿上侧耳倾听着。片刻之后,忽然听到他用气声说道:"睡着了。行动。"

他不知刘召风如何听出保安睡着了。他的耳膜里只有自己越来越轰响的心跳声。他的脑子无法思考了,只能盲目地跟着刘召风干。他看见刘召风小心翼翼地翻爬出窗洞,两手紧扣住玻璃沿,无声无息地降落在地面上。他如法炮制地爬出了玻璃夹层。刘召风把他的脑袋用手揽过去,贴着耳朵用气声说:"咱们得先把保安控制住,不然太危险。他已经睡着了,我听见呼噜声了。待会儿进了门,你把他两只手抓住,朝后面拉住,千万不能松开。其他事情我来,听懂了吗?"他吓了一跳,脑子里嗡地一响,敲锣一般,"不是说……不是说,尽量不弄人吗……咋变了?"他用气声颤颤地问了一句。

"屁话!不控制他,咱们咋干?干了咋出去?"刘召风虽然用的是气声,但语气极为严厉。他从未听过刘召风如此严厉的语气,而且刘召风用手抓着他的后脑,也配合着那语气用力地摇了他一下。他觉得除了服从别无出路。

"不会死人吧?"他颤颤地问了一下。

"不会!放心。"手又抓住他后脑勺坚定地摇了一下。

从这一刻起,他真的像是在噩梦中了,心脏的猛烈跳动是伴随始终的节奏鼓点。他蒙蒙地跟着刘召风潜进那间小小的值班室,隐约辨认出躺在床上的那个人形。他蹑手蹑脚走向床头,仔细辨认一番后,猛出手抓住那人的两条胳膊往后一拉,就见刘召风已跳上床骑在那人身上。那人只发出一声短促的"哦"声,一团白毛巾似的东西就闪电般捂在了他脸上,只剩下呜噜呜噜的动静。

普安红能感觉到那两条胳膊拼命要挣扎的意志,可他死命把它们向后又拉又压着,它们一点劲儿也使不上。那一刻普安红拼命调动着全部的意志让自己的心狠下来。他虽然打过无数架,可那是惹着他了,激起了他的仇恨。而手中的这个人从没惹过他,他不得不狠下心来这么做。这让他脑子里一片混乱。普安红看见那个人的两条腿在空蹬着、挣扎着,可刘召风稳稳地骑在肚子上,那个人一点儿办法也没有。不知过了多久,那个人终于不再挣扎。他明显感觉到,那个人的胳膊软了下来。

他看见刘召风掏出手机揿亮,照了一下那个人的脸。那个人的鼻孔里流出一道血迹,两只眼睛茫然地望着眼前的虚空。他的心里咯嗪了一下。

"手绑上!绑到床头上!"刘召风从裤兜里掏出一捆绳子扔给他,简短地命令道。

他手忙脚乱地把那人的两只手绑在床柱上。他看见刘召风也在干同样的事,绑的是脚。

"嘴塞上。"刘召风又把那团白毛巾扔给他。

他机械地把毛巾塞到那人嘴里,这时他才感觉到毛巾是湿的,散发出一股化学药品的味道。

刘召风过来检查了一下他绑的两只手,又把毛巾往嘴里捣了捣,捣结实。他用手机照着亮,拉开桌子的抽屉,找到一大盘钥匙,然后对他挥了挥手。

出门的时候,他问了句:"他……不会死吧?"

"少啰唆！干正事！"刘召风这回没用气声。

他们来到王异康的店面。在大厦里，店面没墙，都是开放式的。刘召风让他用手机照着亮，从上衣口袋里掏出一个小皮夹子，拉开拉链，里面是两排各式各样的钩子、探针似的东西。他用那些钩子似的东西捅到玻璃橱柜的锁眼里，不知怎么捣弄几下，锁子就弄开了。他伸手进去，把那一个个别在盒子上的散发着晶莹璀璨的细碎亮光的戒指、项链、手镯统统野蛮地扫到口袋里……

15

这一次去勤和居，李惠梅的心情异常放松，可以说是遇见李载芳之后最轻松的一次见面。她知道，上次偷拍的那段视频，一定把李载芳打击得不轻。那段视频连她看着都受不了，当时心情十分紧张，尽管锁着门，还是稍有风吹草动就紧张地朝门看。她没想到田树范与刘景丽会下流到这种程度。那个刘景丽，用乡下人的话说，简直是"四脚朝天乱刨抓"。田树范，一个半老汉，像个吃奶孩子似的，拱在姓刘的怀里。不知怎么就让李惠梅想起上中学时学的一个词"嗷嗷待哺"。而姓刘的到了最后，也真像个妈似的，一把一把地抚爱着怀里那颗花白脑袋。看到这里，真有种令人作呕的感觉。当时她甚至决定删掉这段视频，就当这一切都没发生过。可是她又舍不得，农村多年的艰苦劳动使她异常珍惜劳动成果。她就为自己找理由，其实理由非常充足，那就是李载芳的态度。李载芳说过，不管拍到什么，一点儿都不要删，要原汁原味地呈送给她，她有大用。李惠梅明白，她这是要抓老田的把柄。也就是她嘴里常说的"软肋"或者"七寸"，一旦把这"七寸"捏在手里，就像乡下人牵住牛鼻绳一样，那牛你想怎么摆弄就怎么摆弄。而如今，她要做的，就是把田、刘二人一丝不挂地呈送给李载芳，不得遮遮掩掩。

当她见到李载芳的时候，她不由得同情李载芳了。李载芳比上次更憔悴了，甚至脸上隐隐显现出黄锈似的块块褐斑。细密的皱纹在额头、眼角，随着表情的变化而时隐时现。她只不过晚到了十分钟，李载芳已经迫不及待地喝上了。从李载芳那双充满血丝的眼睛中，她敢肯定，最近李载芳一直在酗酒，也许天天晚上不睡觉，谋划着怎么对付田、刘二人。

她先是向李载芳汇报了最近的情况，反复提示刘景丽最近没到家里来过。找准一个时机，她奉劝李载芳要想点办法，及时把田树范拉回来，让他悬崖勒马，别把这个家毁了。

"拉回来？你以为我还要跟他维持下去？我要让他倾家荡产！我要跟他鱼死网破！你等着，好戏还在后面呢！"李载芳那一对美丽的圆眼珠鼓凸出来，射出两道斗志昂扬的亢奋光芒。

她悄悄擦去脸上的吐沫星子，没料到她的劝慰竟适得其反，心中又尴尬又恐慌。说实在的，这一切本来不都是她期待的吗？为什么真的发生时，她又害怕了呢？表面上看，她是害怕李载芳把事往绝处干，最后把她也抖搂出来。即便刨去这层因素，她还是不愿意事情向极端处发展。她天生就是这么一副犹犹豫豫的性格，很多事情，就这么错过去了。

两个人一时都无话，她无声地凝视着搁在桌子上的手。渐渐地，一个晶莹发光的小东西引起了她的注意，就是戴在右手无名指上的那枚钻戒。她差点儿把它给忘了！她是专门戴着这枚钻戒来的。一路上她都在想着，怎么让李载芳注意到这枚钻戒。她并不是要向李载芳炫耀一枚钻戒，她深知，在这方面，自己下辈子都别想跟李载芳攀比。那她想炫耀什么呢？她想炫耀的是普安红对她的好，她虽然很穷，也许一辈子都要这么穷下去，但她有个好男人。她一路上都在回味那个晚上。普安红打电话让她无论如何也要回趟家，最后她不得不向老田请了假，坐了一个多小时的公交车回了家。回到家她才知道这天是她的生日，她已经好多年没过生日了。在他们简陋的出租屋里，当普安红把三十二根蜡烛一根根点燃，小心翼翼地插在蛋糕上的时候，她望着他那张满面风尘、既疲惫又刚性的脸孔，从心底深处翻涌出一股股温泉般的感动。而当他从口袋里掏出那只包装精美的小盒子，从盒子里捏出那枚晶莹剔透、仿佛夜空中一点星光似的钻戒时，她震惊了，问他是怎么回事。他说是工钱结下来了，买给她的生日礼物。她问他真的假的。他说当然是真的！这个不能搞假的。她问他多少钱。他说是万把块钱吧。当时她就一阵心疼，责怪他乱花钱。他看了她半天，最后喃喃地说：就一次。一辈子就这么一次，还不行吗？看看他那副有些空茫的眼神，她心疼了，既心疼钱，又心疼人。还有就是那种巨大的震惊和感动，那一刻她的心里好复杂，从没这么复杂过。那复杂化作温热的泪水从眼眶里渗出来。那是一个也许要铭记一辈子的夜晚。

　　她当时就决定，她一定要把这枚钻戒戴给李载芳看。然而，当她今天看见李载芳的模样时，她却后悔了。她真的不想再刺激李载芳了，便悄悄地把手拿下了桌子。偏偏这时李载芳拿出一支录音笔给她交代起来，说她还缺点儿关于公司的信息，让在姓刘的来时注意搜集一下。

　　"真正内幕的事情，他两个不会在公司谈的。你一定帮我收集下，这对姐姐很重要，至关重要！再说，这又不是录那个，你别怕！"看到她有点儿神不守舍，李载芳特意对她强调了一番。

　　她不得不伸手去接那套更高级、录音效果更好的设备。李载芳就在这一刻一把抓住她的手摩挲着，她知道那摩挲是在强调着她们的亲密关系。那一对布满血丝的大眼睛，就这么直愣愣地盯着她，里面充满了恳求，甚至还有一丝绝望的意味。她真有点儿受不了，她的右手难挨地被李载芳双手捧握着、摩挲着，只想着尽快解脱。当她感到那双手稍稍有些松动，立刻就把手抽出来。也许是抽得太快了，她听到李载芳哑的一声，就拿眼睛去她的右手上寻找，于是注意到那枚钻戒。是钻戒把她划疼了。

"钻戒？"李载芳慢慢地把她的手拿过去，盯着那枚钻戒审慎地看了半天，抬起头疑惑地看了她一眼。

她心慌而又难堪，只得垂下眼皮不作声。

"你该把钱攒起来……买这些东西干啥？"

大概李载芳觉得她的钱都是她给的，有权力这么教训她吧。以她眼下的经济状况，还不配消费这种奢侈品吧。她忽然觉得一口气憋得难受，脱口而出道："是普安红给我买的，生日礼物。他的工程款结下来了。"

"噢……他，现在开始包工程啦？"

她有些慌："那……那倒也没有，还是给别人帮忙。不过，老板仗义。"

从李载芳那一声略微拖长的噢声中她就知道，她还是受到了刺激。

李载芳把这个话题掐断，开始给她讲解这套录音设备的用法。不过，她看出来，李载芳讲得有些心不在焉，讲完之后又叮嘱她一些注意事项。临走时，李载芳突然拿起她的手，盯着那枚钻戒仔细看了看，低声咕哝了一句："不会……不会是锆石吧？"边说边瞟了她一眼。

16

锆石？什么意思？她是什么意思？她总觉得李载芳这句话不怀好意，就像一根纤细的刺扎进肉里。不碰则已，一碰就疼。她必须把这一点搞明白。

她来到了新民路，城市繁华地带的商业街，珠宝首饰店鳞次栉比。

她走进福润德首饰店。她第一次进这种高档首饰店，有些心虚气短。那一件件珠光宝气的首饰，还有那标价签上一串串长长的数字让她有些头晕目眩。

"请问锆石的戒指，有吗？"她干咽了一口唾液，小心翼翼地问。

"我们这里不卖锆石戒指。"

"那……哪里有卖的？"

"这条街上都不卖，这条街上都是高端产品。不过，别处有的店里，您买了钻戒或者翡翠之类的，他可以随赠锆石戒指。"那个所谓的销售经理，似笑非笑地望着她。

她的心一下凉了。她明白了李载芳的意思。

她愣愣地站了片刻，咬牙把右手伸到那个店员面前，强堆笑脸问道："那……你能不能帮我看看，我这个戒指是钻石的，还是锆石的？"

店员只扫了一眼，就反问道："您是在我们店里买的吗？"

她茫然地摇摇头。

店员摇摇头道："抱歉，非本店售出品，我们做不了鉴定。"

出门时还满足踏实的一颗心，忽然空了，悬吊起来了。普安红说了，是真正的钻戒。他从未骗过自己，现在呢，也开始骗了吗？不搞清楚这个问题，她干什么都没心思了。她掏出手机给普安红打电话，问他是在哪家店买的钻戒。她听出他愣了，慌了，先是告诉她一家叫"春色满堂"的珠宝店，后又问她打听这个干什么。她无心应答，随便敷衍了两句就挂断电话。她向路人一打听，"春色满堂"就在这条街上。

可是，当她向"春色满堂"的店员出示了那枚钻戒后，对方反复检视了半天，最后说这不是本店的售品。她急了，一口咬定就是在这家店买的，是她老公买给她的生日礼物。店员说，有发票吗？

她丧魂落魄地走出了这家店，她不想再朝普安红索要发票，不想为这件事在二人之间产生裂痕。可是，她又忘不了李载芳那句话：男人都是骗子！没有一个靠得住的！她不愿相信，也不敢相信她的普安红也是一路货色，如果那样，她的精神支柱要塌！

她走了一家店又一家店，人家都以不是本店售出品为由，拒绝给出任何意见，哪怕是参考意见，哪怕他们明明知道。总之，不是他们的售出品，他们不会多揽一点儿事的。

李惠梅相信总会遇到好心人的。这一点终于应验了，是在一家叫作"淑女心事"的首饰店。

其实她问的那个店员已经准备像前面的店员一样打发她了，这时，旁边的另一个店员忽然凑了上来，把那枚钻戒要了过去。他把那枚钻戒在手指里转过来转过去地看，还时不时地抬起眼睛看她，边看边沉吟着，一言不发。最后，他拿起圆珠笔在宣传册上画了一条黑线。他左手举着宣传册，右手捏着钻戒贴在那条黑线上方，眼珠透过那透明的晶体观察了一番，连他的同伴似乎都对他的行为有点儿莫名其妙，看了他一会儿就走开了。最后他开口了："你是在哪里买的？"

她摇摇头说："我老公买给我的，生日礼物，我不知道他在哪儿买的。"

"这样的，就我看，应该是钻戒没问题。不过，要出权威的鉴定意见的话，你留个基本信息给我。"

"什么基本信息？"

"就是你的姓名、电话、身份证号，等等。"

"那你们钻戒也要留下？"

"是的，要鉴定嘛。"

"要收费吗？"

那人一愣，说："要收一点儿的。"

她觉得那人前面的表态已经足够，她不想再深究下去，就认他这句话吧。她说："那我再考虑考虑吧。"她收起钻戒准备走。

这时，那人忽然说："你想卖吗？我这里高价收购。留个电话吧。"

"不卖。"她说。

那人两眼紧盯着她，显得有点儿紧张，好像对此十分在乎。她不好拒绝这个唯一愿意多搭理她几句的店员，只好补了句："回家商量商量再说吧。"

"电话留下吧！"那人把一张空白小票推给她，恳求地望着她。

她把电话抄在了那张空白小票上。

17

蒋汉威紧盯着刑警大队发过来的协查通报，眉头渐渐锁紧。片刻，他给刑警大队的哥们儿杨笊篱打电话："笊篱，鑫都大厦的那起麻醉抢劫案，线索是哪儿上的——对，就那个女的。"

"是'阵地控制'那边儿上的。他们在珠宝首饰业的一个耳目给的情况。那女的他当时看着就不像是戴钻戒的人，可能是销赃打听行情的。他要过来仔细一看，就是王异康家的东西，就赶紧给队上报告了……咋的，你那儿有情况？"

"没，暂时没。"挂断电话，蒋汉威在警务室踱起了步，踱了一圈又一圈。终于拿起协查通报，拨通了上面的那个手机号。

半小时后，叫李惠梅的女人坐在了蒋汉威的对面。蒋汉威放出那一双刀锋似的目光，盯着女人的脸。女人开始坐立不安，良久怯怯地问："蒋警官，找我啥事？"

"把手伸出来。"

女人迟疑了一下，把手伸给他。他仔细地打量了一番那上面的戒指，指着说："把戒指取下来。"

女人看了他一眼，目光中渐渐有了恐慌，把戒指撸了好几下才撸下来，递给蒋汉威。

蒋汉威拿过戒指，对着电脑里仔细地比对一番后，转过脸问女人："戒指哪儿来的？"

女人声调虚怯地说："老公送的，生日礼物。"

"老公哪儿来的？"

"买的，怎么啦，蒋警官？你这么盘问？"

"买的？——偷的！这是人家王昇康店里的！鑫都大厦的'7·18'麻醉抢劫案，你不知道？！你看看，你看看！"

他把电脑转向女人。女人目光狂乱地在电脑上扫来扫去，那上面全都是"7·18"案件情况和丢失珠宝首饰的清单和照片。女人慢慢抬起手捂住嘴，仅仅露出的半张脸现出痛苦扭曲的表情，一阵压抑的呜咽声从喉咙深处丝丝缕缕地渗出来，泪水随之从眼睛里扑簌簌滑落。

"我没给你们调解好吗？王昇康没给你们工钱吗？他妈的！给老子来这一手！"

李惠梅的脸色越来越苍白，一手撑住凳子沿，一手抚着胸口，闭着眼睛张着嘴喘息着，眼看着支撑不住，顺墙出溜下了地。

蒋汉威奔过去猛掐其人中，又喊协勤员端了一杯凉水来，喷在她脸上。李惠梅苏醒过来，两眼空茫绝望地望着虚空。

蒋汉威急切地喊着："你赶快打电话，无论编个啥理由，把他给我叫来。对了，就说你中暑啦！我给他写个到案经过，算他个自首。你劝他给人家配合好，赶紧把另一个交代了，还能算个立功！这样算下来还能少判个三年五年的。你咋不动！赶快打呀！刑警队都出动了，落到他们手里，你老公就完啦！起码十年八年的大刑！你打呀，这年头你往哪儿跑，到处都查身份证，到处都查流动人口，你跑不了的，赶快打呀！我是在帮你，你他妈的傻了吗……"

蒋汉威的对讲机响起来："老蒋，老蒋，我笊篱！你房子落实了没有？人可是你管区的流口，手要快呀！"

蒋汉威按住通话键胡乱答应着："快了快了！电脑中病毒正恢复着哩……"

当他再转过脸的时候，他看见泪痕未干的女人已经把手机举到了耳边："安红，你快过来一下，我中暑了，就在明德路，小司发艺门口……"

尾声

四个月后，李载芳通过协议离婚取得巨额财产。她为同乡普安红向受害人王异康垫付了未能追回的部分珠宝损失约二十万元，取得了受害人谅解。加之普安红有自首情节，并能配合公安机关积极检举揭发同案，被从轻判处有期徒刑四年。

救风尘

1

那段视频是在纪委谈话室里观看的。

其实，得知自己也在被叫之列的时候，陈靖安的心就猛地一沉，接着就飘飘悠悠、永无止境地沉落着。而此时，那台特大号的电脑屏幕上，高度清晰的画面正把那些场景以极慢的速度细致地呈现着。

处里那辆熟悉的牛头越野车从浓雾中冲撞出来，突遭扰动的雾气在车头两侧激起的流波都清晰可见。紧接着牛头车就真像斗牛场上惹急眼的公牛似的，一头撞向路边的灯柱，随着一串体操运动员式的复杂翻滚，整部车横在了几十米开外的路中间。摇摇晃晃的路灯杆尚未触地，一团巨大的火球已砰然爆发。光焰之中，只见几个黑影如同濒死的蟑螂一般张牙舞爪地挣扎着，似要努力打开变形挤死的车门。几条黑影里，哪个是王献宝，哪个是他小姨子，实在无法辨认，如果没有DNA技术，法医对那几段烧结在一起的黑炭也毫无办法……

陈靖安只觉得一阵阵彻骨的冰凉从心底向周身弥散，嘴巴里也一阵阵发苦。他知道那是他的老毛病又发作了，一受惊吓，胆汁就回流。这种毛病有个可耻的民间说法，叫"吓破了胆"。纷乱的头脑只有一个念头挥之不去：纪委真毒！

　　陈靖安偷眼望了望纪委书记，纪委书记那张平板的面孔叫人窥不到一丝平静，反而联想到种种凶险。他把目光悄悄地转向王碧含和刘效松，一个是他的处长，一个是他的政委，眼下跟他都是一根绳上的蚂蚱——当然这是在提绳的纪委书记眼中。至于他们内部，则正处在看笑话的人所说的那种狗咬狗的状态。那两个都铁青着脸。王碧含十指交叉搭于小腹，两眼出神地凝望着前方的虚空，眉头微蹙，但他的右脚跟一直在地板上轻微地磕动着。这一点暴露出他的内心并不像表面看起来那么淡定，他一定在绞尽脑汁盘算着怎么对付其他二人。而政委刘效松呢，正滋溜滋溜地死命吸烟。他捏烟的方式在厅机关的人看来有点儿奇怪，是用大拇指和食指掐住烟屁股贴在嘴上，嘴唇用力一嘬，眼看着烟头就燃下去一大截。隔一下，两道烟气才从鼻孔里徐徐喷射。这使他看上去颇有几分匪气，与机关氛围，甚至他政委的身份都不大相称。这是在基层公安局混出来的。也许正是这身匪气，让王碧含这个专玩心眼儿的老机关拿他也没办法。听说前两天他在办公室已经跟王碧含撕破脸了。那么，两位领导唯一的选择就是拿他陈靖安交差了。

　　想到老姚私下里这一番俯耳分析和警告，陈靖安不由得感到一阵不寒而栗，一种被逼到悬崖边的恐慌浸透了他的身心。陈靖安不由自主地又去看纪委书记的脸色，希望能与他对一下眼神，哪怕从中窥出一丝对自己的同情。他脸皮下面都准备好了一副低三下四的笑容，打算书记的眼神一过来就绽放。可书记目光冰冷，使他那副低三下四的笑容始终没机会绽放，难受地憋屈在皮下。

　　这时他忽然听见王碧含开口了："这公车私用，还酒后驾驶，毁了公家几十万元的车辆，反过头来还要向公家索赔……见过不要脸的，还没见过这么不要脸的……切……"

在半天尴尬难挨的沉默之后，王碧含终于吱了一声，脸上皮笑肉不笑的，僵硬难看。但总算没辜负他玩心眼儿的名声，他把球踢向了虚空，暂时避免了由他开始内部互掐。

"就是！只有不要脸的人，才干不要脸的事儿！"

刘效松把烟头狠狠地掷在地上，不知为何，那凶恶的眼神却从陈靖安的脸上一扫而过，弄得陈靖安心里一哆嗦。难道他指桑骂槐？自己有什么把柄可让他骂的？陈靖安心里不由得想起出事前跟王献宝那番该死的通话，嘴里又感到一阵发苦。如果他们真调了他的话单，他就说不清了。温卡华一句"他说他给领导汇报了"就把自己撇得一干二净，那么唯一的替罪羊只有自己了。他心里忽然感到一阵绞痛，感到自己又被温卡华玩弄于股掌之间了。说不定，调话单的主意就是温卡华出的。他又联想起某次，也是为了件小事，温卡华竟然随手摸出手机，调出他们之间的通话录音相对质。他妈的卑鄙小人！太阴了！既阴又滑！这件事最坏是什么结果？难道会脱衣服，当无业游民？！绝望和恐慌像冰水似的兜头浇下来，陈靖安只觉得浑身发冷。

"别说这些没用的了！多想想自己的责任。如果我们没有一点儿管理责任，法院会把官司判到我们头上吗？想想吧……毕竟是四条鲜活的人命、两个家庭，那么一大笔巨额赔款……如果连一个承担责任的人都没有，我们怎么向组织上交代？怎么向全厅民警交代？怎么向社会上交代？"

纪委书记一连串的"交代"，句句振聋发聩，直击软肋。陈靖安的耳中警钟长鸣，轰然作响，以致他们后来又说了些什么都没听进去，就稀里糊涂地跟了出来。

走到电梯间的时候他才稍稍清醒过来，猛然发现一丝异样：那两个怎么没有同他一起下楼？他踅回电梯间通向走廊的那道门，从门隙探出半张脸向走廊深处窥看。只见那二人先后从卫生间系着裤子出来,抵着脑袋低声说着什么,随后又向纪委书记办公室挨过去。

他们要干什么?!上厕所显然是烟幕,为的是撇开他!

他的心扑通扑通狂跳起来,董超、薛霸两差役野猪林暗算林冲的那一幕突然浮上心头。他可不能像林冲一样,捆在树上任人宰割。因为在机关里,关键时刻绝不会有个鲁智深从松树苑里跳将出来救你的。不自救就等死!他两脚如风,无声无息地赶到纪委书记办公室门口,强压着心跳,竖着耳朵听里面动静,活像个参与宫斗的太监。在轰响的心跳声中,他终于捕捉到几句话,果然是在说话单的事,温卡华的名字似乎也夹在断续的话音中一闪而逝……他的心跳越来越剧烈,感到自己被那三个装进麻袋里,扎紧袋口准备往水里丢。这时里面响起椅子错动的声音,似是送客动静!他又两脚如风、无声无息地滑向另一头电梯间,脑袋里不知为何满是温卡华的丑恶嘴脸。

2

真不知为什么,混到眼下这般处境,陈靖安潜意识里总把罪魁祸首归于温卡华。即便有些看起来与他不相干的事,陈靖安也总能从深度分析中,攀扯出几许与之相关的蛛丝马迹。

天敌!有一次琢磨温卡华这个人的时候,陈靖安脑子里兀然冒出这么个词。真贴切!这个词一瞬间在他心里打翻了五味瓶,恐慌、不甘、仇恨,各种不好受浑搅在一起。

其实,当初温卡华刚分到处里来的时候,陈靖安并没有拿他当回事。一个听都没听说过的某省警校毕业生,是否正牌本科生都说不清。而自己呢,可是中国政法大学的本硕连读。温卡华是怎么分到省公安厅来的,他一直颇觉纳闷。在他看来，就温卡华那份寒酸的学历，能分到省城派出所当片警就算是烧高香了。当他流露出这份疑惑时，老姚边盯着电脑屏，边悠悠地说："人家有什么异能——那可说不定。"

老姚是几十年的老机关了，饱经世故，见怪不怪。他嘴里的"异能"，含义非常丰富，不仅指人的各种本事，包括他归纳过的所谓"上三路中三路下三路"，还指家庭背景、官场背景、财力物力等各个方面，甚至还包括诡谲的运数……当时他把温卡华归结为撞大运之流。

但很快，这个温卡华就引起了他的注意。一开始他们二人都在综合科。综合科过去叫秘书科，顾名思义就是围着处领导转的，就在王碧含办公室隔壁。有一天，他正在整材料，忽然听见隔壁传来一声响亮的"报告"，接着就是王碧含的一声慵懒矜持、派头十足的"进来"。

他与老姚对视一眼，老姚脸上诡笑了一下，道："这小温厉害呀，一下就给咱王处长升了一级待遇。小陈赶快跟紧，可不敢落在人家后面！"

陈靖安当时又好笑又纳闷，小温这一手从哪儿学的。

老姚饱经世故地笑道："肯定跟那帮转业军人学的嘛！转业到机关，职级一掉一大截，急眼了……"

陈靖安当时不屑地一笑。他想，省厅的环境里，温卡华这样的杂牌生也是被逼急了，才出此下策。这大概就是老姚所说的"下三路"吧。不料，没多久，就听见隔壁又传来一声"报告"。声音有几分虚弱、几分犹豫，是毕业于西北政法的高材生吕佳雯。光从那犹豫虚弱的声音就可听出，大庭广众之下，竖在领导办公室门前喊出这声"报告"，对才貌双全的吕佳雯来说，有多难！那心情，搞不好跟站街女第一次拉客没什么两样，公安厅可从来没这个规矩……然而，喊报告的声音越来越多，越来越响亮：人民大学高材生小张喊了，公安大学高材生小王喊了，连五十多岁的老油条老赵,也以那种既无可奈何又玩世不恭的油腔滑调喊上了……渐渐地,这规矩竟蔓延到同一楼层的其他处室,又渐渐地向整个大楼蔓延开去。连厅长都在会上说,公安机关是准军事化部门,作风上要向部队靠拢!老同志们私下里咬牙切齿地互相打听:他妈的混了几十年没听说这规矩啊!这是哪个不饶爷的孙子发明的?!

大概谁也料想不到,普及全厅的新规矩就是温卡华这个不入流的杂牌生用自己的一张嘴立起来的。那回厅长在全厅大会上讲"向部队作风靠拢"的时候,陈靖安特意瞟了他一眼,只见他正挺胸抬头、双手扶膝、目视前方、踌躇满志。大概意识到厅长的号召他是始作俑者,他已经开始对全厅发挥影响力了。

陈靖安第一次对这个杂牌生产生了一种又恨又怕、不敢轻视的感觉。为什么呢?你想,全处,甚至全厅,都开始给领导喊报告,这下可把陈靖安给凸显出来了!他怎么办,喊是不喊?偏偏他又和老姚一个办公室,老姚是绝对不会喊的,他反正破罐子破摔了。他还总诡笑地看着自己道:"喊吧,都有个第一次!就像那件事,口口子只要张开一次,下次就顺溜了……哈哈哈……"他越是这么说,陈靖安越是得梗着脖子强撑着。但越到后面越撑不下去了,有时他忍不住想,老姚还有四五年就退休了,自己可还有几十年呢。他有种被老姚绑架的感觉。

不知是老姚的绑架还是知识分子的臭硬,那声"报告",陈靖安就是喊不出口。别说,在一些小节上,他还真有那么一股子钻牛角尖的劲头。他每次用的是敲门。不过,他的敲门可谓极尽温柔缱绻之能事。有时敲半天里面都没动静,他又不敢大声敲。有一次,王碧含就微笑地望着他说:"敲门跟个女孩子似的,还不如喊声报告来得痛快。大声喊!"他看着王碧含的微笑,想着他"笑面虎"的绰号,总觉得那眼神里含有别的意思。是弦外有音的提醒?还是别有用心的敲打?总之,从那之后,他觉得他和王碧含之间,为喊不喊报告的事,似乎开始了一场潜在的较量。他怎么刚工作就和处长较上劲儿了呢?是谁把他陷于这种处境的?

3

处里决定召集全处会议,研究"2·10"事件责任问题。本来王家和挑担赵家要是不告,这事儿厅机关内部消化是消化得了的。王碧含他们给上面具结的报告,陈靖安利用职务之便都偷看了,标题就是《关于聘用司机王献宝春节期间擅自公车私用造成重大交通事故的情况报告》。一个"擅自",就把责任明确地归在了死人头上。对厅里来说,损失就是一辆六十多万的牛头车。要按刘效松的说法,事故报告纯属耸人听闻。那辆牛头车还能按原价算吗?折旧下来顶多三十多万。就凭王碧含与主管副厅长关茂祥的关系,顶多一个通报批评,也就把这事消化了。可他们把事情想得太简单了,这年头,哪有白白死人的?何况一死还是四口人?!王赵两家有四口死人撑腰,不讲理了!乱咬起来了!明明是他家人擅自公车私用还酒后驾驶,自己送了命还给公家造成巨额损失。到头来,人家还把公安厅告了个管理责任!意思公安厅没把王献宝管好,导致王献宝把自己和老婆、小姨子、挑担弄死了,索赔200万。经调解,公安厅赔偿两家160万才了结此事。但如此一来,公安厅的损失累计也达到了200万,还没算打官司、媒体报道引起的恶劣政治影响。王碧含、刘效松等人算是让对立面结结实实地抓住了把柄,不依不饶地反复向厅纪委反映。所以,后来的报告中就再也不见"擅自"这两个字。本来王、刘等人以为弄个"擅自"的说法,就把责任都推到死人头上了。不料纪委更狠,王献宝一个聘用司机怎么就能"擅自"把公车开走呢?你们是怎么管理的?王、刘二人顿时醒过神来,只要出了事,他们的"管理责任"

就是跑不掉的，关键就是这个责任由谁来顶。

陈靖安深知王碧含、刘效松的套路，既然提出来开会，说明他们私下里和相关人等早就提前达成协议了。现在唯一没达成协议的就是他，说明这个会是专门对付他的。前面跟他谈话时，王碧含揪住他分管车辆这一点不放，软硬兼施，连哄带吓。什么年轻人跌个跟头不怕，只要勇于担责的名声树起来了，认你的人就多了。什么在机关里，关键就是领导认不认你。领导不认你，你有日天本事也折腾不出名堂。但他没有上这个当，心说，我还指望你认？！

果然，会议一开始，刘效松就首先发难了。他先是虚无缥缈地检讨了一番处里的队伍建设，把自己的责任归结为"重业务，轻队伍"。接着就在"重业务"方面滔滔不绝地给自己评功摆好，好像"业务""队伍"这两副担子都他一肩挑了，其他人都行尸走肉了，结果把他压趴下了。陈靖安一字不落地听着刘效松那避实就虚的所谓检讨，心知凶多吉少。果不其然，刘效松话锋一转，把矛头对准了"具体分管车辆的同志"，让"具体分管车辆的同志"谈认识。

图穷匕见、鱼死网破的时候来了。他舔了舔嘴唇，干咽了一口吐沫，开口发言。他的发言来了个照葫芦画瓢，也是对聘用司机教育管理不到位，光顾着忙日常业务工作如何如何，似乎他的性质与王、刘一样，也是个领导责任……

"完啦？！"刘效松有点儿不敢相信自己的耳朵，脸一下拉长了，"这就是你的认识？！作为本处车辆的直接管理人，本次事故的具体管理责任人，你就这么个认识？！"

陈靖安带着一副豁出去的神情，皮笑肉不笑地说："那天我跟您都汇报过了，2月10日我春节休息，按制度，值班人员负责车辆安排。"

王碧含铁青着脸，瞟了一眼温卡华道："值班人员说说情况。"

温卡华低眉颔首道："那天王献宝说，用车的事他给领导汇报过了。我就让他把车开走了。"顿了顿，又貌似极不情愿地掏出用车登记本，补了句："这里有登记。"

"他给谁汇报了？给我吗？"陈靖安眯着眼看着温卡华问道。由于紧张激动，声音都带出了颤音。面对面的拼刺刀开始了，场上的气氛陡然紧张起来。

"那他也没说具体是哪位领导。"温卡华语调平淡，十分镇静，倒衬得陈靖安有几分失态。

"没说清楚你就随便把车给他？"陈靖安一副拼刺刀的架势，没意识到他在进一步失态。

"咱们平常不都这么派车吗？谁还把人盘问个掘地三尺啊？大家说是不是？"温卡华貌似委屈、实则稳操胜券地一笑。

众人皆低眉颔首，沉默不语，貌似默认了温卡华的说法。温卡华很会说话，这就好像领导的那句：不同意的请举手？

"我还有个疑问，刘献宝酒后驾车你闻不见吗？你还把车给他？"

"他来拿车的时候没喝酒啊！小黄，那天你没闻见他有酒味儿吧？"温卡华转向当天与他一同值班的小黄。

"没有没有！绝对没有！"小黄头摇得跟拨浪鼓似的，接着又诚惶诚恐地看着有关人员解释道，"他十二点拿车，下午四点才出事，喝两场子都够了！"

两击不中，反显得自己昏着迭出，笨拙可笑。陈靖安感到今天脑子太乱，根本不在状态，于是转攻为守：

"反正我没同意过给他用车。我当时休假，压根儿不知道这事！"

这时，刘效松打开笔记本，拿出一沓话单抖了抖："小陈啊，出事之后，为了调查清楚王献宝用车的真相，也是为了对大家负责，我们调取了全处每个同志的话单。只有你在出事前四小时，也就是王献宝拿车前十五分钟，与他有通话记录。你能给大家说说，他跟你都说了些什么吗？"

刘效松两眼直直地望着他，他把目光躲向一边，却恰逢着王碧含的目光，也那么阴森森地望着他。至此，似乎所有人都和温卡华站在一边，结成了坚实的同盟。而他陈靖安，不知不觉间就被孤立了、被动了、与所有人为敌了。尽管对这个问题早有准备，此情此景下，他的声音还是禁不住颤抖起来。那种颤抖，既饱含委屈、愤怒和仇恨，也隐含着一丝被孤立的恐慌。

"他问我……他是问我初四团拜……用不用车。"他气噎喉头，话说得结结巴巴，一股子做贼心虚的怯乎劲。

由于前面的通风报信加上自己偷听，对调话单的事早有思想准备。这个"为初四团拜打听工作安排"的解释听起来合情合理，滴水不漏。

王碧含一时噎住，深深地盯了一眼陈靖安，冷冷地说："纪委的同志也在这儿，每个人的话那都是要记录在案的。希望每个人都能对自己的话负责，免得将来落下个对组织不老实的名声，那组织上可就想替你担待也担待不了啦。"

王碧含这句话含义微妙复杂，前一个"组织"指的是纪委，后一个"组织"指的可就是他这个处了，实际上在对陈靖安搞政策攻心那一套，想瓦解他的心理防线。

"我实事求是。"陈靖安脖子一梗，面无表情。

"那好吧。我们也不能轻信谁的说法。王献宝的手机卡还没烧坏，纪委已经提取了。现在，请陈靖安同志也把你的手机卡交给纪委的同志做进一步技术分析吧。"

陈靖安一震，他倒不是担心所谓的技术分析。他相信除了温卡华谁也不会干偷偷录音这种事。他只是被王碧含的阴狠震动了，这等于当众宣布对他的调查令,他就是"2·10"事件的"嫌疑责任人"。不管结论如何,他以后在处里都低人一等,不好混了,这就是与他王碧含对着干的下场。

他深深地盯了王碧含一眼,抠出手机卡扔给了纪委的人。

4

陈靖安一直想不明白,温卡华到底比他强在哪儿。在他看来,温卡华身上也就一样长处,就是一般人难比的那股机灵劲儿,或者领导口中的所谓"眼力价儿"。有时上班,两人刚刷开自动门,陈靖安直直地往前走,忽然发现温卡华落在后面了。回头一看,原来替紧随其后的王碧含挡着自动门呢。有时坐在车上等王碧含一起去开会,两人正聊着一个话题,温卡华忽然就启动了车子。陈靖安还没回过神儿来,车子已经滑到了厅大楼台阶下——车门刚刚好,停在正迈下最后一级台阶的王碧含面前。陈靖安事后总觉纳闷:他是怎么做到的?怎么就感觉到处长在身后?怎么就知道王碧含从台阶上下来了?(也没见他接到处长电话,嘴里还与自己聊着天)关键这不是一次两次的偶然事件,而是回回如此,准确无误。而每次自己则在领导面前显得如此迟钝。

直到有一回,他终于顿悟了。那是某天上午,处里的会刚散,王碧含跟刘效松说下午要去省委大院开会。温卡华马上跟着请示了一句,那我打电话让53号车中午回来吧。王碧含纳闷了:"53号车回来干吗?"(53号车并非王碧含坐骑)温答:"上次53号车送人去省委大院,特别通行证还在车上呢。"王马上拍脑袋:"噢,对了对了,是得赶快打电话,要不下午进不了院儿,停车又是麻烦。"按说他陈靖安是管车的,可他压根儿连想都没想到这茬儿,一下就让温卡华给比下去了。说实话那天他挺受刺激，下来把这件事想了又想，最后得出个结论：不是温卡华比他聪明多少，而是温卡华始终为领导留着一只眼，留着一分心思。陈靖安观察过，温卡华的眼睛不像一般人会有出神发呆的时候，或者那种只盯着某一处的沉思恬静。不管何时何地，他的眼珠子总是转来转去，显得特别灵活，仿佛全方位地扫描着周围情况。走在路上也好，坐在车上也好，待在办公室也好，甚至正与你说着话也好，眼珠子从未停止过扫描。他的耳朵也特别灵敏。某次在办公室里，他正为一篇材料沉思着，就见眼前的温卡华突然把报纸塞进抽屉，右手点了一下鼠标，屏幕上一份材料就显现出来。这时陈靖安才听见走廊里的脚步声，而直到脚步声越过他们办公室的一瞬，他才判断出是王碧含回来了。这算什么判断哟，傻子都能知道，因为他们办公室过去就只剩王处长的办公室了。事后他稍加留心一番，立刻就学会了识别王碧含的脚步，试了几次，屡试不爽。他想，不过如此，算不得什么异能。但架不住的是人家能长年坚持，而他坚持不了几天就不知不觉忘在脑后了。他把这事深入分析了一番，发现这是禀性的不同在作祟。他出身于知识分子家庭，父亲是搞历史的。从小他就听着父亲讲些什么民族兴衰啦、百年共和啦、民主的基因啦、东西方比较啦之类大而无当的话题，就这么慢慢长大。

上大学的时候他就喜欢雄辩，像什么法治啦、人权啦、宪政啦之类的时髦话题，经常把同学驳得体无完肤而后快。上研究生后，在法学界大小精英们的耳濡目染之下，更是醉心研究当代中国法治的现状、走向等。来到省公安厅法治处，他怀着几分施展不开手脚的憾恨。但没想到居然分配在综合科，天天干着派车、布置会场、端茶倒水、迎来送往之类君子不齿的杂事。他的脑子里成天想的都是什么？都是执法环境的变迁，无罪推定在司法实践中的瓶颈，推进依法治国和坚持党的领导的辩证关系之类的大事，像端茶倒水之类拼机灵、拼反应的事，你说他能干得过温卡华之流吗？干不过不要紧，他想省厅的研究生还不多，本处只他一个，王碧含早晚要用他的。毕竟，主业、大事还得有人来干嘛。

机会只青睐有准备的头脑。他在干好端茶倒水、迎来送往之余，抓住一切机会显示自己在公安法治这一主业上的思索。有时他串到别的办公室去，一边看着大拿们写材料，一边以那种貌似谦虚的口吻请教。而实际上请教着请教着，不知不觉就成了探讨切磋，就开始夹带自己的私货，兜售起自己的观点，最后成了他一个人的演说。有人貌似认真地听着，嘴里嗯嗯啊啊地敷衍着，若也有人会忽然长长地伸个懒腰说"累了"，就把电脑关了。这种时候往往正是他说得口若悬河、酣畅淋漓的时刻。头脑沉浸在思辨和表达的畅快之中，压根儿没有察觉到别人那一句"累了"之中的微妙情绪。有一次，是在酒桌上，全处人都在。不知为何聊起了当年公安部杭州会议取消公安预审环节的得失问题。恰好他在这一问题上有过深入思索，可谓正搔到他痒处。那是他第一次在全处人面前抢到话筒。他滔滔不绝、条分缕析，把利弊得失分析得极为透彻。当时他觉得头脑中思路特别清晰敏捷，可谓灵感泉涌、文采飞扬，简直就像当场用嘴巴写了一篇论文。因此，他不知不觉就进入了写论文的情境，以至于最后归结的时候，就来了一句"综上所述"。

他的"综上所述"刚一出口，就听旁边有人憋不住"嗤"地一笑。他一看，笑者正是温卡华。温卡华一领头，其他人也跟着相视掩口，吃吃而笑，不时地拿笑眼觑他。他不明白他们笑什么，只得讪讪地收声低头喝茶。他偷偷瞥了一眼此番展示的主要对象——王碧含王处长，只见王处长一脸坏笑地望着温卡华，而温卡华则回报了一个促狭而邪恶的鬼脸。他马上明白，王处长并没有欣赏他的才华，而把他当成了一个即兴登场的小丑。正是温卡华那一笑，像手脚麻利的魔术师一把扯掉华丽的外衣，揭露出小丑的本相，从而引起强烈的喜剧效果。效果真的很不错，这从王碧含对温卡华投去的心照不宣的眼神中,从他那饱受撩拨之后充分满足的坏笑中,都可看得出来。自己滔滔不绝的时候,还不知温卡华用那恶毒的鬼脸暗中撩拨了王碧含多少次了。

那天,陈靖安感受到深深的羞辱和绝望。他第一次对温卡华、王碧含,甚至簇拥在他身边的所有人产生了一种仇恨。

5

连续几天,"2·10"事件的追责处理都没什么动静,纪委也没找陈靖安谈话。然而,处里的气氛却紧张压抑得让人透不过气来。陈靖安深知,这件事绝不会不了了之。在王碧含、刘效松和他之间,总有一个人要承担主要责任,给方方面面一个交代。王碧含是处长,刘效松是当天的带班领导。如果再抓不住一个承担具体责任的替死鬼,那么王和刘就要分摊这100%的责任。不管三七开还是四六开,那都是一场你死我活的角力。因为这场四条人命的事故,责任太沉重了。对王、刘二人来说,搞不好几十年的努力就要付诸东流,后半辈子就得在对方的使唤摆弄下过活。但对于自己来说,可能就是脱衣服砸饭碗的事。想起当年考公务员的艰难,想起流浪社会奔走衣食的焦虑,想起如何面对家乡父母亲人,陈靖安顿觉精神都要崩溃了。急眼的时候,他甚至想到跟王、刘二人谈判,取得一个大家都能接受的结果。但冷静下来一想,如果现在去谈,只会让对方觉得抓住了软肋,捏住了命门,那件事就跳进黄河也洗不清了。试想,王碧含这种人会有什么同情心吗?他不由得想起了那年几个人一起陪同公安部下派领导去基层调研。返程的时候,王碧含突然叫他去坐本来是部里领导坐的那辆牛头车副驾驶位,而把部里领导换到他坐的面包车上。他当时受宠若惊,十分纳闷。因为按本省规矩,那个位置是尊上之位，绝不容下级僭越的。当时他还惶恐地推辞了一番，王碧含只一味嬉笑支吾着把他推上车。等车开起来，他才注意到，开车的谢长华是车队有名的猛将，一脚油门就让他一阵推背加眩晕。他渐渐想明白，他们是怕一旦出事把部里领导碰死不好交差，临时起意把他换到这个替死鬼的位置上。从那之后，他就明白了人称王碧含"笑面虎"的深刻含义。在这种你死我活的关键时刻，只有绷紧神经，硬着头皮与其斗争到底。

这段时间，每当不得不为工作上的事与王碧含打交道，陈靖安心里都感到极度紧张，分分秒秒都十分难挨。王碧含连常挂脸上的假笑都没有了，就那么面无表情地应付着他。他也是同样面无表情地应付着对方。两个人尽量不说话，迫不得已说话时，那声调简直像凉开水似的，一丝人味儿都没有。两个人也尽量不看对方的眼睛，偶然目光相遇，就像烫着了似的躲闪开来。就在那偶尔的一瞥之中，他看见的那张脸活像是一张人皮面具，那上面的眼珠儿，就像冰凉的玻璃球儿似的毫无人类的情感。你弄不清那张面具后面两寸深的地方，正针对你琢磨着什么险恶的主意。

他们的阴谋终于在这天露出了端倪。这得感谢小区门口的保安小谢。小谢对公安厅的干部们喜欢巴结着搭讪，一般人都只哼哈着应付。只有陈靖安，每次遇上了还当回事地跟他聊上片刻。

这天，陈靖安刚进门，小谢就冲他招招手。到跟前了，附耳告诉道，他们处里有人调监控查他2月10日的进出车记录。

陈靖安惊出了一身冷汗。他们怎么知道他那天动过车？他可没对任何人讲过那件事。难道王献宝真对那天通话录了音，被纪委的人提取出来了？以王献宝的为人，咋想也不可能。那又是谁告诉他们的？脑子里一片紊乱，他好不容易镇压住那片紊乱，梳理出一丝头绪：也许他从厅里把车开出来的时候,被什么人看见了。可他开的是商务别克,与王献宝后来的事没什么直接关系。王献宝电话拜年的时候,他只是顺嘴问了下商务别克在不在。一定是这个贼大胆断定他要动车,也就大起胆子到温卡华那里骗了车用。硬要攀扯的话,可以说他的公车私用在先,为王献宝树了一个坏榜样。这么一联想,他感到腿有些发软,心窝里一阵发凉,嘴里一阵发苦。

不知为何,到了这百爪挠心、举棋不定的时刻,他第一反应就想到了老姚。他把全部情况向老姚和盘托出,让他帮忙出出主意。老姚沉吟半晌后才说:"到了这个份上,你就一口咬死为公事临时用了一下车,绝对不要提电话的事。王碧含他们这会儿是想尽办法要往你身上攀扯呢!只要不和王献宝发生直接关系,他们也拿你没办法,顶多是个通报批评。"

望着老姚嘴里那两颗咬钢嚼铁的金牙,陈靖安忽然觉得一阵踏实,整个人顿时有了主心骨似的,打定主意与王碧含他们死磕到底。

事情过去很久后,他才觉得后怕,他怎么就能把所有事向老姚和盘托出呢?老姚身上的神秘之处此时初露端倪。

6

陈靖安还记得,当年他是在恨上王碧含、温卡华那一条线之后,跟老姚越贴越紧的。

在机关,同一茬人之间的竞争攀比最为激烈残酷。陈靖安隐隐意识到,再这样下去,自己要成这茬人里的淘汰货了。而老姚呢,早就是公认的淘汰货了。在机关,也许只有淘汰货之间才有那么多掏心窝子的话。老姚还有几年就退休了,早到了"人不防我,我不防人"的境界,而且他破罐子破摔，说起话来最口无遮拦。不但陈靖安，即便其他铆足劲求进步的同志，偶尔挫折失意的时候，也忍不住跑到老姚这里来做发泄治疗。然而，铆足劲的同志心里也清楚，老姚是王处长、刘政委心目中的污染源，来也是偷偷地来。来上几回心里舒坦了，就再也不来了，跟逛窑子似的。

老姚深知各色人等不同的心态，敷衍起来也各有不同。然而，老姚对陈靖安却有几分另眼相看。陈靖安一向老姚贴近，老姚立刻就敞开了怀抱，似乎早料到他会投怀送抱的。陈靖安不明白老姚为何单单把自己视同知己，难道自己的天性就很对老姚的胃口？如果是这样，那么老姚的现在不就是他将来的下场吗？想到这一点，他突然有点儿不寒而栗。然而，他已经被孤立，情感的需要让他顾不了许多。况且，老姚的推心置腹也不全是牢骚怪话和消极情绪，有时还为他出谋划策呢。

据老姚讲，当年关茂祥使出吃奶的劲头想接李存信的班儿，和他那个省委组织部的老婆一有空就往各级领导那儿跑，搞应酬。那年代，王碧含上班是综合科长，下班了就是关茂祥的管家、保姆兼家庭教师。关家那个憨娃当时还上小学，天天接送、辅导作业都是王碧含。大庆安保那年老姚负责整关茂祥的二等功材料，"舍小家为大家"那一段去他家采访。他老婆本来把王碧含叫来做旁证的，没想到憨娃一见王碧含就叫了声"爸"！……

老姚最后悠悠地说："有本事的人多的是，领导凭啥非得用你？关键要让领导用着舒服……"

陈靖安万念俱灰，多年的信念摧枯拉朽般坍塌了。但他已经跟王碧含一伙儿较上劲了，就算把面子卷起掖进裤裆，也得找个契机，好圆转这个关系。

结果老姚出了个点子，给王碧含送观音莲。

观音莲是近两年炒热的一种高档观赏鱼，据说是有灵性的。在省城政商两界，供养观音莲已蔚然成风。某省级领导在私密场合曾说，观音莲有平复焦虑、治疗抑郁的功效。若虔心供养，还能与人发生感应，使人得到启示。感应的时候，凝神聚气能看出它有一张脸，表情悲悯深邃，若有所喻，云云。

最近，王碧含养的一对观音莲死了。

周六上午，陈靖安跟着老姚来到水晶宫观赏鱼市场，寻访铁哥们儿手里的一对儿摆仔儿观音莲。观音莲能养到摆仔儿（繁殖）的境界，非常罕见。如果能把一对儿摆仔儿观音莲请到王碧含的鱼缸里，正好安抚他的灰败情绪（他十分迷信）。

通体蔚蓝、画满水族世界的水晶宫前，人流熙熙攘攘。陈靖安跟着老姚挤入其中。一架一架"丰"字形的铝合金支架在人群上空颤颤巍巍地游动着，横杆上成排成排吊着灌满水的透明塑料袋，五花八门、奇形怪状的热带鱼困在塑料袋里，个个头顶着薄膜，焦躁不安地向外冲。

老姚一挤入这人流之中，如鱼得水，精神焕发，与办公室里的行尸走肉状截然不同。他一路上与鱼贩子们拍拍打打，热情招呼，还常常停下脚步，托起晶莹透亮的塑料袋，对袋中的鱼品头论足一番。不管是孔雀、红箭、玛丽、蓝鲨之类的低档鱼，还是鹦鹉、七彩、银龙、金龙之类的高档鱼，没他不懂的。一条鱼到他嘴里，品咂得比女人还有味。从体形、颜色、光泽到翅翼、眼珠、鳞片，无不挑三拣四一番，最后是三六九等，盖棺定论。鱼贩子们也不插言，只在一旁神态安详，唇带微笑，作壁上观。但奇怪的是，凡老姚点评过的鱼，往往被一无所知、难于选择的新手们买走。陈靖安悄声问老姚怎么与这些人这么熟。老姚笑道："当年'墨燕''七彩'最流行的时候，除了我们这老哥几个，全城也没有几个人摆成功的。一到周末就聚到这卖鱼喝酒的，谁不知道谁呀?"陈靖安心下一阵惊讶,省厅的干部老姚,居然还和这些下九流混在一起,干些繁殖卖鱼的勾当!老姚究竟是个什么人?陈靖安不禁有点儿迷惑,甚至一时有点儿着迷。

好不容易穿过熙熙攘攘的人流走入水晶宫内部,光线一下幽暗下来,一股潮湿温热的气息扑面而来,氤氲周身。整面墙的玻璃鱼缸森然壁立,组成一道道迷宫般的巷道。鱼缸里的水清澈透明、恍若无物,只被顶盖上各色鱼灯映照出粉红、浅蓝、淡紫、石绿等不同的色彩,仿佛一块块巨大的彩色水晶。成群的奇形异状、妖娆艳丽的热带鱼,在清澈透明、恍若无物的巨大鱼缸里游弋着。鳞片在彩色鱼灯的映照下,片片反射着璀璨华丽的光芒,简直就像一件件活珠宝在水中游动。除了顶盖上的灯光,四周一片黑暗。海鱼和热带鱼就仿佛在T台的聚光灯下走秀,漠然扫过的鱼眼透露出一丝睥睨众生的冷艳气度。看得久了,这些奇异的生物就仿佛悬浮在真空中游动,甚至像地外生命在诡异的太空之中游动着。

像陈靖安这等学霸宅男,从未想到世上竟还有这种场所,震撼之中不禁有几分迷醉,流连在座座鱼缸之间,竟忘了此行的目的,和老姚也走失了。直到转过一个转角,来到一间整个由鱼缸围成的水晶房子跟前,才被人"哎"的一声叫醒。抬眼一看,老姚正在水晶房子里向他招手。一进屋,老姚就把他介绍给屋角写字桌旁边坐着的中年女子。那女子坐在黑暗沉沉的角落里,两只眼睛却在黑暗之中熠熠生辉,目光炯炯地望着他。不知为何,那目光让他一触即溃,不敢交接。

女子对面的落地缸前,蹲围着一簇看客,个个聚精会神地望着落地缸。缸中散发出的淡粉色光芒,映照着一对对凝神专注、痴迷忘我的眼珠子。老姚上前毫不客气地轰赶道:"来让一让!让一让!买家来了!"把陈靖安拉到落地缸前蹲下。霎时间,陈靖安看见了缸中奇景:只见两团淡紫微蓝的火焰，在鱼缸里翩翩起舞、纠结旋绕。仔细看，那鱼几乎通体透明。上下翻飞之间，随着角度不同，光色在淡粉、淡紫和淡蓝之间倏忽变化，如梦如幻。翅翼和尾羽宛如飘带，在大块水晶之中衣袂飘飘，长袖善舞，摄人心魄。看的时间长了，陈靖安渐入异境，发现两条鱼仿佛在进行着某种舞蹈似的仪式。一条总是从斜刺里逼入另一条前方，一个华丽的转身，横在那条鱼的前面，接着翅翼就发出一阵令人心悸的颤抖，仿佛取悦后者，又仿佛感化后者。然而，后者往往艰难地仰头扭颈，转身逃逸。前者于是又追逐过去，周而复始，令人不禁想到原始部落里求偶的舞蹈。

"这就是快要摆仔儿了……"老姚不知何时已凑到身边，边说边把一块光滑如镜、四边倒棱的玻璃板放入缸中。玻璃板下面还有支架，使玻璃板呈45度角斜支在鱼缸中。

陈靖安并不了解观赏鱼的种类档次、市场行情，至于摆不摆仔儿什么的就更是一窍不通。虽然这一对儿摆仔儿观音莲凭直觉就感到高贵神秘，但听说3000块钱一对儿，还没赚一分钱，心里不免吃了一惊。

老姚只管没心没肺地观赏着缸里的鱼，不插一言。陈靖安偷眼望了望那女子，那女子望着别处，似对此事漫不经心，无可无不可，并无一丝做生意的热情。陈靖安脑子里一瞬间却复杂起来，老姚为什么肯帮自己呢？按说机关里淘汰货的通常心态不过是看笑话罢了。又联想到老姚的复杂性，身为机关干部，却和三教九流都颇有交道，当年也摆过鱼，卖过鱼，莫非只是帮朋友卖鱼的？他的心一瞬间就扑通扑通剧烈跳动起来，又向女子偷眼一望。女子的目光恰好转到了他脸上，还是那么目光沉静地凝视着他，暗含着一股摄魂夺魄、看透心思的力量，竟弄得他眼神躲闪。恰好此时紧张腹痛的毛病发作，他借口上厕所，打算了解了解行情。

他在市场里转了一大圈，观音莲果然是高档鱼，不多有。一对儿要价通常都在四千元左右，个头儿、卖相还没有那个女人的好。好容易碰到一对儿和那个女人差不多大的，竟要到五千元。问老板摆不摆仔儿，老板大约看出他新手，也绝非买家，竟懒洋洋地说："观音莲哪有摆仔儿的？"看来那女人是真给的朋友价。但转念一想，他还没还价呢，谁知道这鱼市是对半砍还是怎么的？他决定再找一家砍砍价再说。他在迷宫般的鱼缸巷道里来回穿梭，渐渐迷失了方向。好不容易又发现一对儿观音莲，急忙奔进店里，摆出一副老手的架势，拿刚学会的几句行话鹦鹉学舌般地跟那个小伙子砍价。不料说着说着，就觉得旁边角落里似有人窃笑。他一扭头，正望见那个女人在看着他笑，原来不知不觉又兜回来了！他一时语塞，尴尬无比，脸皮顿觉又烧又麻。偷眼打量，幸亏老姚不在店内。

只见那女子两手合掌在脸上一抹，把笑容抹平，大大方方地走过来拍着他肩膀道："小伙子，你也不用再打听了。我给你的绝对是朋友价，一分钱不挣！老姚的朋友就是我的朋友，我相信老姚的眼力价儿！"

他嘴里支支吾吾，暗下了掏钱的决心。

恰在此时，老姚从外面钻进来，一迭声地嚷道："舔板了吧？舔板了吧？"并不知前面的尴尬。陈靖安趁机与老姚一起蹲在缸前，看那要摆仔儿的观音莲在那块斜支着的玻璃板上一下一下地啄食着什么似的。

他一边看着，一边平息着心里的尴尬。这些天与老姚贴近之后，一种感觉越来越清晰，仿佛老姚能把他带入一种异境之中。跟上老姚，不知不觉就把单位里那些钩心斗角的腌臜事都给忘了，有种身心解放、飘飘欲仙的感觉。这个人，仿佛真像他平常吹嘘的，在社会上颇有人气，不但鱼贩子们很给他面子，就连那些素不相识的新手，也愿意听信他。自己不是也跟着他跑到这个莫名其妙的地方来了吗？他究竟为什么能聚拢人气？又为什么不嫌麻烦地帮着自己呢？陈靖安不由得偷眼看了一旁的老姚，只见淡粉色光芒笼罩之下，老姚醉眼陶然、面若桃花，条条皱纹似笑非笑，颇有深意。他那两颗金牙恰好都镶在犬齿的位置，从半开的嘴唇微微露出，在灯光下泛着幽暗的古铜色光泽。

他不由得又联想到金牙的来历，当年老姚在知青点上是个民间领袖。两颗犬齿都是在带领知青打群架的时候被打掉的。那两颗金牙，则是众知青饿着肚子凑份子给他镶的。那个年代，老姚在插队的××地区也算是个风云人物。老姚跟陈靖安说起这些事的时候，不屑地说："要说当头儿，我早就当过了，而且我这个头儿的地位是靠我自己的威信和担当打下来的，不是靠上头下文件任命的。哪像现在这帮官场爬虫，都是当奴才换来的。"因此，老姚对那两颗金牙极为珍视，当作他人生巅峰的一种加冕。哪怕时过境迁多少年了，也舍不得换，成为机关里一道诡异的风景。

此时，陈靖安把老姚复杂神秘的历史捋了一遍，觉得老姚会不会是当年扶弱抑强的侠义精神发作了，特意要帮自己的。想到这一层，冰凉已久的心不由得一阵温暖。

恰在此时，正在舔板的观音莲慢慢摆动着粉红透明的翅翼，游到陈靖安的脸跟前，悬停在他的眼前，似乎与他默默地对视着。陈靖安心中有些震动了，他凝视着眼前的观音莲，慢慢地看出它有一张脸，一张狭长的脸，那脸上的两个眼珠，目光正与他对视着，仿佛大有深意。

他猛醒似的一扭头，见老姚正愣愣地望着眼前这一幕，那个女人不知何时也蹲到了鱼缸前，愣愣地看着眼前一幕，嘴里喃喃道："你有缘啊，小伙子！"

7

其实,送王碧含一对儿观音莲,哪怕是摆仔儿的观音莲,也只是圆转了一下二人之间的关系,消弭那种潜在而微妙的谁也没捅破的对立状态。

从那之后,王碧含对陈靖安的笑脸多了,甚至偶尔还有些拍肩拉手的亲昵动作。但陈靖安总觉得那笑脸是假的,掩饰着他内心的排斥和防范。为什么?因为他回报给王的笑脸也是假的,也是强忍着内心的排斥和防范的。就像王拍打他的时候,他总觉得十分别扭,浑身起鸡皮疙瘩。他常想,两个人之间如果有深层次的敌意,靠假笑和拍打能长年累月维持下去吗?因此,他急切地巴望着一个机会,靠真才实学步入正轨,赢得地位。不久,王碧含真的给了他一个机会,让他撰写一份"分析'严打'利弊得失及长效机制对策"的调研文章。这份材料是要代表公安厅上报政法委的。"分量很重!"——按王碧含的说法。

他兴奋起来了,自参加工作以来,第一次对工作充满了热情。那段时间,他足迹遍及公、检、法系统的角角落落,查资料,搞调研。从1983年第一次"严打"开始,搜集历次"严打"的各项统计数据和档案资料进行梳理分析,从法理依据、社会效果、罪犯改造、公检法衔接配合与互相制约、冤假错案纠正问责等多个角度分析了构建法治社会与"严打"之间错综复杂的利弊关系,并从构建长效机制出发,提出了若干对策。这篇调研文章可说是他郁积多年才情的一个总爆发,浸透了他的心血和汗水。完稿之后,得意之情溢于言表。

那段时间,他的上蹿下跳、忙忙碌碌可把温卡华刺激着了。温卡华也从王碧含那里要了一项材料任务。不过,那个东西有什么分量哟,不过是机关应景的常例材料罢了。就这,也把个温卡华难为得够呛,他一趔趄地到王碧含那儿拿主意,门口的报告声此起彼伏。手里捧着个小本本,王碧含说一句他记一句。回来之后,更是把电脑的搜索、裁剪和粘贴三项功能发挥到了极致。他注意到温卡华写材料的时候,有一个名为"GWYYJC"的文档总是被小化之后蜷缩在屏幕的最底下一栏。时不时地,他就会打开那个文档,眼珠子以他特有的灵活在里面一目十行地搜索着。陈靖安很好奇,那里面是什么。有一回趁温卡华忘了关电脑(他的电脑设有密码,谁都不知道),陈靖安把那个文档搜出来打开一看,竟然是一本公文常用套话大全:

A、××性:重要性、紧迫性、自觉性、创造性、前瞻性、战略性、全局性、民族性、时代性、可比性………

B、××点:出发点、切入点、突破点、落脚点、着眼点、着力点、结合点、支撑点、关键点、根本点………

C、××化:法治化、规范化、制度化、程序化、集约化、常态化、科学化、年轻化、知识化、专业化………

"噗!"终于轮到陈靖安憋不住,笑出了声,他反复赏玩着那个文档,忽然悟出"GWYYJC"即是"公文用语集萃"的首字母,心里不由得感叹,轮到真才实学上场了,温卡华就捉襟见肘了。然而,他笑得太早了,压根儿没想到自己正走在物极必反的道路上。

他的那篇自感字字珠玑、纵横捭阖的雄文,一进入层层审核的环节,立刻遭遇了庖丁解牛、支离破碎的命运。先是一审,法制科长要求压缩与公安机关无关的"罪犯改造"部分,结合当前形势突出"冤假错案纠正"。这与他的认识倾向倒也暗合,他加了一个夜班,利用掌握的大量第一手鲜活材料,突出了"冤假错案纠正"部分。不料二审时,基层公安局出身的刘效松看不惯所谓的"冤假错案纠正",要求压缩这部分,转而突出"社会效果"部分。他强压住自己的不满情绪,连加了两个夜班，忍痛阉割了自己调研的精华，突出了政委的意图。接着三审，王碧含以立案数据缺乏公信力为由，要求压缩"社会效果"部分，在"法理依据"上突出，与当前法治化要求相接轨。他又埋头加了两天夜班，实现了王碧含的意图。最后的终审在主管副厅长关茂祥那里。副厅长公事繁忙，哪顾得上他这篇文章，更不会想到这是他这个小小的副主任科员第一个展示自己的机会，也许是唯一一次打翻身仗的机会。事实上他已经败象初显，因为温卡华那篇东拼西凑的材料早都通过了，早都由关茂祥在大会上照本宣科并且赢得阵阵雷鸣般的掌声了。当他白天黑夜绞尽脑汁加班修改材料的时候，温卡华常常有意无意、轻松愉快地吹着口哨踱到他的背后，不阴不阳地来上那么一句："又改呀？"就这么简单的三个字，却如同锐利的爪子，血淋淋地抓伤了他那敏感的神经。那一刻，一种恼羞成怒、气急败坏的情绪，瞬间像啤酒泡沫一般涌进头脑，弄得他脑子里一片混乱，简直没法思考。到了最后这一审的时候，他已经疲惫不堪。几番相互矛盾、相互拆台的审核意见，弄得他颠三倒四、无所适从。他不知道关茂祥又会提出什么修改意见，心中焦虑不堪，一遍一遍地、小心翼翼地到秘书科催问。秘书被催烦了，见了他就关门……他终于等来了关副厅长的审阅意见："严打"法理依据方面，高层都还有争议。按照"只做不说"原则，不宜过多涉及。建议压缩，可突出与公安机关无直接关系的"罪犯改造"部分……

那天深夜，他愣愣地趴在电脑前，苦思冥想着如何按关副厅长意思重新修改。想着想着，一些熟悉的词句如同彩蝶闻香，翩然而至，上下翻飞，轰之不去。那都是他初稿时拟就的词句，是他的得意之作。忽然间，灵光一现，他把一审到终审的四稿拿出来从头到尾一对照分析，发现他们的意见简直一个推倒一个，推了一圈，最后又回到了起点。如此说来，他把初稿交上去不就完事了吗？！这个大胆的想法简直立刻解放了他，他激动到战栗，没想到自己的初稿竟然和关副厅长的思想不谋而合。

他忐忑不安地把初稿扫描后重新打印一份交到秘书科，很快就拿到了关副厅长的批示："好。报政法委。"

他忽然感到关副厅长无比亲近，简直对他有知遇之恩，甚至是他命中的贵人。他大起胆子向关副厅长贴靠，在电梯里遇见，或者来处里主持业务会的时候，主动搭讪，自我介绍。关副厅长讲话的时候，眼睛一眨不眨地盯着他，作痴迷聆听状，心中渴望关副厅长能偶然看见。还真有那么一两次达到了眉目传情的效果，引得关副厅长着意看了他一眼，眉目间似含一丝赞许的微笑。种种手段，对他来说，已经无所不用其极，快要突破道德底线了。

关副厅长终于注意到他了。或许是因为关副厅长兼着政法学院的客座教授，时不时还有一些讲座课题需要人帮忙打理。如果真是学院里的教授，自有手里的研究生帮忙，但在厅里，就不得不费心物色一位。陈靖安这个研究生恰在此时投怀送抱，可谓恰逢其时。

陈靖安居然和关副厅长挂搭上了！这个消息经温卡华几次漫不经心地提及后，终于引起了王碧含的注意。于是再没有材料分到陈靖安手里了，又恢复了他派车、办会、迎来送往的角色，而温卡华渐渐成了王碧含的材料秘书。也是这货特别擅长揣摩领导意图，通过不厌其烦地拿着小本本请示、记录，每个材料基本上都能搔着王碧含的痒处。而陈靖安在此期间却在关副厅长那条道上越走越远，以至于王碧含不得不明打明地拿《公务员行为准则》敲打他。

陈靖安早就明白，他把宝押在关副厅长身上是孤注一掷，但他实在受不了那一层又一层的折磨。他想，既然最终是关副厅长说了算，为何不能简化一下程序呢。老姚悠悠地指出："你这是犯了机关的大忌！千万不能越级勾连。再好的材料，千万不要以为是你写的。你不过是实现领导思想的一支笔杆子,是领导的一个工具而已。这点人家温卡华就比你聪明,人家不厌其烦地跑到领导那里拿着小本本记,嘴里不停地'是是是''对对对',这才找准了角色定位。"

陈靖安彻底输了,输得一干二净,因为关副厅长不久就调任了司法厅厅长。

8

陈靖安"2·10"事件当天公车私用的监控视频交到了纪委。几个当事人都像热锅蚂蚁似的等待着纪委的最后裁决。

老姚却在这一天邀约陈靖安到解放渠边的美食一条街吃饭,说是有事要说,嘱他在美食街东头的公园门口见面。反正闷屋里也心烦,下班之后简单拾掇一下,陈靖安就冒着毛毛春雨朝解放渠边溜达过去。他从老姚处听说,王、刘二人竭力想把他的公车私用和王献宝的公车私用攀扯上某种关系,他们揪住那个电话不放,想证明他和王献宝在电话里做交易,互相包庇纵容各自的公车私用。纪委会怎么处置他?会弄到脱衣服砸饭碗的地步吗?每到这濒临绝望的时刻,他就会不由自主地想起老姚。老姚对他的说法报以纵声大笑,笑他太胆小、幼稚、不经事。"这算个啥事哟!你就是个公车私用,与王献宝有屁关系?最多给你搞个下放。按你这一根筋,不适合在机关混,还真不如下基层干几件实事,交几个真朋友痛快!到时我给你介绍……"不知为何,一想到老姚,陈靖安就觉得心里踏实,仿佛有了主心骨似的。

渠边的柳枝已经冒出了疙疙瘩瘩的嫩芽,远眺过去,一带弯弯曲曲的柳林仿佛笼罩在一团淡绿的薄雾之中。"渭城朝雨浥轻尘,客舍青青柳色新""天街小雨润如酥,草色遥看近却无"之类的诗句忽然浮上心头。

近些日子沉重而焦虑的心情，忽然间得到一丝解脱，一片黑暗的心境中忽然透出几分光亮。就在这一刻，他忽然看见了前方的老姚。老姚臂弯里挽着一个女人正优哉游哉地朝美食街方向而去，一条黑狗在旁边撒欢地跟着。他心中不由得一咯噔，这女人是谁？老姚的老婆不是到国外给女儿陪读去了吗？渠边的路灯忽然啪地一下亮了，温馨的灯光形成一串暖黄色的光晕，延伸到雨雾深处。借着路边灯火，陈靖安赫然认出，女人正是卖观音莲给他的杨广袖！这个杨广袖跟老姚到底有啥关系？今天吃饭，显然这个女人也会在座，老姚到底要跟他说啥事？一连串的疑问塞满了陈靖安的脑子。他想，此时若上去跟老姚打招呼，未免三方尴尬。但他又实在想知道，这个杨广袖跟老姚到底啥关系。他于是不紧不慢地跟在后面，远远地观望着。

天光渐渐黯淡，滨河路的酒楼灯火通明起来。淡淡的酒香混杂着食客们的谈笑在空气中弥散着。解放渠并不宽，由于整个河床都铺成了光滑的防渗水泥板，水流异常湍急。落水人站不住脚，经常被淹死。渠道的坡面在雨水滋润下显得光滑明亮。

转过一个急弯之后，陈靖安忽然发现前方视野中老姚和杨广袖不见了。他不由得加紧了脚步，不料跑过整条美食街才重新看见老姚，老姚看起来极为狼狈：只见他沿着解放渠边三步并两步地仓皇奔跑着，不时地扭过脸紧张地盯着河面。有时突然刹住脚，转着圈似的找什么称手的东西，一无所获之后，立即追着湍急的河水向前冲……陈靖安此时已经快追到跟前了，一边嘴里大声嚷着问老姚咋了，一边心中一沉。因为他突然意识到，杨广袖不见了踪影！老姚似乎都说不出话，只朝着水里指了指！他朝水里一看，只见河面上漂浮着一大团黑黑的毛发。他的心瞬间提起来，咋办！只有下了！他是厅里公认的游泳好手，更何况杨广袖帮过他，而且还不知她是老姚的什么人呢！他顾不上细想，不知从哪儿来的一股豪气，像火山爆发似的喷涌而出。他甩掉外套跃入水中，冰凉湍急的河水瞬间淹没了他，推着他往前走。他在水流中腿蹬手刨，用最原始有效的方式奋力向前，脑袋在激流中浮沉，耳朵时而听见岸上的两声呼唤"上来！上来"，时而被水花击打，嗡地一下什么也听不见了。在那短暂的时间段里，他脑子里什么也没有，只有跟冰凉湍急的河水相搏和挣扎向前的本能。他终于挣到那团毛发跟前，伸手一抓，一条动物的尾巴湿淋淋地出了水。他一惊，不相信地又往前伸手一捞，一只黑狗的脑袋浮出水面，半死不活地耷拉着。他的心一下凉了，懊悔、羞耻和遭受愚弄的感觉像打翻了五味瓶。但这只是一瞬间的事，因为情势逼他赶紧求生。不知为何，他的右手一直搂住那只黑狗，也许在潜意识支配下，他觉得放弃了黑狗，这个行动就毫无意义了。他终于跌跌撞撞地扑向岸边，抓住预埋在岸坡水泥板里的一截钢管，旁边是沿坡而下的水泥台阶，老姚也冲过来，伸出大手连他带狗一起拉上了岸。

那天晚上，直到和老姚、杨广袖在酒楼里坐定，几杯酒下肚之后，陈靖安才从那种复杂滋味中摆脱出来。喝酒的过程中，杨广袖的眼睛一直亮晶晶地盯着他看，她两个脸颊红扑扑的，眼神中既有一丝愧疚，更多了一层前所未有的信赖。也许因为老姚告诉她，他是把贝贝当成她了，才舍命相救。老姚呢，一边殷勤劝酒，一边推心置腹地嘟囔："兄弟！我没看错你！交你这个朋友——值啦！"

原来老姚提前把杨广袖支去订桌子了，看来他并不想让陈靖安看到那一幕。狗呢，撒欢的时候不小心沿坡滑入河中。

酒至半酣，当陈靖安又一次向老姚表示没什么时，老姚眉头一蹙，凝神半晌，忽然一拍大腿道："他妈的！他死人不能白死，咱救人也不能白救！"说罢，附耳对陈、杨二人低语一番。

陈靖安吓了一跳，连连摇头，神色大窘。可已有几分酒劲的老姚，没轻没重地拍打着他的肩膀笑骂道:"怕尿啊!你杨姐姐都不怕,你怕尿啊!我跟你说,想在公安上混,你这个前怕狼后怕虎,简单事情想复杂的臭毛病可要改改呢,不然你可弄不成事!实在不行,你就当跟老哥联手耍耍他们!"

这话倒让他心中一动,再看杨广袖,只见她酒后酡红的脸上,一双眼睛亮晶晶地盯着他,脸上荡漾着鼓动的笑容。

那一刻,也不知是酒后放浪形骸,还是老姚那最后一句话让他动了心。他觉得老姚的这个点子里充满了一种恶作剧的快感,并且饱含着一种把庸常生活戏剧化的倾向。这个老姚,似乎总能把他带入远离日常的秘境之中。他不禁起了跟着老姚走入反常的冲动,心中涌起一丝冒险的兴奋。

三人结账出了酒馆,沿着解放渠旁的河滨路,踏着酒后的轻狂步伐一路向南。胜利桥渐渐出现在前方的视野,河面突然扩大成喇叭口,水流变得缓慢,并且在扩张处形成了一个洄水湾。这时,一直亢奋哼唱的杨广袖突然转身朝二人做个鬼脸,几大步跃入水中,顺流而下。紧跟着的就是老姚那声嘶力竭的叫唤声:"救人啦!有人落水啦!"

此时的陈靖安已是箭在弦上,不得不发。他强压着扑通扑通的心跳,紧跟着跃入水中。他奋力向杨广袖划去,他的脸随着游泳的动作一下一下地扭向岸边时,看见河滨路上本来稀稀拉拉的散步者突然聚到老姚的身边向河里张望着,而老姚正激动地给他们指点着什么,有人举起了手机开始拍摄。他奋力地划向杨广袖,虽然杨广袖会游泳,而且水并不深。但不知怎么的,当他抓住杨广袖的那一瞬,她却像真溺水了似的赖在他的怀里。她的头发湿漉漉的,贴在苍白的脸上。尽管两人一边与水相搏、一边互相搂抱着跌跌撞撞顺流而下。但在夜的微光下,他仍能感觉到,她的两只眼睛一有机会就凝视着他的脸。不知怎么,那一刻,他的脑袋里却忽然涌进一个不合时宜的念头：老姚今天请他吃饭，到底要说什么事？

第二天，一条"公安厅法制处青年民警勇救落水妇女"的新闻见报上网了。这件事的效果立竿见影。陈靖安成了媒体上风传的救人英雄，厅长点名表扬。纪委再揪住陈靖安不放，就有点儿不识相了。不久，"2·10"事件的处理结果下来了：王碧含和刘效松，一个党内警告，一个党内严重警告。陈靖安也知道，处里今后难混了，当下基层锻炼的名额分摊下来的时候，他第一个就报了名。

9

陈靖安选的这张桌子在夜市的中部。这样，不管哪个方向有情况都不会离得太远，便于观察。协勤马化龙和陆享彪分坐在他的左右。渐渐地，他就注意到了相隔两张桌子的那个男子。

男子桌上摆着好几盘夜市菜肴，几乎没怎么动，一包软中华扔在桌上，一只快喝空的啤酒瓶立在桌子边缘。男子神情百无聊赖，若有所待。喝得有点发瓷的眼珠子一眨不眨的，跟路过的女人能走出去好远。果然，不久之后，他终于做出了那个动作，把喝空的啤酒瓶口朝下插进了休闲桌中间那个用来插太阳伞的孔洞里。

陈靖安觉得兴奋起来，心脏有力地搏动着，充满了行动前的鼓舞。

选择老街派出所，包括跟着六道口社区的乔寅虎干，都是老姚给介绍的。老街派出所老姚朋友多，乔寅虎更是铁哥们儿。自从下到社区之后，陈靖安越来越体会到一种新鲜和兴奋：这里氛围与机关不一样，可能因为层级少（只有所领导与普通民警这两层），大家考虑问题远不像机关那么复杂，说话、听话都不用琢磨，字面意思就得。只要你能干事、会干事，大家就认你，就有人主动找你喝酒，称兄道弟。

最近，乔寅虎的管区里砸车盗窃案频发，天天晚上领着刑警队的人搞蹲守。市局发起的打击卖淫嫖娼专项行动指标，他到现在还差好几起。六道口这一片夜店很少，就"打嫖"来说，本来就不是丰产田。可专项行动来了，大家都互相盯着，你也不能一个指标都不背。乔寅虎忙着搞砸车案，就把"打嫖"的事交给陈靖安带着两个协勤搞。

陈靖安带着两个协勤把几条街访了个遍，不知风声吃紧还是咋的，仅有的几家夜店关门的关门，假正经的假正经，叫人没个下手处。陈靖安不由得暗骂市局，搞行动也要分个地区差别嘛，哪有这样硬摊指标的，怪不得乔寅虎发牢骚的时候会骂出"早知道不如多养上几家"这样的怪话。官僚主义真是害死人！但转念又想，风声再紧，还真能让天下男人都六根清净不成？传统红灯区砸了场子，红男绿女定要往非传统区域转移不可。某晚他在夜市吃饭，偶然看见一张休闲桌上插太阳伞的那个孔洞里，倒插着一个啤酒瓶。当时心中一动，以为游戏之举，也就过去了。不料，此后经常看到这种现象。他就惦记上了。后来果然有一次，见一男子桌上插着啤酒瓶，不久一妖冶女子过来坐下，二人相谈一阵便离去，不知什么关系。

今晚有人有车，陈靖安心中打定主意，只要有女人上桌，就来他个咬定青山不放松，好歹解决一个指标！自从下到派出所当上管区民警，陈靖安的胆子越来越大，越干越痛快。因为这个小环境是你说了算，用不着那么多的请示，用不着考虑那么多的层级，用不着绞尽脑汁去揣摩那么多领导的心思。只要动脑筋想办法把事摆平，你就是好样的。连陆彪、马化龙都愿意跟着他干，说他比以前的下派干部痛快，敢干。

这时，远远来一个穿浅紫色短裙的女子，在桌子和食客之间穿梭游弋，渐渐靠近倒插啤酒瓶的桌子跟前。男子的两个瓷眼珠子一眨不眨地跟着女子,看到女子来到他桌前,脸上慢慢浮现出一丝下流的笑容。够了!尽管夜市嘈杂,人声鼎沸,听不见他们在说什么。但从他们之间那暧昧的表情和唇语,陈靖安也能断定,这百分之百是一场夜市招嫖!

二人刚一起身,陈靖安也迅速结账,带着陆、马二人直奔他们车位而去。

陈靖安让车子一直紧跟着二人的那辆黑色荣威,马化龙给前任所长开过车,技术不错。从三元路东拐前进街,再南拐启阳路,拐来拐去,过了几个红绿灯都没跟丢。黑色荣威最后拐进了路边一家叫绿城嘉园的小区。到小区干什么?敢把婊子带回家?或者干脆情人关系?!陈靖安心中一阵沮丧。三人眼睁睁地盯着荣威在小区前面停车道前泊好车,男女钻出车门。男的锁好车后,用手向小区高层住宅楼上一指,似对女子说了句什么。陈靖安顺男子手指方向一看,发现七八层高处,外墙窗户间悬挂着一幅霓虹灯招牌:"枪与玫瑰"。他妈的原来是家小宾馆!就是那种置了几套房子就想当老板的城市寄生虫开的,条件极其简陋且脱离公安视线的小宾馆。看来专项行动力度果然不小,把个好好的绅士硬逼到这种腌臜角落!

陈靖安让马化龙跟上去看情况。马化龙面露难色,俯耳低语道:"这都到了红庙子的管区啦!"陈靖安心中一沉,但一来箭在弦上,岂能不发?二来也被那种自作主张的豪气给裹挟了,索性一不做二不休,果断下令让马化龙只管上,有事他担着!

片刻,马化龙对讲机打过来,让他们看八楼。陈、陆二人抬头一望,见马化龙从八楼一窗口探出脑袋,向左侧晃了晃。对讲机里低声说,让注意数过去第四个窗口。二人盯住,片刻,见窗户里面吸顶灯亮了。又挨片刻,吸顶灯灭,橘黄色灯光啪地一亮,夜色中于是凸显出一个黄黄的、亮亮的、温馨诱人浮想联翩的小窗户。此必床头灯无疑!陈靖安一努嘴,二人大步流星地朝小区大门走去。

那个像螺壳肉似的蜷缩在狭小吧台里的女老板，一见二人来势汹汹，立刻像眼镜蛇似的竖起了上半身，绷紧的脖子上，眼珠带动着脑袋机警地在二人脸上转来转去。

陈靖安的警官证是公安厅的，女老板眼珠在警官证和陈靖安的脸上来回睃巡，渐渐露出警觉狐疑的神色，语气间竟带着几分盘问："公安厅？没听说过，你们是哪儿来的警察？！"

"咋的？我要给你汇报吗？！"

陈靖安从未受此羞辱，睁着眼盯住女老板，一把抢过柜台上的钥匙盘就往八楼走。

女老板抢出吧台，上前阻拦："哎，你们干啥的？干啥的？！你们给唐警官打招呼没有？！"

陈靖安给陆享彪使个眼色，陆就把女老板抓住，往吧台揉边低斥道："人家是公安厅下派干部！查你个房咋的！"

"假警察！假警察打人啦！"女老板在身后声嘶力竭地叫唤起来。陈靖安没想到竟遇上这等泼辣货色，心知这是到别人地盘上刨食，坏了规矩。如不速战速决，抓住对方把柄，要吃不了兜着走！女老板拼命叫唤就是给嫖客通风报信的，他不由得边找钥匙边加紧脚步。等他和马化龙冲到嫖客房间时，已听得里面电话铃响起！他打开房门冲进去，就见夜市上那女子光屁股抱着紫色短裙正急得没处钻，一见他赶紧把光屁股冲着墙角就蹲卜米，可怜巴巴地望了他一眼就低下了头。

等二人押着一对男女下到七楼吧台处，却见一警察正指着陆享彪的鼻子破口大骂："公安厅咋啦？属地管理是公安部党中央定的！跑老子地盘上撒野！连个招呼也不打！这就是他乔寅虎带出来的人？这就是你们老街派出所的规矩？行！行！我记住了。"边骂边白眼一眼接一眼地斜乜在他脸上。

陈靖安一看,陆享彪正一眼一眼地望他,等着他撑腰呢。女老板也恶狠狠地盯着他,看他如何收场。他只觉得脑子里一阵乱。正没办法,电梯间那边传来一阵爽郎大笑:"唐哥,误会误会!纯属误会!"

他打眼一看,原来师父乔寅虎赶过来了。先是一阵踏实,接着更加难堪。想不到自己好大喜功、擅作主张,竟给师父惹下如此麻烦。这唐警官一看绝非善类,定是女老板后台。如果硬要把事闹大,影响到的不仅两个人之间,甚至两个所之间的关系。这传扬出去也是自己的一大笑话,看公安厅领导多稀罕案子啊,为个嫖娼案,连属地管理的基本原则都不顾了。

正乱着,就听乔寅虎对姓唐的说:"唐哥啊!这两个招嫖的时候是在我的管区,到手线索我舍不得放手,就让小兄弟跟上了。没想到跟着跟着就骚搅了唐哥的宝地,不好意思,不好意思。说句不怕丢脸的话,弟弟我最近有点凌乱,打嫖指标没完成,又添上个系列砸车盗窃案,也是乱中出错。哥哥多包涵!"边说边上烟。

姓唐的一见乔寅虎亲自赶来,脸色就开始变了,不但添上了笑容,话也好听多了:"没想到乔哥也这么困难,这年头都不好干啊!我手上治安案件也没完成,还差好几起呢。"

乔寅虎一听,就搂起姓唐的肩膀,搂到背人处,二人嘀咕了一阵就打着哈哈出来。随后乔寅虎跟姓唐的打声招呼,就叫他们一行带着一对男女回所办案了。

事后,陈靖安才得知。女老板给唐警官打电话时,陆享彪一看不好收场,就赶紧给乔寅虎打了电话。那天,乔给唐嘀咕时,实际上把一起在手赌博案子给了唐。这样才摆平这件事。

那天晚上,陈靖安没有料想到乔寅虎会把所有责任都大包大揽到自己身上,而且为了摆平姓唐的还送了一起赌博案件。这让他既温暖又惭愧。他本以为事情过后乔寅虎定会寻机敲打他几句,不料乔再没提这事。与机关经验相对比,陈靖安越来越觉得还是派出所。是个干实事的地方,兄弟值得一交,而师父乔寅虎也对他越来越放心,当左右手看待。

10

陈靖安如今与社会上形形色色的人打交道都不怵了,各种情况下如何应对也慢慢有了经验。就在他放开手脚、游刃有余时,一件麻烦事悄然降临。

这天,他和乔寅虎刚值完一个24小时班,倒在警务室的沙发上正准备打个盹补个觉。突然,桌上电话刺耳地响起,接起一听是派出所值班台打来的派警电话,说他们管区的公路局公路养护二分公司办公楼有人持刀威胁领导。他不由得一个激灵,睡意飞散,暗想这么大的事指靠他两个社区民警吗?细问才知道持刀的是个女的,该单位职工,为的是破鞋烂袜子的事。听值班台不耐烦的语气,仿佛闹过多次了。就没当回事,挎上单警装备,连枪都没带,招呼了还迷糊的乔寅虎一声,就先走了。

当他走进二分公司的一楼大厅时,就感觉有几分不对,平常值班的保安不见人影。一阵阵歇斯底里的叫骂声从楼梯上方传来,在空旷的大厅里嗡嗡地回响。他的心有几分揪紧了,猛可里想起二分公司那个女神经病的传说。神经病持刀威胁领导,哪怕女的,也不敢大意。一摸腰间,没带枪,心里一沉。向玻璃门外一看,乔寅虎还没跟上来。正犹豫间,一名保安已经从楼梯上一串小碎步跑来了,一把搂住他急慌慌地说:"陈警官你赶快上吧,再晚了怕要出事,今儿个闹得厉害,我们镇不住啊!"

此时不好说啥,硬着头皮往楼上去。叫骂声因声嘶力竭而扭曲变形,以致听不清字音，只听出大意是如不解决问题就不活了，鱼死网破，同归于尽！不知怎么的，那扭曲变形的声音里，竟隐隐约约有一丝丝熟悉的感觉，一瞬间他还疑惑着，到社区后虽听说过女神经病的事，但他从未见过啊。脑子里勉强抓出两三个预案，人已经到了书记办公室门口。

一进门，他就惊呆了！传说中的女神经病竟然是她！贱卖观音莲给他的杨广袖，为了帮他而假装落水哄骗媒体的杨广袖！他脑子里一下就乱了。

"啊！是陈警官！这下可好，申冤的时候到了！过来！"

杨广袖一手捏着一把水果刀，一手薅住秦书记的脖领子往陈靖安跟前拖。秦书记呢，任其拖拽，衣服拉链撕开到肚脐眼了，半扇白皙多肉的肩膀贵妇似的裸露出来。人却只冷眼斜睨着杨广袖，一副死驴不怕狼啃的架势。而杨广袖脸色煞白，发丝凌乱，目光直愣，所到之处，直逼人心。陈靖安不由得联想到此前杨广袖那憨直眼神就很有穿透力，如今顿悟到那眼神之下隐藏的泼辣癫狂，一丝不知从何而来的疑问从心底滋生出来，但顾不得细想，眼下场面太不像样。陈靖安晃晃脑袋集中注意，暗暗给杨广袖使个眼色，上前劝解道："这位大姐，冷静些，冷静些……有啥过不去的事，领导会给咱公平解决的，信得过我，就先把手松开，咱慢慢说……"边说边给秦书记丢个配合的眼色，上前把杨广袖的手慢慢掰开，抚着她的肩膀往一边劝。

不知是信得过陈靖安还是怎么的，没完没了的局面并未发生。杨广袖开始痛骂一个叫刘灿烂的女人，意思刘灿烂对她长期进行侮辱诽谤和精神迫害，在整个二分公司到处散布关于她的谣言。谣言极其下流，不堪入耳。4月20日的打架是在她忍无可忍，前去质问时发生的，而且是刘灿烂先动手的。可秦百川作为公司领导，不问青红皂白，各打五十大板。甚至把她作为肇事者处理，让她给刘灿烂道歉并赔偿医疗费，还威胁要把她下放劳动……最后又归结到鱼死网破、同归于尽等话。

陈靖安一边安抚杨广袖,一边向双方表态,此事既然已经闹到报警的程度,后面就由派出所出面进行详细调查,一定给大家一个公平合理的处理结果。

杨广袖听了这话果然不再闹腾。而陈靖安因为自始至终没有暴露与杨广袖认识的情况,秦书记对派出所重新调查的话也没反对。一场危机暂时化解了下来。

不料回到社区向乔寅虎一汇报,乔寅虎就急了:"重新调查?!你把我们两个都要装进去啊!这本来就是单位内部矛盾,让他们领导处理去!秦百川拿那么多钱干啥吃的!"

陈靖安吃了一惊,没想到乔寅虎反应如此激烈。归根结底不就是为个打架嘛,多少声势浩大的群架,二人不都处理过吗?他讪讪地看着乔寅虎道:"我想,这不就是个矛盾纠纷嘛,咱慢慢调查化解就得了。再说,人家都报警了,咱总得有个处理意见吧……"

"咱处理就处理持刀威胁领导的治安案件,你一个重新调查,那不就把咱扯到他们单位那些破鞋烂袜子的事情里去了吗?十几年陈芝麻烂谷子的事,你能扯得清吗?"

陈靖安心头一紧,要单纯按治安案件处理,那肯定要关杨广袖,急中生智道:"乔哥,我先也这么想。可她一个精神病,咋处理?咱也不能让拘留所为难啊……"

"实在不行就强制送精神病院……"话虽如此说,但乔寅虎语气之间已经流露出一丝犹豫。

陈靖安摸准了他的软肋,凑上前推心置腹道:"按说这也是个办法……不过话说回来,她不是已经住过一次精神病院了吗,一放出来就成了这……你也不能老把她关在精神病院啊,依我看,还得从根儿上想办法……"

乔寅虎看了看他，闷了半天，才长叹一口气道："兄弟，你不知道，这里面复杂着呢……杨广袖找刘灿烂打架，是因为刘灿烂到处说她是二分公司的大破鞋。但你知道刘灿烂嘴里搞破鞋的男一号是谁？"

陈靖安看着乔寅虎那弦外有音的眼神，不由得竖起了耳朵。

"就是秦百川……"话至此，乔寅虎来了个意味深长的停顿。

陈靖安心中一震，脑子里电光石火地出现了秦百川在现场那异常的表现，既不愤怒也不反抗，只摆出一副死驴不怕狼啃的架势硬耗着，没一点儿男人样，简直耍死狗嘛。

"杨、刘二人打架后，你知道秦百川咋处理的？让杨广袖给刘灿烂公开道歉，杨广袖罚款五百元，刘灿烂罚款三百元。公司兼并重组中，两个人作为三类人员，最后安置。"

乔寅虎小眼眯缝着，意味深长地盯着陈靖安半天后，才续上说："刘灿烂的所谓造谣，那都是公开的，极富挑衅。秦百川也是里面的男一号。秦百川咋不敢收拾刘灿烂，反而收拾杨广袖？可惜这是个小案子，上不了手段，要不，我真想监听监听秦百川和杨广袖的电话。你说说，刘灿烂真是在造谣？"

陈靖安一听事情复杂了，心情也复杂起来，不知不觉走了神儿，刚才处置现场冒出的那丝疑问逐渐清晰坐实。下基层之前，老姚拉上杨广袖请他吃饭，说是要说件事，后来因为下水捞狗的事给打断了。他到底要说什么事？他来到老街派出所乔寅虎这个管区，也是老姚给介绍的。刚才他在电脑里查了查，杨广袖作为精神病肇事肇祸人员，早已列入管区"黑五类"重点人员。她这个情况不是一天两天了。难道这一切都有着某种内在的联系？

而且，这件事出现的时机非常蹊跷。

陈靖安猛可里被乔寅虎打断思绪，惊醒过来。

乔寅虎盯着陈靖安继续说道："杨广袖和秦百川的事，她刘灿烂该折腾的也折腾够了。怎么现在又突然翻腾出来，而且火一下就烧到秦百川身上去？现在可是公司兼并重组的节骨眼儿啊……"

11

刘灿烂的家位于二分公司家属院11号楼。这楼房不知建于何年何月，墙体表面不要说马赛克或涂料，就连水泥都没有抹一层，红砖裸露着，尤其在墙体棱角处，风化的墙砖就像老人锈蚀的牙齿似的参差不齐。

楼道里黑黢黢的，声控灯泡早瞎了，任你拍红巴掌也不睁眼。找刘灿烂搞调查，说实话，陈靖安内心有几分排斥，也有几分担心。但如今开弓没有回头箭，既然他大包大揽了下来，硬着头皮也要走到底。

刘灿烂的家里一股浓郁的臭萝卜味和臭鱼烂虾味，两种臭味彼此借重，令人窒息。看到陈靖安那蹙紧的眉头和强憋着的呼吸，刘灿烂却像叫花子炫耀烂疮疤似的，挑衅地说："味儿串吧？没办法！冬吃萝卜夏吃姜，不劳郎中开药方！咱们穷光蛋就得靠这个防病治病！"边说边把油漆斑驳、腻子坑星星点点的旧茶几上，摊晒在报纸上的一层变质碎虾米小心翼翼地兜起来，转移到阳台上。她边兜着边一嘴火药味地继续发牢骚："儿子还嚷嚷着想吃海鲜，这不，冬瓜也买得了——海米冬瓜，你敢说不是海鲜？是吧，陈警官？"

收拾了半天，刘灿烂终于坐定在沙发上，开始喋喋不休地陈述杨广袖之所以是大破鞋的证据。半下午的阳光从窗外斜射在她的脸上，那张脸半阴半阳，神情乖戾凶悍、冥顽不灵。高耸的颧骨布满红丝，一脸横肉咬肌毕现。参差外翘的牙齿活像一圈藏不住的花瓣，从嘴唇下龇出来。

随着喋喋不休的话语,这两排牙齿活像失控的粉碎机,停不住地咬合着,让人不由得担心血腥事故即将发生。偶尔有一粒吐沫星子,像导弹似的从她的嘴里发射出来,在光柱子里划过一道耀眼的弧线。

"那个年头,她和我一样,都是一线养路工。我开压路机,她开装载机,比我好不到哪儿去。大夏天太阳跟泼火似的往头上泼,屁股底下还有一百马力的柴油机烧着,一烧就八九个小时。最难受的是机器那个震颤劲,把人跟筛筛子似的,一筛就是八九个小时。来例假的时候,经血都给你颠出来。你看我这个颧骨,红吧,就这么风吹日晒晒出来的。这辈子别想褪掉了!别处忙不过来,就让你装沙子抬石子的。你看我这个手指,跟锉刀似的,害得我男人不让我碰,说是锉刀一上来他就没兴致了。他们啥脏啥累啥让我干,杨广袖就都躲了。凭啥呀?不就凭她长了一副骚样又肯卖吗?"

(说正题,说正题!陈靖安严厉插话。)

"那时候我们出野外,一出就大半年。住的是纸浆板和石棉瓦搭的简易房。纸浆板遇潮就变形开缝,四面漏风。探亲房里面嗷嗷叫,外面都听得一清二楚!冬天用棉絮把缝子塞紧,屋子里面生炉子取暖。又害怕煤气中毒,便安排人轮流值夜班。每天凌晨三四点钟,挨个板房敲门,里面应一声,确保安全。这个班儿又把我排进去了。我问杨广袖排进去没有。秦百川说所有女的都排了。后来我私下一了解,她宿舍两个人从来都不排班儿。我寻思,凭啥呀!后来终于让我给发现秘密了。

"那次出野外是搞抢修,正赶上冬天最冷的时候。有天夜里又轮上我叫门。到了点了,我是一万个不情愿,但害怕秦百川那活牲口扣工资。姓秦的扣起工资可狠了,一扣叫你一个月白干。好不容易下定决心掀开热被窝,炉子没人管,早灭了。一股寒气涌进来,泼了一身冰水似的。我抖抖索索地穿好棉裤穿棉鞋,摸上电筒出了门。那天夜里可真冷啊,空气里头好像有无数根小冰针往脸上扎。那天夜里没月亮,满天密密麻麻的星星一闪一闪的。你不知道野外戈壁滩上那黑夜,天有多黑,星星有多亮。星星的光都把远处雪山银白的山尖尖映照出来了。我就那么深一脚浅一脚一个宿舍一个宿舍地叫门。人是很难叫答应的,白天都太累了,晚上睡得死。又不敢太用力敲,里面要骂人的。一个门敲好长时间,里面才传出来一声快咽气似的哼哼声,真像死人从坟墓里发出来。有时候,我都怀疑他们真是煤气中毒了。可是真把门叫开,就白挨一顿骂。就这么敲啊敲啊,手都快冻木了,脑子都有些冻迷糊了,耳朵像个多余的硬壳,一摸扑棱扑棱的。就这样,当我敲 27 号门的时候,里面有个男人迷迷糊糊地应了一声。我都要走了,突然觉得不对劲儿。27 号不是杨广袖和王菊花的宿舍吗?我一个激灵醒过神儿来,悄悄摸回去,打开手电又照了一下,没错,就 27 号!我突然想起王菊花为了个什么屁大的理由休假回家了,是秦百川批的。所有人休假都得秦百川批,让秦百川批个假,难于上青天!她王菊花凭什么啊?!我越寻思越怪。再回忆刚才那个男人迷迷糊糊的答应声,他妈的不是秦百川是谁?!那一下子,可把我恨死了,好你个大嫖客秦百川!好你个卖×货杨广袖!你两个热被窝里滚了个舒坦,让老娘我顶风冒雪给你们放哨呢!我站那儿愣了半天,下定决心又敲门。这回里面可没动静了。虽然没动静,但我知道,绝不是没听见,说不定里面正急呢。我把耳朵贴门上,都能听见窃窃私语的商量声呢。我不管,我咬着牙只管敲!敲了半天,里面终于传来杨广袖的答应声,哆哆嗦嗦的,好像比我还冷似的!我可不能放过她,我问她就一个人吗?她哆哆嗦嗦说是。我得让她且哆嗦一阵子,我又问她哆嗦啥,感冒了吗?煤气中毒了吗?"

(既然这么恨,你咋没干脆把门砸开呀?陈靖安似不相信刘灿烂的故事,盘问了一句。)

"秦百川在公司一手遮天的,我一个初中生,亲戚托亲戚,好不容易找份工作,容易吗?你别打岔行不?……那天夜里我在那扇门跟前站了小半夜,心里苦啊,心里恨啊。我就知道杨广袖这骚货的好日子还在后面呢!我的苦日子也在后面呢!凭什么呀!就凭她长了一副骚样?!第二天,我问班长,秦百川查没查夜里的值班岗。他说查了,问我咋知道的。我说秦经理这么认真负责的好干部,哪能不查岗啊。从那天之后,我们三个彼此都心知肚明了,见了面各怀鬼胎。不过姓秦的再不敢骂我,在班长那儿悄悄把我的夜班停了。我会放过他们这对狗男女吗?不会的!纸浆板总会有裂缝的!我一直挨到夏天,跟他俩的踪,盯他俩的梢,终于让我从板缝里亲眼看见杨广袖四脚朝天嗷嗷叫的场面,秦百川这个活牲口可真下流,只见他……"

(别说那么具体!讲基本事实!陈靖安严厉打断。)

"你咋老打岔陈警官,真败兴!我就知道杨广袖还有好事在后面。果不然,第二年秋天,她就调了材料员。材料员多清闲啊,风吹不着雨淋不着的!还有时间复习功课,人家就这样考上了会计证。第三年,秦百川升了公司书记,人家就跟上到了公司财务科。如今你看看我们过的啥日子?人家呢,办公室里的白领丽人!外面还经营着宠物店,多滋润啊!哪儿来的钱?凭啥啊?!"

12

从刘灿烂那里出来,陈靖安心情极为复杂,就像雪白的生日蛋糕上突然被人呕上一摊秽物。他无论如何也不愿相信,慷慨仗义、目光憨直的杨广袖会是这种女人。他又走访了几个老职工,虽然没有刘灿烂说得那么生动逼真、活灵活现,但几乎公认杨广袖与秦百川有一腿,是两腿一张就踏上了机关的工作岗位,外面开店也是秦百川贪污公款赞助的,甚至是帮秦百川洗钱的。在调查走访中,陈靖安渐渐明白了,之所以突然翻腾陈芝麻烂谷子的事情,是因为众人对二分公司被兼并重组,尤其是人员安置问题情绪极大,火药味很浓。对以秦百川为首的领导班子似有深仇大恨,认为班子里有人搞鬼,为了捞最后一把,把大家都给卖了。正是这种大恨派生出了对杨广袖的小恨,真是大恨无疆啊!有人口若悬河地给陈靖安算起了清产核资的明细账,那么多机械设备的术语、资产、账目,那么久远的公司历史——改革、重组、技术升级改造,种种复杂诡异的过程,犹如壮士力挽天河,朝陈靖安头上直浇下来,浇得他头晕目眩,不知今夕是何年。

陈靖安真有点儿后悔当初的大包大揽,没想到一场打架竟隐藏着如此复杂的背景,真可谓暗流涌动。杨广袖的事情绝没有这么简单,眼前形势下,她已成为众矢之的,民愤颇大。二分公司的兼并重组,据信息员情报,已有朝群体性事件发展的苗头。杨广袖事件如处理不当,会导致何种局面,难以预料。

但怎么处理杨广袖,怎么面对她,怎么面对老姚,陈靖安左思右想,左右为难,想得脑仁发疼。至此,他彻底明白了老姚当初的用意,老姚啊老姚,他正盘算怎么跟老姚打这个电话,老姚的电话就来了。他预感到,老姚这个电话跟杨广袖有关。果然,老姚约他晚上在家见面。在老姚家里,在温馨的灯光下,老姚金牙闪烁,娓娓道来,他与杨广袖一家的传奇经历在灯光之下铺排蔓延,渐渐浸入无边夜色,弥散到不可名状的遥远时空:

"那年秋天,我下派锻炼在果子沟交警大队当交警。有天下午,突然接到报警,果子沟路段××公里处发生翻车事故,需要紧急救援。我们到现场一看,一辆从恰西林场拉了一车原木的货车,在那个拐弯弯道处冲出路基翻到了沟里。我们下去一看，车头揉得像烂纸团，里面发出垂死挣扎的叫唤声。我们耍尽了十八般兵器，像吃螃蟹似的，好不容易撬开硬壳抠出那块小鲜肉。那块肉简直是血肉模糊，难辨形状。当时，是我不嫌腌臜背着那块肉爬到了公路上。卸下担子我抬眼一看，只见天边已夕阳西下，果子沟千沟万壑沐浴在霞光之下，真可谓万山红遍、层林尽染，公路像一条飘带盘盘绕绕甩下山去。我屹立在群山之巅，一瞬间联想到毛主席诗词：苍山如海，残阳如血。不知咋的心中就升起了一股英雄主义的豪气，导致了后面一连串对我来说节外生枝的传奇故事。

"司机救活之后，根据他的描述和现场勘察测算。他车速并不太快，都在正常范围。但就是一拐弯，就觉得整辆车控制不住地向道外跑偏，方向盘都把不住，耳朵里还听得车厢里哐啷哐啷好似原木松动之声，接着一阵天旋地转、剧痛钻心，就啥也不知道了。

"当时我一听，心里一震，想起了在恰西林场当知青时的往事。我就问他装木头的时候发生过什么事。他回忆说，因为伐木工磨洋工，两个小时都装不好一车木头，最后发生了些口角。我又问他以前拉过木头没有，他说第一趟。我一听就明白了。

"恰西林场有个古老又阴毒的江湖规矩，可能因为伐木工长年在老林子里辛苦作业、待遇低下、心理变态导致的。他们对待拉木头的司机态度很恶劣，司机也是他们唯一能治住的人。你去拉木头必须给他们上贡，好烟好酒好肉，不一而足，若不上贡，你根本排不上号，（那两年正是向保护森林过渡的时期，原木极其紧张。很多生意人都转到这项买卖上来了。）让你在原始森林里猫一夜，受尽他们的耍弄和屈辱。更可怕的是，一旦和他们争吵，他们会用巧妙的办法给你装个偏载。捆绳子的时候少勒上一把劲，外人根本察觉不出来。等你跑一截路，绳子越来越松，偏载越来越严重，加上果子沟那天险飘带路，弄不好就出事。

"那个司机送到农垦师医院一查，五脏六腑挤坏了一半，左小腿断了三截，右大腿断了两截。纯是她女人的哭叫把他从阎王殿上叫回来的。那种撕心裂肺的哭叫声，我一辈子都忘不了！那女人是个养路工，长年要出野外，大半年的护理假是求爷爷告奶奶才请来的，差点儿丢了工作。而且她男人基本废了，走个路都一拉一拉的，日常起居都得专人照顾，她还隔三岔五就要出野外。这家人咋办？那女人那时候眼光发直，嘴里喃喃自语，"这咋办，这咋办"地念叨。我看着实在可怜，最后就动了一股管闲事的豪气。可这件事情又没什么证据，咋办，我脑袋都想疼了，最后想出个没办法的办法——当年我在恰西林场当知青时，也算是个人物，伐木工没有不知道我的。我就请伐木工的头头儿喝酒。那天晚上酒喝得差不多了，我先讲案子，讲了那一家子的可怜处，又讲现场勘察，随口胡诌了几条证据。然后又讲调查走访，胡编了几段证人证言，搞了个分化瓦解。当时专门挑了个星期六晚上，其他人都搭车回家了。深山老林子里就我们两个人，中间一堆篝火巫婆跳神似的飘呀飘，黑沉沉的老林子里，百年老树棵棵直立，枝杈横斜，张牙舞爪，似欲抓人。恰西人叫作林妖的，在林子深处咕哇咕哇地叫，一团团从头顶上扑簌簌地飞过来飞过去……那气氛，别提多恐怖啦！再加上我这张嘴……我越讲，那货脸色越煞白。我们俩就着油汪汪的烤松鼠下酒，突然我指着他手里的烤松鼠喊了一声：松鼠咋动啦！这家伙看一眼手里，哇的一声吐了一地，连五脏六腑都快呕出来了。呕完了抬起脸，眼泪汪汪、鼻涕哈剌、涎水流挂，看着我说，姚哥，你不用讲了！你意思我明白。给我两天时间，我给你个交代……这种事没办法，只有且信他的，听天由命。不料两天之后，这狗日的就不辞而别失踪了。不过一个月以后，我就收到一张汇款单，寄了两千块钱。啥信息都没有，只有两个字，还账。钱是寄到交警大队的，我就知道是他寄的，心想也只有这样了。后来每月都寄钱，多的时候达到五千块,少的时候才五十块,可见这货在外面也是混得跌宕起伏。这事我又不能跟司机一家子明说,明说了大家都不好办,只好以交警队的名义资助他家。后来就给他男人在水晶宫观赏鱼市场置办了一个摊位,算是让他有了个力所能及的营生。至于那个女人,我想你也猜到了吧,对,就是杨广袖。哥哥我让你到这个管区来,明说了就是来罩着她的。这个女人命太苦,脑子又出了毛病,再经不起折腾了,你看咋办吧?"

13

了解了杨广袖的遭遇之后,她那分裂的、扭曲的形象在陈靖安心目中渐渐统一、渐渐复原。虽然老姚和她的做法还在他心里留有疙瘩,但她受难的一生,无奈之下承受的屈辱,不能不引起陈靖安深深的同情。他不由得联想起自己在厅机关的生涯,万般无奈之下,不也干了许多让他至今羞耻不已的下作事吗?一时间,同病相怜的情感战胜了畏难情绪和其他杂念。他下定决心要罩着她,一股不知哪儿来的豪气涌上心头。自从下到基层之后,他就开始经常被这种非理性的豪气和某种江湖潜规则所左右,书本上的东西渐渐被他抛在脑后了。

眼下难题在于,秦百川不停地给派出所施加压力,意思是把杨广袖关到精神病院去,只要能挨过兼并重组这个节骨眼即可。但陈靖安的底线就是,杨广袖再不能关精神病院了,再关她就彻底完了。他把秦、杨、刘之间复杂纠结的矛盾细细梳理了一遍,就感觉杨广袖不过是刘灿烂捏在手里的一个工具,目的是要挟秦百川,以达到她的不知什么目的。否则不会在兼并重组的节骨眼上,突然把十几年前的陈芝麻烂谷子翻腾出来挑事儿。

他先是放下面子去做刘灿烂等人的工作，把杨广袖委身于秦百川的真实原因，她丈夫以身体的残疾换来一家观赏鱼店的真相，细细讲给他们听，希望能够化解他们对杨广袖的仇恨。然而，刘灿烂一看他开始为杨广袖说话，眼中渐渐就流露出一丝冰冷和敌意，以不置可否的嗯啊与陈靖安相应对，末了来了一句："我们俩的事情，已经过去了。谁也不想再纠缠，半辈子都这么过来了，现在纠缠还有啥用！杨广袖过去跟我们一样都是工人，她怎么变成干部的，不明不白！现如今树倒猢狲散，我们只有盯住她。她咋安置，我们就咋安置！干部咋安置，我们就得咋安置！"

陈靖安悻悻地离开了刘灿烂的家。他不甘心，下午又走访了几家职工。大家的言词竟然出奇的一致，连"树倒猢狲散""盯住她"之类的话都一模一样。陈靖安隐隐感觉刘灿烂是个头目，把大家都串联好了。杨广袖已经成了事情的焦点，处理不好，很可能会酿成一个群体性事件。

他把调查的情况向乔寅虎一五一十地汇报，并且亮明态度，不管怎么的，他得罩着杨广袖。

乔寅虎一听，脸就拉下来了："小陈啊！如今是山雨欲来风满楼，眼看就要出大事。你也不是不知道，领导最怕的就是群体性事件。如果咱们处置不当，在管区里惹出一个群体性事件，别看你是厅里下派的干部，到时也得吃不了兜着走。"

陈靖安急道："哥，杨广袖的情况你也不是不知道，遭了那么多罪，脑子也有点儿问题了。众人再这么折腾她，她就毁了。孩子正上高中，丈夫又是个残疾，这个家咋办？咱干警察的，总得扶助弱小，体现个公平正义吧。"

乔寅虎道："兄弟，刘灿烂那一伙儿难道不是弱小？眼下这形势，众怒难犯，为了稳定大局，有时候就得牺牲个人。"

陈靖安道:"那你的意见?"

乔寅虎坚决道:"先强制送精神病院,避开刘灿烂那一伙儿的锋芒,等兼并重组职工安置都搞完再说。"

陈靖安急道:"那绝对不行!杨广袖如今还算半个明白人,再送精神病院,依着她脾气,给上几个电疗,上些个强力药物,那人不就毁啦!"

见陈靖安脸色难看,乔寅虎退一步道:"那依你意见呢?"

陈靖安沉吟半晌道:"咱们社区不还缺协警,让管区各单位出人吗?不行养路公司的名额就让派给她,我估计养路公司是巴不得的,也正好让她在刘灿烂一伙儿眼前消失。"

陈靖安自以为想出了两全其美的好点子,目光灼灼地盯在乔寅虎脸上。不料乔寅虎吃惊地看他半天,慢慢地晃起了脑袋:"啧啧啧!兄弟啊,你咋能想出这么个馊点子,你把这么个人弄到咱社区来,是帮忙还是添乱?"

话不投机,二人把情况上报给所长。所长话虽客气,但明显站在乔寅虎一边。陈靖安最后急眼了,拍着腔板子道:"弄过来我来带!保证不出问题,还能发挥作用,行了吧?!"

所长猛吸一口烟,最后皮笑肉不笑地说:"兄弟,你可是厅里下派的干部,遛一圈就走了。请神容易送神难,这以后的麻烦事可就得老乔背上了。"

万般无奈,陈靖安只得给老姚打电话。老姚沉吟半晌说:"这事你不管了,我来摆平。"

不知老姚动用了啥关系,终于跟所里达成协议,杨广袖暂时调社区帮忙,由陈靖安管带,将来兼并重组职工安置完毕后,老姚保证把她弄回原单位。

乔寅虎得知消息之后,对陈靖安摇头苦笑道:"这个老姚啊,仗义是仗义，这么多年大家都知道。可你帮个女人，尤其这种脑子有问题的女人，那可是弄不好就把自己帮进去了。"边说边冲陈靖安诡异地一笑。

陈靖安一听这话，就联想到那天请客时所见一幕，但他转念一想，不管老姚跟杨广袖有什么，作为一个苦命的女人，自己帮她是应该的，没有什么可怀疑可后悔的。

14

二分公司近来弥漫着一股紧张的气氛。兼并重组期间，本来给职工放了长假，但职工们频频三五成群地到单位打听安置方案。找不到领导，他们就聚在一起互相打听小道消息，骂领导，骂政府，骂社会，骂时代。在这种时候，刘灿烂的口才就得到了充分的发挥，渐渐成为这些人的民间领袖。她每天晚上把她四处搜集到的各种关于兼并重组的猫腻和二分公司领导的腐败秘闻，在几个高参的帮助下加工整理。第二天要么聚众讲演，要么写成大字报张贴。讲演的时候，她还不忘捎带上杨广袖，说是秦百川已经把他的小婊子提前安置好了。不过，职工们此时已经不再关注杨广袖了，因为大家都知道警务室协勤工作辛苦、待遇低下，达不到他们理想中的安置诉求。在他们看来，杨广袖已经被提前踢出了局。刘灿烂这么捎带杨广袖，只剩下自娱自乐的感觉。

二分公司逐步发酵的群体性事件，越来越引起老街派出所的不安和警觉。乔寅虎和陈靖安得令，放下所有工作，专心到二分公司走访摸排，了解社情民意，化解矛盾纠纷。二人没料到，弄走了杨广袖对化解矛盾竟没起一点儿作用。职工们最终关心的还是安置方案和下半辈子的待遇，只要这方面差距太大，他们是生命不息、闹腾不止的。陈靖安把搜集的情况迅速反映到区委联席会议上。

联席会议的结果，提高安置待遇，但这个提高了的待遇，领导们并没有像观音菩萨似的遍洒甘霖，普度众生。不知是谁想出了一个阴招，即把职工分为三类人员，一二类人员统统提高待遇，而以刘灿烂为首的个别闹事积极分子，按三类人员处理，待遇不但不提高，反而下降。

这一招真毒！一下把大部分职工都拉过去，而把刘灿烂为首的一小撮人给彻底孤立了。这就是惯用的分化瓦解。

刘灿烂们疯了，叫天天不应，叫地地不灵了。几个人舍出命跑到新东家西域公司去闹。新东家是私营公司，可没有国有公司那么好说话。门口雇着几个膀大腰圆的保安，随随便便就把刘灿烂们收拾了。一旦没有群众的支持，个人面对社会的铜墙铁壁，何其脆弱。

那天晚上，刘灿烂们回到家属区后，在铁皮房小餐馆里喝得烂醉。刘灿烂号啕大哭，大骂公司阴毒，把他们几个算计了。她从兼并重组骂起，沿着二分公司的历史上溯，一直骂到她和杨广袖一起当工人的那个时代。骂了大半夜，最后泪流满面地归结道："他们凭什么呀？长得难看，就得受一辈子活罪呀?!"

几个男人一看，刘灿烂急眼了，非理性思维都发作了。窗外已是电闪雷鸣，赶紧连架带拖地把她往家里弄。就在半路上，刘灿烂猛地抬起头盯着黑暗的虚空，咬牙切齿地说："你们跟着我不会吃亏的，等着瞧！我要跟他们拼个鱼死网破！"一道雪亮的闪电划破了夜幕，照得刘灿烂一脸狰狞。

其实，一听说西域公司分化瓦解的方案，陈靖安立刻感觉到严重不妥，以他对刘灿烂等人的了解，他们绝不会善罢甘休。

"这他妈的不是没事找事吗？"陈靖安愤怒地向乔寅虎大发牢骚，"本来就是为了化解矛盾，这么大个公司，三百多人都安置了，偏就安置不了刘灿烂这几个人吗？这不是故意整人吗？"

乔寅虎这个老油条并不像陈靖安这么容易动感情，他只是疲惫不堪地坐在圈椅里，无动于衷，眼睛眨巴眨巴，甚至略带好奇地望着陈靖安在那里义愤填膺，嘴里嗯嗯呀呀地随声应和着。

为了管区的稳定，当陈靖安提出一起去找所长反映情况并修正安置方案时，乔寅虎立刻仰到椅子背上，一手疲惫地搓着脸，一手摇晃着道："兄弟你去吧，你代表老哥去吧，你的意见老哥全同意，老哥实在是爬不动了。"

陈靖安向所长反映了他的意见，用心良苦、苦口婆心地向所长指出："这么干，等于把刘灿烂几个逼上绝路，给辖区稳定埋下颗定时炸弹。"

所长解释说："这一招是新东家西域公司想出来的。西域公司是私营公司，他们的目的是想把几个不好管的刺头逼走，让他们拿上安置费滚蛋，自谋出路去。"

"私营公司可不是搞慈善的，换了你，你也不愿意花钱养上几个专跟你对着干的刺头吧？"所长朝陈靖安摊开手，脸上似笑非笑，仿佛对陈靖安的幼稚十分宽容，一副大人不计小人过的模样。

陈靖安看着所长那笑容，压住火一字一顿道："刘灿烂那可是个光脚的不怕穿鞋的主儿。我几次接触，她明显属于心胸狭隘易走极端这一路的。万一给弄出个个人极端事件，不还得咱们擦屁股？"

所长见他不开窍，语带敲打地说："她敢闹咱就抓人呗！群体性事件咱对付不了，个别人闹事咱还对付不了吗？！那还要咱公安局干吗？改粮食局得了！像刘灿烂这号刺头，还真不能迁就，否则将来学样儿刺头越来越多，这块地盘我还能坐得住吗？！"

陈靖安碰了一鼻子灰，本想甩手不管，心里却总不能踏实：根据刘灿烂的性格，此事绝不会善罢甘休。

果不其然，这天晚上他接到老姚的电话。见面之后，老姚拿出了一封刘灿烂写给杨广袖的信，字是红的，自称血书。血书要求，以刘灿烂为首的几个工人代表，必须恢复一类人员待遇。血书指示，此事杨广袖找秦百川落实，限××日前办结。血书强调，此事杨广袖要不惜一切手段办结，否则，就把内附的照片交给她老公……

"什么照片？"陈靖安惊问。

"她没给我看。但看模样，这女人快疯了。"

陈靖安立刻明白了，对老姚说："你放心，我这就找她谈。"

他回到警务室开始给杨广袖打电话，没人接。他连续不断地打，始终没人接。他越打越焦躁，越打越不安。到深夜12时许，忽然有个电话从夹缝里硬钻进来。他接起一听，是个公路局退休老干部，小心翼翼地说："陈警官，秦书记家里吵得挺厉害，他老婆回老家，儿子上大学，家里应该没人的。"陈靖安忙问："什么人吵？"对方说："听声音是个女人，寻死觅活，挺怕人的。"

他连忙收拾东西准备出发，心中有种不祥的预感，想起上次出警，他拉开抽屉带上了枪。

公路局领导家属院里，亭台廊榭，曲径通幽，假山雕塑，错落有致，毛茸茸的树冠掩映其间。然而，在这夜色深浓、风吹星落的夜晚，怀揣着种种不祥的预感，只身潜入这处院落，陈靖安只觉得焦虑紧张。一座座狰狞怪异的假山如邪神挡道，毛茸茸的树冠在夜风鼓动之下，忽然从头顶扫过，如遭魔鬼一记爱抚。陈靖安越走越紧张，总觉得一场血光之灾就在前面等着他。杨广袖要干什么，会带着刀吗？万一出现极端情况咋办，他能拔出枪吗？他就带着种种复杂的心情摸到了5号楼2003室门前。

然而门里并无吵闹动静，他侧耳贴门细听，仍然毫无动静。他敲敲门，里面没反应，便上楼询问打电话的老太太。不料老太太也正虚掩着门在里面偷听着楼下动静。老太太贴耳告诉他，打过电话后不久，吵闹声渐渐平息了。过一会儿又传出音乐声。又过一会儿，音乐声也没有了，就这么死静死静的。但人也没走，门没响过，她一直听着呢，觉得特别蹊跷。

陈靖安蹑手蹑脚地走下楼梯，悄悄地把耳朵贴在防盗门上。一阵冰凉的感觉淡下去之后，一种隐隐约约的咕咚咕咚的声音一下一下地涌进耳朵。什么声音？听着听着，陈靖安觉得像是什么东西在水里挣扎翻腾的声音，就在这电光石火的一瞬间，他忽然想起了上次走访时在秦百川家里见到的那个如同一座小屋子般巨大的鱼缸，缸里养着四对儿观音莲。那咕咚咕咚的水声突然穿越时空，演化成解放渠里的水浪，拍打在他的耳膜上。杨广袖傻乎乎地给媒体记者讲述自己被救的经历时的模样，一瞬间涌入头脑，不祥的预感突然间清晰！他拼命地砸门：

"秦书记开门！我是陈靖安！秦百川开门！我是陈靖安！"

里面突然响起慌乱的椅子翻倒人落地的声音。

他再也不能等了，拔枪对着锁子轰了一枪！拉开门进去一看，满脸惊恐的秦百川已经跌坐在地，脸上硬挤出笑容，声音哆嗦得厉害："她是……她是……自愿进去的……我只是……我只是喝……喝多了开个玩笑……"

杨广袖脸朝下悬浮在那个巨大的鱼缸里，浑身上下只穿着内衣，头发像黑烟似的弥散在水中，两只眼睛茫然地睁着，丝丝缕缕的鲜血从鼻孔里流出来，在鱼缸里洇出一小片红晕。八条淡紫微蓝的观音莲像火焰一样，在清澈无比的缸水中翩翩起舞，缸顶盖儿上压着一块沉重的寿山石……

陈靖安抡起椅子砸向了鱼缸。

15

秦百川以杀人未遂被刑事拘留。市里派工作组进驻公路局重新调查审计二分公司兼并重组中存在的问题,发现了秦百川等人在清产核资中牺牲职工利益为个人捞取好处等罪行。经整改,全体职工以较优厚条件签署了安置合同。

在分局召开大会表彰陈靖安和乔寅虎的那个上午,陈靖安在办公室突然接到了温卡华的电话。温卡华语调甜蜜地问候了他一番之后,通知他锻炼期限已到,该回厅里上班了,尽快办交接手续。

他拿着电话一时非常茫然,回想起在厅机关的日子,只觉得恍如隔世。那一瞬间,他想起杨广袖还是警务室的协勤员,想起所长那句话:"你可是厅里下派的干部,遛一圈就走了。请神容易送神难,这以后的麻烦事可就得老乔背上了。"他愣怔了半晌,只说了一句:"我在这儿挺好的……"就再也不知道说什么好了。他把电话放在桌上,走向窗户,看着远处的六道口管区鳞次栉比的楼房,任凭电话里"喂!喂!喂"不停地叫唤着。

爱辽阔 |

1

如果没有那场枪战,新疆边防某连战士桑德江脑袋的右颞部,就不会开一个窗口。而脑袋上不开那个窗口,桑德江的命运或许会驶上另一条轨道。因此,一切都要从那场枪战说起。

那个星期天的上午,桑德江忽然感到营地的气氛有一丝异样,有些战士三三两两地聚在一起悄声议论着什么。他去上厕所的时候,看见有两个排长躲在厕所附近远离人群的一棵树下,神色紧张地说着话。从他们跟前经过时,他隐约听出附近的林场出事了,连里可能要进入战备状态。

果然,当天下午,连里紧急集合,部署重要任务。连长神色十分严峻,向大家通报一个紧急情况:苏吾夏依林场护林员杜根印,因恋爱不成,持枪打死女朋友一家四口,携上百发子弹逃亡。有人在通向边境线苏吾夏依山的山道上发现了他,意图显然是要越境向哈萨克斯坦外逃。现紧急命令驻防当地的边防连进山围捕。

连长传达完命令,神色严峻地说:"上级特别指示,这不是一起普通的刑事案件,而是一起持枪杀死四人的重大刑事案件。一旦处置不当,犯罪分子持枪越境制造事端,后果不堪设想。上级要求我们,要不惜一切代价将犯罪分子围堵在国境线以内,能活捉就活捉,不能活捉,要坚决果断,当场击毙,绝不手软!"

接着,大家传看杜根印照片。桑德江只觉得心脏止不住地剧烈跳动着,而且越跳越剧烈,仿佛与什么发生着共振。他一边等待着照片传到自己手中,一边紧张地观察着大家的反应:有的人两眼一眨不眨地凝视着前方,一声不吭地想着什么,不时地干咽一口吐沫;有的人舌尖悄悄地探出来,舔弄一下嘴唇,又悄悄地缩回去了;有的人两腿紧张地夹动个不停。桑德江正为这个夹腿的人感到不堪的时候,忽然意识到自己的腿也在不受控制地、可耻地夹动着。他不自觉地望向了连长,他的主心骨,全连的主心骨。他知道连长这张嘴是极善精神鼓动的。他就是被连长鼓动着,从豆芽兵跃升为"全团优秀擒敌拳手"。而全连也是在连长鼓动下,跃升为"全师五公里武装越野总分第一名"。

只见连长用那一对目光炯炯、摄人心魄的眼珠子深深地环视大家一遭,深吸一口气道:"犯罪分子身背四条人命,必然穷凶极恶、负隅顽抗,绝无缴械投降的可能。且手持'八一杠'自动步枪,火力配备与我相当。所以这次任务十分危险,大家一定要严格听从命令,服从指挥。互相之间注意战术配合,高度重视自身和战友安全。但另一方面,面对犯罪分子,我们拥有绝对优势。首先我们肩负除暴安良的使命,正义在我,气势上先压对方一头。而对方犯下滔天罪行,仓皇逃窜三天三夜,其心理已陷于绝望,精神已濒临崩溃,必然体力不支、意志涣散。其次,我大兵压境,以百对一,整体作战,训练有素。钢盔、防弹衣配备齐全,可谓以铁包肉。而对方光身一个,在我枪林弹雨之下,必然处处致命,枪枪见血。和平年代,很少有战争考验。这次的战斗任务,既是一次危险的挑战,又是一个难得的机会。经此一役,大家才能成为真正的军人。大家有没有决心打好这一仗？"

"有！"全连战士群情激昂，齐声咆哮。

连队爬上苏吾夏依山半山腰时，牧道先后分出两条岔路通向主峰西侧和北侧的两座山峰。两个排的战士也先后走上岔路，去搜索那两座山峰，只剩下一排跟着连长搜索主峰。一路没有发现可疑情况，山势渐高，万千塔松组成的原始森林如同肃穆的军阵，渐渐逼近战士们的眼前。连长与排长商量了一番，决定把战士们分成三人一个搜索小组，沿森林的边缘分散，然后进入林中搜索。

这一路登山上来，桑德江只觉得周围的人越来越少。平常在营地里显得声势雄壮、人喊马嘶的一个连队，一旦散入这草原群山之中，立刻消散殆尽。一个小时之前，因为人多势众、群情激昂而在桑德江身体里激起的那种热血沸腾、恨不得马上与罪犯遭遇展开枪战的冲动，此时已不知不觉冷却下来。一种孤独、紧张但又肩负重任、庄严肃穆的情绪，笼罩在他的心头。此时，他唯一的渴望就是能够和连长分在一个组。也许是他不断瞟向连长的眼神暴露了什么，也许他根本就无法掩饰自己心中的念头。总之，连长把所有的小组都一一派出之后，他发现只剩下自己和另外一个战士柴泽俊与连长在一起了。

连长简单地做了一个挥手的动作，他们就开始向眼前黑沉沉的原始森林进发。

尽管半山腰以下的草原阳光普照，可一进入森林，立刻就阴暗下来。山坡陡峭，泥土湿滑，经年枯落的松针厚厚地铺在每一棵松树下，掩盖了暗藏在里面的茁壮根系。一不小心，人就会连滑带绊，滚下坡一大截，发出一片压倒枯叶的簌簌声。桑德江抓着枝杈，扶着树干，艰难地搜索前进。可偶然一把抓住了荨麻，掌心里立刻像火烧似的一阵灼痛。他正仔细地辨认着眼前的荨麻，忽然听到连长在前面低声招呼着他们。他和柴泽俊靠拢过去,看见在一棵松树下,赫然有两个新鲜的方便面袋,还有一个烟头。连长低声说:"放慢速度,低姿前进,高度戒备。"他们伏下身子,右手持枪,左手撑地,几乎是爬行着慢慢向前搜索。一种紧张而兴奋的情绪此时完全把桑德江控制住了。他可以感觉到,凡是吃重的关节都在轻微地哆嗦着,根本无法控制。一株株松树的树干在视野中重重叠叠,向黑暗的深处延伸,似乎没有个尽头。又坚持爬行了一会儿,前方出现一片略为稀疏的林地,乘隙而入的阳光在林间斜拉起了几道光线的帷帐。帷帐之后的林地变得影影绰绰,看不太清楚了。突然,一个黑影从天而降,桑德江的耳边哗啦一阵拉枪栓的声音,他的头脑瞬间一片空白。直到那只松鼠飘落在地,用两只黑亮的眼睛紧盯着他们时,他的意识才回到现实中来,松鼠一眨眼就窜入林地深处不见了。事后很久,桑德江他们才回过神来,正是松鼠引起的这片枪栓声,惊动了罪犯杜根印,致使连长发现了他在不远处的踪迹。而在当时,连长只是突然把惊魂未定的他们俩拍醒,指着右前方说:看!恍惚中,似有一个人影在松林之间飘忽而过,转瞬即逝。如果真有这么个人的话,一定是藏在右前方的哪棵树的后面。

桑德江紧张地向右前方看过去,一株一株的树干在他视野中移动着,哪棵树后面都看不见人,但哪棵树后面似乎都藏着人。周遭一片寂静,但一触即发的紧张感就蕴藏在这寂静中。果然,他的耳边突然枪声爆响,是连长开火了!就在他低头卧倒前的一瞬间,他看见了对方还击的火力点,就在那片阳光帷帐的后面,一株看不太清的树旁。连长趴在地上,侧脸对他们耳语:"现在我向左侧移动,你们俩向右侧移动,匍匐前进,千万别站起身。等听到我这边开枪后,你们能看清他就开枪,看不清千万别开枪!记住,没有我的命令千万别站起身!"

桑德江和柴泽俊开始了有生以来最紧张的一次匍匐前进,他们的肚子紧贴着地面，谁也不敢像平常那样为了偷懒而抬高一寸。他们听见连长在那边喊话："杜根印！你已经被包围了！赵宝菊一家都救活了，你别犯傻找死！赶快缴械投降，争取宽大处理！"连长喊了两遍，桑、柴二人都紧张地等待着对方的动静，但森林里一片寂静。片刻，连长那边开火了。这次，杜根印还击时的火力点清晰地暴露在桑、柴二人眼中，因为他们已经绕过了光柱子射入林带的那片区域，他们甚至都清楚地看见了蓬头垢面的杜根印，正手忙脚乱地换着弹夹。机不可失，时不再来！桑、柴二人会个眼色，立刻朝杜根印开火，他们清楚地看见，杜根印像个空麻袋一样瘫软在地上。打中了！桑德江激动地从蛰伏已久的地面上跳起来，朝那棵松树扑过去，完全把连长的命令忘在了脑后，就在他快要到达松树跟前的一瞬间，只听轰的一声，眼前一片火光……

2

星期六下午下班时分，石油医院住院部大楼的廊檐下，又出现了那道惯常的风景——几个打扮时尚的漂亮姑娘站在廊檐的阴影下等人，姑娘们有一搭没一搭地说笑着。傍晚凉爽的风从姑娘们的裙子之间掠过，不时撩起裙子的一角，使深藏其中的白皙的大腿若隐若现，令人不由得想起那句歌词"卑微的晚风，不应抚慰她"……姑娘们静中有动，不时地倒换一下站姿，或者随手理理被风吹乱的发丝。但若仔细观察，你就会发现，她们的举手投足甚至每一个站姿，都和时尚画报上的模特们如出一辙，看似随意，其实是刻意的。她们之间的谈话看似悠闲自得，其实暗藏着一分心照不宣的紧张。果然，有沉不住气的姑娘开始看表了。但令人欣慰的是，恰在此时，一台锃亮的黑色小轿车从花坛那边滑过来，毫厘不爽地停在姑娘们的面前。于是，看表的姑娘放松了，甚至看得出她暗暗地吁了一口气。她正准备抬脚走向轿车时，却见另一位姑娘已捷足先登。只见她轻松地拉开车门，一边笑着和其他还在等待的姑娘们拜了一声，一边半真半假地朝开车的男子发脾气，说是下次绝不会再这样耐心地等他了。而看表的姑娘呢，因为被自己的眼睛欺骗耍弄而更加受伤了，这从她逐渐蹙紧的眉头就可以看得出来。

这些姑娘都是石油医院的护士。石油医院是一所高薪又清闲的好医院。因为属于石油单位，又是职工医院的性质，所以用不着跟社会上的医院累死累活地搞竞争。大家只要把自己那八小时的班上好，自能享受优厚待遇。这里的医护人员，要么是石油子弟，要么是地方上有头有脸的干部子弟。一般医院里那种业务上的激烈竞争、比学赶超，在这里悄然转移到了时尚、享受、娱乐等等方面去了。

石油医院的护士姑娘们从不为前途担忧，所以她们从不想将来。她们的脑子里想的永远是现在，是今天，甚至就是此时此刻。把每一个此时此刻享受好，这就是生活。她们的心思永远集中在时装、首饰、形体、美容……总之一句话，女性魅力的打造上。而检验女性魅力的唯一标准，就是看你的生活圈子里是不是有男人，尤其是有没有那种有钱有闲懂趣味、最好看起来还风流倜傥的男人。因此，对姑娘们来说，周末下班时的接送，就成了对她们自身魅力的某种检验，成为大家的一场场暗中较量。时间一长，姑娘们之间自然而然地形成了如下几个接送点，以杜叶青为代表的几个常年有豪华小轿车接送的姑娘，堂而皇之地占据了住院部大楼的廊檐。这里不用多走一步路，而且有廊檐遮风挡雨。而像纪红朵等几个姑娘，因为接送的是摩托车（在二十世纪九十年代初，小轿车还属奢侈品，不可能遍洒甘霖），所以她们几个就把接送点选在了医院的偏门。这里的缺点是没遮没拦，几把小花伞是这个接送点的标志。还有几个姑娘，总是男朋友带她们打车离去，这些人就牵着男朋友的手在医院大门口打车。至于那些没人接的姑娘……天知道她们是怎么离开医院的。

这几个接送点都是自然而然形成的，没有谁硬占地盘。比如纪红朵她们，也完全可以在遮风挡雨的住院部廊檐下等她们的豪华摩托车，可她们就是不肯这么做。

伍颖男坐在靠窗的办公桌前，一边看书，一边不时地朝廊檐下面望一望。直到所有的姑娘都被小轿车接走，廊檐下显得空空荡荡时，她才慢慢收拾好自己的东西下楼。

伍颖男躲着她们，并不是因为自己没有人接。相反，凭着她的品貌，只要她愿意，完全能够跻身于廊檐下的那个小圈子里。但她就是不喜欢那种生活，不喜欢那些人。在她看来，像杜叶青、纪红朵之流，整天周旋于形形色色的男人之间，时而引诱，时而防范，时而撒娇，时而撒谎，累不累啊。其实深入地想想，她们没有一个是抱着寻找终身伴侣的认真想法，她们与男人们之间只不过是一场场各取所需的交易。她们从男人那里得到了各种时尚的物质享受以及附着其上的虚荣，而男人们把她们带到各种场合去以资炫耀，进而得到只有异性才能提供的深浅不一的快乐和满足。然而，只要是交易，就会有令人羞耻的讨价还价和钩心斗角。不但和男人之间钩心斗角，时间一长，她们之间也在钩心斗角。凡此种种，伍颖男在耳闻目睹之间早已深切领会。她常常感到纳闷，她们就不累吗？难道她们从来不会像她一样想得那么深，或者她们没有她那么敏锐的耻感？

时间长了，伍颖男感到自己在护士站里有些格格不入，好像融入不到那种既定的氛围里面去，有些落单，有些孤独。她也曾经想过改变一下自己的生活方式，融入她们中间去。可是，当那些男人向她围拢过来的时候，她立刻就感到一种紧张和不适。她不会逢场作戏，她不能言不由衷，她更不愿意同时对几个男人耍弄手腕和心计。她发现，只要加入到她们的生活中，就必定要加入她们中间的某个圈子，卷入圈子和圈子之间的是是非非。她觉得累极了，觉得只有顺着自己的本性生活，才是最舒适的。

只有当走出医院大门的时候，她才感到一阵放松。她不由得想，不知什么时候，身边会出现一个理想中的朋友，给她提供一种强大的精神支撑，让她按照自己的本性理直气壮地生活下去呢？不知不觉间，伍颖男来到了她家附近的人民广场。为什么会走到这里？她感觉有几分诧异，一种从未体验过的情绪，或者说一种冥冥之中说不清的力量驾驭着她来到这里，她仿佛不属于她自己了。

太阳在楼群之间慢慢地坠落，晚风微微拂动，带来一丝丝凉意。夕阳的金色霞光倾泻在广场上，广场四周被林立的高楼大厦簇拥着，宛如被茂密芦苇环绕着的一个金色池塘。花枝招展的姑娘和五颜六色的儿童，就像池塘水面上的花瓣一样，在晚风的吹拂下散漫地四处漂流着。

伍颖男感到整个身心都特别放松，没有提防、没有厌恶、没有较量，没有一丝别扭，在医院里的那种压抑感扫荡一空。她感到，此时此地，她内心对所有人，甚至对全世界都是开放的。她甚至有一种恍惚的幸福即将降临的感觉。

这时，她注意到附近的读报栏前面站着一个男青年。男青年上身穿着一件好像是军队的那种式样特别简单的白衬衣，下身穿着略显宽大的绿色军裤，脚穿一双那种有两排眼的士兵的黑布鞋。不知怎的，男青年的白衬衣显得特别洁白，甚至白得有些炫目；军裤则绿得生机勃勃；脚上那双黑布鞋黑得很纯净，一尘不染。从挽起的袖管里伸出的胳膊很瘦，但肌肉强劲有力。肤色是久经日晒的黝黑，与那炫目的洁白形成了鲜明的对比。他的面部也显得棱角分明。总之，这个男青年给人一种挺拔精神、干净利落的印象，种种细节都显现出一种训练有素的军人气质。

男青年目光专注地盯着阅报栏里的报纸，嘴唇轻微地翕动着，这使他显得异常投入，与旁人的闲散和漫不经心形成了一种鲜明的对比，甚至有人蹭着他的后背走过，都不能使他分神一瞥。

在一种莫名的好感和好奇心的召唤下，伍颖男鬼使神差一般悄悄站起来，来到阅报栏跟前，站在了男青年的旁边。她的眼睛直视着正前方的报纸，却什么内容也没有看进去。她实际上一直在用余光关注着身旁的男青年。男青年似乎并未因她的到来而发生什么变化。她有些不甘心，小心翼翼地把目光瞟向左侧，在他的侧脸上颤动了一下，就迅速地离开了——他果然没有注意到她。她有些失望，不由得去看他正在专心阅读的那篇文章，想看看究竟是什么内容能让一个男青年达到这种四大皆空的境界。那篇文章是对新疆某边防部队的一篇通讯报道，其中似乎提到了数月前在昭苏边境地区苏吾夏依山原始森林里发生的一场围歼重大持枪刑事犯罪分子的战斗。这场战斗造就了一个英雄式的人物，一个叫桑德江的战士……这样的文章对伍颖男来说并没有什么吸引力。她觉得这种文章就像是一个模子里倒出来的，里面充满了军营里惯用的那种标语口号式的语言。就在她胡乱揣测的当儿，身边的男青年情绪激动起来了，由刚才的默读不知不觉变作喃喃有声，读的正是原始森林里战斗的那段描写。"想起来了！想起来了！"他声音有些发颤，激动地转过身子，深深地看了她一眼。接着，他的目光在整个广场环顾了一周，甚至抬头望了望傍晚蔚蓝色的天空，最后又停留在伍颖男的脸上。那目光热烈而又真诚，似乎渴望与离他最近的随便什么人交流，以表达他内心的强烈情感……一开始，伍颖男有些吃惊，但就在那一瞬间，她被那青年的目光感动了。他用那双已经湿润的眼睛凝视着她，嘴里喃喃地说：

"今天是个好日子……值得纪念的日子……想起来了,什么都想起来了……"她大胆地接受着那青年的凝视,感到自己的一颗心正鲜活有力地跳动着,一种从未体验过的感觉。

当从紧张、兴奋和好奇纠结在一起的复杂情感中清醒过来的时候,她发现自己已经和那个青年面对面坐在了广场一角的石凳上。这个叫桑德江的青年战士正在对她讲他失忆之前的最后一段经历,在苏吾夏依山的原始森林里,连长冒着生命危险吸引对方的火力,而他和战友匍匐在林间的草地上,紧张地寻找对方的具体位置,艰难地捕捉着稍纵即逝的战机。他给她细腻地描述着他当时的一切感受,心情如何紧张、兴奋,而且害怕,四肢的关节如何止不住地颤抖,发现对方的一瞬如何奇迹般地平静下来,射中对方之后又是怎样被激动冲昏了头脑。那一声轰鸣之后的一切,都是家里人告诉他的,罪犯临死前拉响了绑在身上的炸药包,气浪把他掀起来,头部撞击在松树干上,导致脑血管破裂,生命垂危。他是被直升机运送到乌鲁木齐军区总医院的。手术虽然很成功,可是他一直处在失忆的状态中。过去的一切遁入一片茫然的云雾之中,变得无迹可寻。他的眼睛就像一架空洞的摄像机,尽管把眼前一张张似曾相识的脸孔、街道、建筑和风景都摄入其中,可一旦它们通过那一对尽收大千世界的瞳孔进入幽暗深邃的大脑,就开始像烟雾一样飘逸四散。因为它们无法和过去的记忆勾连在一起,也就无法附着生根。近几个月来,他感到自己在很多方面仿佛婴儿一样需要重新开始。可是他的情感、他的逻辑、他的思维能力却又分明是成人的,这种混杂在一起的奇怪感受折磨得他焦虑不堪,直到今天看见这张报纸。也许他的家人以为这一段经历对他来说是最可怕的,所以不敢提起来刺激他,可谁都没料想到,正是在这一段经历的刺激下,他沉睡的记忆被激活了……

他的眼睛自始至终注视着伍颖男,那热切的目光让她心跳如鼓但又不肯回避。她觉得，也许他只是一味地沉浸在记忆恢复的喜悦激动之中，无暇顾及这样注视一个刚认识的姑娘会对人家造成怎样的心灵冲击。伍颖男觉得，因为自己的倾听，他正在把他的喜悦和感恩移情到自己的身上。果然，他最后对她说："今天太高兴了，你是我认识的第一个人。我们下次还在这儿聊天好吗？说不定你能帮我想起更多的东西。"

她无法拒绝他的目光。

3

军绿色的黄海大轿子车载着满车的新兵沿着312国道一路向西。

从高处俯瞰，一望无际的、赭黄色的戈壁滩上，公路就像一条青黑色的飘带，蜿蜒曲折、起伏不定地飘向远方。孤零零的一辆大轿车，在这起伏不定的飘带上行驶，宛如在茫茫大海上漂流。所有的人都在那种时起时落的海浪一般的颠簸中沉沉入睡。他忽然感到，天地之间仿佛只有他一个人睁开了眼睛，好奇地看着这混沌未开的世界。他仿佛体会到盘古开天地时才会有的那种原初而又孤独的喜悦，这是一种私密的喜悦，外人永远也无法体会。一时间，他模模糊糊地感觉到，远离社会，远离城市，远离人群，远离竞争，一个人在大地上漫游，这也许才是他想要的生活……

不知不觉间，大地的颜色从赭黄渐渐变为青绿色。一片一片细如毛发的草甸像青绿色的岛屿稀疏地呈现在黄色的地表，越来越密集，渐渐连成了片。遥远的天边，有一片似曾相识的闪光点亮了他的眼睛，也唤醒了身边的人们。有人惊叫道："赛里木湖！"随着一片哗啦声，所有的车窗瞬间被打开，一股湿润凉爽的风强劲地吹进车里，所有的人都清醒了、活泼了、兴奋起来了！几十条胳膊争先恐后地伸出窗外指点着，一座波光粼粼的碧蓝色的大湖在视野中越来越逼近了。从湖面蒸腾而起的朵朵云团如同湛蓝天空中盛开的朵朵奇葩，高低错落、层层叠叠地悬浮在湖面的上空，日光下彻，云朵的阴影四散分布在辽阔的草原上，明暗斑驳之间，穿行着哈萨克族人放牧的散漫的羊群。

云朵在风的鼓荡下，像一支支庞大的船队在天空中航行，巨大的阴影在地面上相随着飘流。大轿子车时而沐浴在金色的阳光下，时而驶入云团的阴影之中，车厢里变得忽明忽暗。

"亮了！亮了！""黑了！黑了！"车厢里不断地发出一阵阵兴奋的聒噪。开车的老兵被新兵们的兴奋感染，紧盯着前方路面上正疾速向前逝去的阴影地带，加起油门向前疾追，让车辆长久地躲藏在云朵的阴影之下。一时间，大家都感受到了高天之上云的速度、风的速度，车厢内陷入了一片静默。

他侧过脸，忽然发现伍颖男正坐在旁边，温柔地注视着他……

"小伍……小伍……伍颖男！"桑德江睁开了眼睛，朦胧之间，眼睛转来转去寻找着什么。

妈妈正坐在床边亲切地望着他，伸出手擦去他额头上细密的汗珠。

"你做梦了。"她说。

"妈，我想起来了，我没考上大学。是爸爸帮我当上兵的……"

妈妈愣愣地望着他，眉头颤动着皱缩在一起，眼睛里渐渐渗出晶莹的泪水。她抬起手捂在口鼻之间，片刻之后才哽咽着说："还有什么？德子？"

"当兵……挺好的。我喜欢在草原上奔跑………"

妈妈长久地注视着他，不再说话，她眼中的眼泪渐渐消退，只剩下慈祥温暖的笑容像春日阳光笼罩着他。他又沉沉睡去……

"长跑应该有一种境界。刚开始会感到有点儿累，可是当你逐步调整好自己,进入到那种境界的时候,你会感到跑得很轻松,甚至跑得很舒服,好像是两条腿自己在跑,在驮着你往前跑。你甚至会产生一种错觉,好像只要活着就可以永远这么跑下去,就像和女朋友一起散步的时候那样。怎么才能进入这种境界?首先你不能急,不要和周围的人比赛,就好像大地上只有你一个人在奔跑。你要把节奏放慢一点儿,把步幅拉大一点儿。不要把呼吸弄得又浅又急,每次都要尽量做到深呼吸。好像每次都能把空气中所有的养料吸到你的肺里,化进你的血液里,源源不断地给你提供能量。昭苏的大草原,空气多好啊,氧气多丰富啊,取之不尽、用之不竭啊!你是在汲取天地的精华,在大自然里畅游啊!你的眼睛不要老是看着地面,你要往远处看,往天空深处看,你的脑子里不要老是想着跑步和受罪,你要放开自己的思想,去想自己一生中最得意的事,去想自己最能的那一方面。那时候,你受到所有人的注目,大家都欣赏你,羡慕你,喜欢你……最后怎么样,你就会兴奋起来,浑身充满了力量,忘了你正在跑步,可是,你的两条腿还在向前跑着呢,兴奋地跑着呢……"

士兵们的喘息都匀停下来了,目光专注,痴迷地望着连长的脸。

天气风和日丽。从对面的哈萨克斯坦吹过来的冷空气,使天气异常凉爽。在昭苏边境群山脚下的草原上,一长列草绿色的人在阳光下,在无边的草原上奔跑着,就好像原野上开过的一列火车。转场的牧民骑乘在马背上,手搭凉棚远眺着这无声的风景。

一直跑到两列山之间的一处哈萨克族的"冬窝子"才作罢。他们爬到半山坡的塔松森林的边缘地带,个个四仰八叉地躺在山坡上。松涛声如起伏的海浪,一波又一波地从他们头顶上掠过。有人从草丛里采来了草莓,有人从近处的灌木丛里采来了马铃果。他的嘴里品尝到那种奇异的酸甜味,嘴角流淌着玫瑰红的汁液。此时,他的身体感到无比放松,无比舒坦，心里更是盛满了说不出的恬静。

连长面带着微笑，朝大伙儿大喊了一声："你们舒服吗？"

"舒服！"

"你们幸福吗？"

当兵的愣了一下，似乎是思考了片刻，又七嘴八舌地喊道："幸福！"

"让大家跑这么远，是要你们明白一个道理，人的幸福是从哪儿来的。幸福就是从吃苦中来的！吃苦就是给将来积攒幸福！我要告诉你们，如果将来有一天，你们像城里的那些大腹便便地躺在沙发上还嫌累的人一样，吃喝玩乐都感觉不到幸福的话，你们就赶紧出去找苦吃吧！"

他不知不觉地侧过脸去找她，想把这触动心灵的话与她共享。不料她也正侧卧在她身边，正温柔专注地望着他呢。

"小伍……小伍……伍颖男！"

他睁开眼睛寻找着，还是妈妈坐在床边。

"这个小伍？到底是谁？"

"一个护士。"他看着妈妈疲倦地说。

"护士？没听说有姓伍的啊？"

"不是这里的，是石油医院的。"

4

那天分手之后，伍颖男兴奋而又恍惚地回到家里。她的内心充盈着一种平庸生活中突然遭遇奇迹才会有的那种惊讶和兴奋，而且，这奇迹是跟她有关的，是在她的参与下缔造出来的。一种甜蜜的责任感在心底潜滋暗长起来。她过去也曾在公共场合聆听过一些英雄人物慷慨激昂的演说。说老实话,她从未被打动过。可是,当桑德江以这样一种特殊的方式突然出现在她的眼前,向她细腻地诉说着他的经历、他的感受时,她竟然被感动了。尤其是他以一种弱者的姿态向她求助的时候,潜藏在她心底的那种柔情被唤醒、激发出来了。

  从那以后,他们每周末就相约在人民广场进行一次"谈话治疗"。这个说法是伍颖男提出来的。有了这样一个说法,她就可以心安理得地与桑德江进行那种外人看起来像是约会的活动。内心深处的某种隐秘的渴望似乎转换了一个形式,变得光明正大,变得可以被自己接受了。为了进行"谈话治疗",她查阅了一些失忆患者康复治疗的书籍,按照书中的理论,结合自己的经验,围绕着桑德江过去的甚至追溯到童年的生活经历,精心设计问题。为了发现恰当的刺激点,她始终与他保持着目光交流。她温柔清澈的目光和循循善诱的态度,显然对桑德江有极大的帮助,他会不时地会发出惊喜的叫嚷:"对!我想起来了!是这样……"然而,时间久了,她自己却开始偏离主题了。不知不觉间,她就把话题引向自己私密的内心所感兴趣的方面,她逐渐了解了桑德江的身世和家庭、性格和爱好。桑德江在她眼中渐渐变为一个纯净的透明体,在傍晚的阳光下晶莹剔透、熠熠生辉。在桑德江的故事中,那些在戈壁和草原上漫游、在阳光和大地之间奔跑的经历,他对大自然的那种倾心的聆听和神秘的感悟,是最能打动她的。她从来没想到,一个人还可以这样去生活。她感到一种独特的精神力量从这个透明体中贯注到自己的身心之中,使她有种从平庸生活中超拔、上升的体验。当她猛然惊觉,发现她早已把"治疗"抛在脑后的时候,看着眼前滔滔不绝、懵然无知的桑德江,她不由得一阵羞愧,但羞愧之中又隐藏着一丝甜蜜。她不由得揣想,不知他有没有察觉到,所谓的"治疗"其实早就结束了。

这种情况一直持续到桑德江返回部队的时候。伍颖男送他上车，挥手之间，他们似乎终于意识到两人关系的某种特殊性。他们笑得非常勉强，掩盖着内心的难过。伍颖男对趴在车窗上的桑德江喊出的最后一句话就是："记得来信！一定要来信啊！"

然而，用不着什么来信了。桑德江一到部队就发现，在他手术和卧床康复的几个月中，父母已向部队提出申请，希望能够准予他提前转业。虽然他植入的是瑞典进口的人造脑血管，据医院方面说，慢慢地会与人体自身的脑血管融为一体，不会有什么大的后遗症，但他的父母还是不放心儿子的身体。部队上对他父母的要求表示理解。尤其是连长，为他上下奔走，使他不但荣立了二等功，还办理了四级军残证。

临走之前，连长跟他单独谈了一次话。连长握着他的手，搂着他的肩膀使劲摇晃了几下，问他："现在身体感觉怎么样，兄弟？"他心里怪难受的，嘴上却说："挺好的。"连长两眼望着他说："要走了，当哥的再送你几句话。你是个好兵，到了地方单位，如果身体条件许可的话，还是像在连队一样好好干！咱们当兵的，都喜欢出大力，流大汗，红红火火地过日子。过几年等我复员了，到乌鲁木齐去看你。到时候，我可不希望看见一个成天窝在办公室、躺着都发喘的白胖子！好吗？"桑德江深深地看着连长的眼睛，郑重地点了点头⋯⋯

5

从公路勘测设计院保卫科被打发到炉院街联防队以来，桑德江天天都在棚户区里查暂住证。一到半夜三更，联防队的铁蹄就踏着烂泥汁进这片棚户区里，连砸带踹地把那些镶在土墙上的破门板踹开，而后裹挟着凛冽的寒气一拥而入，把一家老小围堵在床上，骂骂咧咧地逼着人办暂住证……

桑德江对联防队了解得越深，心情也就越发低落。他逐渐发现，来到联防队的人，几乎都是各单位在分流精简过程中砍下来的边角料、碎渣屑。比如那个拍着胸脯说单位领导拿他没治，外号叫"蟒蛇"的，长了一身疙瘩肉。从后面看，脖子比头还粗，后脑勺的部位动不动就鼓起好几条肉棱子。他一喝醉了，就把人都招呼到他身边，听他讲他如何收拾单位领导的故事。到后来，虽然大家都不耐烦，但谁也不敢走。他一兴奋起来，要对某个人表示亲热了，就从这人背后猛扑过去，两条铁打的胳膊箍住这人的上半身，猛一发力，这人两条腿就悬空了，五脏六腑有种从喉咙里挤出来的感觉。如果再被他一高兴左右甩几下，眼前就会一阵一阵地发黑。这时候千万不能发作，而是要假装高兴地在嘴里发出"噢……好了好了"的抚慰声，待把他哄弄得平静下来，才能得到解脱，要不然更受罪。

而那个夜巡时一看见角角落落就觉得里面有东西在动，就要惊骇得紧贴到桑德江身边的人，名叫刘道煌，原来是建机厂的财会人员。保管现金的时候出过一次重大事故，压力太大，脑子里出了点问题。此人黄皮寡瘦、臊眉耷眼，平常弯腰驼背，萎靡不振。一旦被交代一个什么任务，两条细眼缝立刻张开很大，里面闪烁着惊慌失措甚至是悲观绝望，一边往后缩一边嘴里喃喃地唠叨着："不行啊……这个我不行啊……"经常被队长陆享彪厉声呵斥道："你会干啥？你还会干啥？！吃货！"

有一次，"蟒蛇"从值班室的床铺下面翻出一个不知何年何月的笔记本，塞到刘道煌的手里，道："去！给我锁到抽屉里面锁好！丢了饶不了你！"一上午，刘道煌十几次打开抽屉看笔记本是不是还在，而"蟒蛇"就招呼了一帮人挤眉弄眼地在一边看刘道煌的反应。通过这个实验，"蟒蛇"一方面给新来的队员活生生地演示了一遍潜藏在刘道煌脑瓜子里的那种匪夷所思的毛病（强迫症），一方面又利用刘道煌的反应向众人证实，他的威慑力已经超过了陆享彪……

看着联防队里的这些牛头马面，形形色色，桑德江常常感到一阵阵辛酸从心底里漫上来，他无论如何也想不到自己竟会沦落到这群人中间。自从转业到父亲工作的公路设计院，他先是从测量大队调整到保卫科，又从保卫科调整到联防队。每次调整，领导的说法都入情入理，自然熨帖。他就这样坐着滑滑梯，不知不觉地从测量队一路滑到了联防队。在这个过程中，似乎找不到那个一落千丈的转折点，然而回头看，处境的确是一落千丈了。他越想越纳闷，越纳闷越要反复地想，似乎掉进了一个恶性循环的怪圈中难以自拔。渐渐地，脑海里一些令人刺痛的想法就像海底暗礁一样，随着海水的退潮，浮出了水面。他首先联想到设计院里甚嚣尘上的项目制改革，当收入和项目紧密挂钩时，像他这样半路出家的二把刀就被大家当作绊脚石无情地踢出来了……

在联防队里，像桑德江这样由原单位承担工资福利的所谓"大联防"是极少数。大部分都是小联防，他们的工资实际上就从他们收缴的治安费里出。因此，联防队对巡逻防控等正经事一律不感兴趣，他们的兴趣主要集中在收费上。他们每天夜里钻到盲流聚居的棚户区挨家挨户地查暂住证，实际上就是来要吃饭钱的。只不过一般要饭的是"文讨"，是扮出一副可怜相，让别人不忍心了，掏出钱来打发，而联防队是"武讨"，是借什么"治安费""暂住证"之类的名义强要。你不给，他们就会来硬的，耍狠的。这就是盲流们对联防队形成的一种深刻共识。有时他们在夜间巡逻的时候，碰到别人遗忘在户外的摩托车之类值钱的东西，就会堂而皇之地把它推到值班室去。当焦急万分的失主在内行的指点下找到值班室时，联防队的人就会把失主敲打一番，什么"不是我们替你保管，早让贼娃子推走了！""险些给我们惹下一个案子！"等等，然后就是伸手要钱，名义是"保管费"。桑德江看到这种事就觉得很震惊，觉得联防队的行为与贼娃子相比，只是五十步笑百步。

混迹在这样一支队伍里，桑德江常常感到羞耻。尤其让他难受的是，他会常常想到伍颖男。每个漆黑的夜晚，当他跟着队伍盲目地行进在穷街陋巷之中，没有什么事情让人兴奋和期待，没有什么事情让人觉得有意义的时候，他的精神就会渐渐地从肉体中飘飞出去，离开此时此地。他的脚步虽然还机械地迈动着，他的目光虽然还无意识地扫射着，他的整个运动神经系统虽然还时刻维持着一种低级的反射活动，以使他像诸葛亮发明的木牛流马似的跟着队伍行进，但是他的头脑早已进入一种冥想之中，在冥想之中与一个人进行着单独的交流。这个人就是伍颖男。伍颖男的到来，常常让桑德江在寒夜中忽然感到自己被一阵温暖和甜蜜包裹了起来。她的脸庞在浓黑的夜色中，带着一种神秘的光晕清晰起来。那光晕不是外界照在她脸上形成的，而是她自身熠熠地散发出来的。那种宁静而又柔和的光晕对桑德江充满了一种吸引力，使他从内心深处感到一种抚慰和体贴。他清晰地看到，她目光晶莹，含着期待的微笑望着他，正准备倾听他的诉说。然而，他能说些什么呢？一种惭愧，甚至就是自惭形秽的感觉，就像一瓢冷水兜头浇下来，使他禁不住浑身一个激灵，回到冰凉的现实世界中，回到蠕蠕行进的队伍中。桑德江暗暗地下定决心，一定要努力，摆脱这支队伍，摆脱这种生活。否则他没有勇气见她，也没有勇气与她联系。

近一个时期，队长陆享彪感到有个人变得越来越难以控制，此人就是"蟒蛇"。在一些很正式的场合，他时常当着自己的面，故意旁若无人地与别人耍笑打闹，破坏秩序。而每当自己布置任务时，往往是他带头发牢骚，说怪话，起哄。说完之后，还把他那凶恶的目光扫向众人，问他们是不是。一些人的目光畏畏缩缩地在他和"蟒蛇"之间来回睃巡，嘴里嗯呀啊地发出一阵模棱两可的声音。他们不敢不对"蟒蛇"有所附和，可是他们又会马上对他赔上一个谄媚的笑脸，表明他们并不想跟他对着干，他们的处境难着呢！

陆享彪经常咬牙切齿地想，这是故意在向自己挑衅。一旦他的权威被颠覆，一个人的难以控制就会像瘟疫一样传染一大片。陆享彪经常从后面专注地望着"蟒蛇"的后背想办法。可是，望着那比脑袋还粗壮的脖子，从脖子延伸下去的宽厚的肩背，想象着夏天曾见识过的那一身疙瘩肉，陆享彪就觉得一阵头疼，甚至是打心眼儿里发怵。必须想出点办法收服这个野物，给它套上笼头，让它为己所用。这就是陆享彪最后打定的主意。

不久，陆享彪从派出所弄来了一部对讲机，配发给了"蟒蛇"。（此前，队里只有陆享彪享有一部对讲机，以方便和派出所保持联系。）陆享彪还当众说了，以后他不在的时候，让"蟒蛇"负起点责任来。一开始，"蟒蛇"似乎有点儿困惑，但陆享彪把他拉到背人处单独谈了几次话。天知道他都跟"蟒蛇"说了些什么，"蟒蛇"竟然开始变了。他身上那股子跟上级对着干了一辈子的劲头，不知被陆享彪怎么一拨弄，竟然上了正道。他那延迟了过久的"青春期逆反"竟然就此结束了。

"蟒蛇"手持着对讲机，变得规规矩矩，像模像样，似乎一下子就完成了从蛇到人的进化。陆享彪把一些难度很大的任务交给他去干，他干得十分卖力。每当陆享彪不在的时候，他就俨然以队长自居。队里的人都对他服服帖帖，唯一让他不踏实的就是桑德江。他听说此人是从部队上下来的，曾经参加过枪战，还立过战功，不知怎么被弄到联防队来了。而且此人一向面相冷峻，不置一词，从来没有附和过他。有时"蟒蛇"感到自己，甚至整个联防队，在他眼中就仿佛不存在似的。他只是在那里沉思默想着,也不知在想些什么。有几回"蟒蛇"忍不住想向他挑衅,但不知怎么,事到临头他都下不了决心。关于桑德江这个人,他琢磨了很多。

桑德江偶然也发现过几次,"蟒蛇"在偷窥他。像他这样一个五大三粗、凶蛮霸气的人,他偷窥你而被你发现,眼珠子在眼眶里慌乱地滚动的时候,你会觉得异常滑稽。桑德江忍不住在心里笑起来。然而,这种短暂的快乐对于他那无边的愁闷来说,简直就是昙花一现。

6

一段时间以来,伍颖男一直很烦恼。直接原因就是她无意中多了一句嘴,结果得罪了一个人。如果仅仅得罪一个人,也还不至于如此烦恼。关键是通过那个人的嘴,伍颖男感到自己的形象正在被严重歪曲,歪曲成她平日所最鄙视的那种类型。

事情是这样的,刚入冬时的某一天午休时分,杜叶青把她新买的一件皮装展示给伍颖男看。这件皮装是意大利品牌,版型时尚别致,做工极其考究,对美女身材"极尽曲意迎合之能事"。按照广告的说法,就好像是"从名模的身体上直接剥下来的一层皮"。这件皮装恰到好处地包裹出了杜叶青曼妙性感的身材。本来按圈子来讲,伍颖男并不是她最佳的展示对象,因为伍颖男一直很游离,曾被她们这个圈子私下评论为"假清高"。但这件皮装带给杜叶青的期望值实在太高、太强烈,而这天中午办公室里恰好又没其他人,心花怒放的杜叶青就把伍颖男当作了展示对象。

其实那天杜叶青也得到了赞美,不过她总觉得不够尽兴。伍颖男的赞美让她老有种隔靴搔痒、不得其所的憾恨。这本来是伍颖男的性格所决定的，但出事后，杜叶青却由此分析出了伍颖男这样那样的心理。

原来，不几天之后，纪红朵也把一件皮装展示给人看，在场的有伍颖男，还有杜叶青那个圈子里的人。一见这件皮装，伍颖男不禁脱口而出："哎，杜叶青也有一件，跟你的一模一样哎！"

伍颖男没有料到，就是因为自己缺乏圈子意识，不懂得石油医院里的人情世故，以致无心之言铸下大错。这件事过后，纪红朵就趁没人的时候，悄悄地翻了杜叶青的衣柜，果然发现那件和她一模一样的皮衣。于是她抢先把皮衣穿上身，在各种场合闪亮登场了一番。其实，还不到穿皮衣的节令，但她这么一来，等于宣布了她对这款皮衣的专有权。就好像一个粗野男人，通过率先剥夺一个姑娘的贞操，而达到强行占有的目的。这在纪红朵的内心深处引起了一丝快感，她终于在一件事上赢了杜叶青一头。那几天，她对伍颖男特别好，令伍颖男感到莫名其妙。

纪红朵率先穿着那款皮衣闪亮登场，杜叶青的皮衣就等于报废了。皮衣再好，她怎么能跟在纪红朵的屁股后面穿呢？她把皮衣送给了表妹。一开始，她以为是碰巧了，只好自认倒霉。但圈内好友对她说了体己话之后，她才明白，原来这里面有人为的因素。她开始对伍颖男刮目相看了。以前有人说她是"假清高"，杜叶青还不十分肯定，觉得她有时看起来有点儿像是没心没肺那种。到如今才发现，原来她岂止是"假清高"，她比别的人更阴暗，更嫉妒自己。别的人至少是摆在桌面上的，她呢，咬人的狗不叫唤，心里面做事儿。以前呢，老觉得她这个人哪个圈子也不沾，有些烦心事还愿意对她讲一讲。现在看来，她跟纪红朵之流完全是一路货色，看她们这儿大那股子亲热劲儿，就什么都不用说了！过去说给她的那些事，还不知被她传成什么样呢！想到这一层，杜叶青不得不细细回忆过去她都跟伍颖男说过些什么，而且跟那时候发生的一些莫名其妙的事情联系起来深入分析，越分析越后怕。

从那之后，杜叶青逮住机会就要向人揭露伍颖男。一方面是为了报复，另一方面也是向她那个圈子发出一种预警。她的这些言论，通过复杂的人际关系网，不可能不流入到伍颖男的耳朵里。伍颖男先是震惊，继而对那天的多嘴深感后悔。当她想找个什么机会解释一番的时候，才发现这事似乎太过琐碎、微妙。它之所以能够形成一个事件，完全都在于某些女人那皱褶堆积、层层叠叠的复杂的心理结构。在那阴暗潮湿的环境里，生长着无数敏感的触须，一旦无意中触碰到某一根纤细得几乎看不见的触须，立刻会引起一阵痉挛般的悸动和皱缩。这种阴暗潮湿的敏感性，让伍颖男觉得恶心。这种事让她简直不知怎么张口解释，只能让时间的清流慢慢把它冲淡、稀释了。

然而，伍颖男不能不感受到来自外界的刺激。由于她逍遥派的立场，过去几个圈子里都有一些人喜欢跟她说说心里的事，使她时不时还能感受到几分人气和暖意。可是最近，似乎所有的人都对她敬而远之了。她开始感受到一种商量好了的整齐划一的排斥。有时当她走进某个房间的时候，本来热烈的谈话突然就中止了。姑娘们跟她客气地打个招呼，就各自走散了。她不知道为了那一句多嘴的话，杜叶青把她宣传成了什么模样。有时候想到这一层，她觉得很愤怒。但她能怎么样呢？能跟杜叶青，去闹吗？她只有隐忍下来，夹起尾巴做人。为了修复起以前的关系，不至于太孤立，她甚至强忍着乏味，装出一副兴致盎然的模样参加她们的谈话。可是谁都知道，硬要维持一个毫无兴趣的话题有多难，不但她自己别扭，别人也感到别扭。其结果是，要么大家客气地散开，要么她一个人落寞地离去。她经常想，自己这么心力交瘁地讨好她们是何苦呢。每到这时，她就会不由自主地想起桑德江。她回忆起那一个个周末的傍晚所谓的"治疗"。那时，他们之间的交流是多么融洽，多么投缘，多么欢乐啊！表面上看，是她在给他做治疗。实际上，只有她心里清楚,她也在接受他的治疗。在他们的交谈中,一种精神力量不知不觉地就会贯注到她的身心深处,使她变得强大、自信,可以理直气壮地按自己的方式生活。如果他在身边,她敢肯定这些烦恼对他来说就像一缕缕蛛网,只需轻轻一拂,甚至一嘘之下,就会灰飞烟灭。可是,自从他去了部队之后,就再无音讯了。一开始,她等待他的来信,等待了两个多月都没有结果。她放下矜持,主动给他写了一封信,可信寄出后就石沉大海。近些日子,她感到特别需要向他诉说自己的烦恼,因为只有他能够理解自己,能够把自己从那个泥潭里拉出来,在云端之上享受阳光和清风的快乐。可是一想到近三个月的杳无音讯,她就没有信心了,甚至对他这个人都开始动摇了。有时她想,会不会他的失忆症又发作了。有时她甚至想,也许当时就是自己的一厢情愿,每念至此,她就会觉得特别孤独,特别难受,委屈得甚至想要流泪。

7

这天,"蟒蛇"带着联防队到棚户区马想禄家拔钉子。大家在浓重的雾气中,踏着烂泥,深一脚浅一脚地摸到马想禄家租住的院门前。"蟒蛇"摁亮手电对了对门牌号,然后就用拳头开始砸门。寂静的夜色中,砸门声异常响亮。砸了几下没有动静,他先退后一步,然后猛上一步,提起右脚就往门上踹,整个院墙都发出一阵颤动……"哐!哐!哐!""蟒蛇"的联防大头鞋一下一下地踹在门板上,脸上五官紧蹙,一副用力的表情。陡然紧张的气氛把桑德江从冥想中惊醒过来,他看到墙头上的积雪都在扑簌簌地往下掉。他的眉头紧皱起来,虽然已经从冥想中惊醒,但眼前这令人揪心的一幕却使桑德江的潜意识中残留下来一种感觉,似乎伍颖男并没有离开,就在身后的什么地方正看着他呢。事实上，近一个时期，他已经越来越被这种感觉所缠绕。不管他走到哪里，不管他在干什么，潜意识里总有这种感觉。因此，他总是随时随地保持着一分警戒，让自己一举一动与这支腌臜的队伍有所区别，不能让她为自己而感到羞愧。他就是这样生活着，仿佛那句"头上三尺有神明"的古话对他发生了作用，他时而感到温暖亲切，时而感到紧张羞愧。比如此时，"蟒蛇"的行为就把他拖入一种深深的羞惭，甚至是无地自容的泥潭里。他有意识地与这一群人保持着距离，极不情愿地进到马想禄的家中。

这个家只有一间屋子，屋顶上金色银色塑料纸横竖编织出的顶棚闪闪发亮。屋子中央生着一个铁皮火炉。靠窗摆着一张大床，共铺着三床大红大绿的被窝，看来一家人都睡在这张床上。除了男人的空被窝以外，床上还有两个被窝。中间的被窝里，一个粗壮的女人趴在床上，两肘撑着脑袋盯着这群夜闯家门的丧门星，目光凛冽，令人胆寒。有人开始还想好奇地顺着她的被窝口往被窝深处看进去，但立刻被她那令人胆寒的目光逼退了。另一个被窝里的孩子翻个身脸朝了墙，紧闭着眼睛，不知是被黑暗中突然亮起的灯泡刺激着了，还是不想看到眼前的事情。女人的被窝深处一阵蠕动，一个更小的孩子想把脑袋钻出来看个究竟，立刻被女人硬按进被筒里。屋子里半面墙边堆着各式蔬菜，用塑料布苫好。一股菜市场上腐烂菜叶的气味、残汤剩饭的气味、臭球鞋味儿和过于拥挤的人体的气味混杂在一起，异常浓郁。

为了那二百块钱的治安费，房间里很快就响彻了"蟒蛇"和马想禄女人的争吵声。马想禄的女人是个刚强泼辣的四川女人，边吵边当着大家面掀开被子，把粗壮的大腿蹬进棉裤里起了床。马想禄本人倒是个绵软懦弱的男人，只在剧烈争吵的缝隙之间听见他那喃喃的、惴惴不安的劝解声。

桑德江看都不愿看"蟒蛇"等人，他刻意地把目光调转到房间的角角落落里盲目地睃巡着。他已经被那种强烈的羞耻感攫住了，而且这种无法摆脱的羞耻渐渐地演变成一种愤怒，在他的心头燃烧起来。剧烈的心跳声在耳朵里轰鸣着，他几乎听不清现场的声音。在脑海里一片蒸腾的愤怒中，他隐约听见"蟒蛇"忽然又要查他们的结婚证……不久，就是"蟒蛇"的一声暴喝："没证就是流氓鬼混！带派出所审查！"

"你妈才流氓鬼混！"马想禄的女人尖利刺耳地回骂道。

"蟒蛇"一把拉过女人，卡住其后脖梗子就往地上按，两人在房间里厮打起来。一连串粗暴的钝响在房间里发出空洞的回音，很快女人就被压在了地上……桑德江此时已被刺激到了临界点，本来他会抑制住那种冲动，可不巧的是，这一瞬间他恰好看见了床上的孩子，小的拥着被子缩在墙角，睁着一双惊恐的大眼睛，一声不吭地望着这一切。大的依然面向墙壁侧躺着，双眼紧闭，可是那一瞬间桑德江看见眼泪正顺着他的鼻梁无声地流淌着……

"够了！"桑德江一把就将"蟒蛇"从地上提溜起来。地上的女人一得解放，顿时泼天一般地哭骂起来。

"蟒蛇"本来就为没人帮忙而窝着火，而不吭不哈的桑德江竟选这种时刻与自己作对，一怒之下，拔拳直捣桑德江面门。桑德江略一偏头，左手一把钳住他右腕，顺势往里一带，右腿借力上前一步插向他腰后，右臂就像一截铁棍猛地抡向其左颈部……"蟒蛇"哪知那就是颈动脉，只觉脖子的什么要害部位突遭铁棍横扫一般，眼前一黑，几乎失去知觉。而身体后面又被什么铁硬的东西别着，一个后仰就倒在了白菜垛下。当他好不容易从坍塌的白菜堆里挣扎着坐起来，满头满脸都沾着嫩黄鲜绿的白菜叶，用刘道煌日后的悄悄话说，"活像个白菜精"。

发生了这次事件之后，桑德江感到很后悔。虽然宣泄了一时的愤怒,但带来的却是长期的尴尬和难堪。有一些平常对"蟒蛇"又恨又怕的人,比如刘道煌之流,开始悄悄地聚拢在了他的周围。"蟒蛇"虽不敢公然报复,但桑德江时不时地就能感觉到一双仇恨的眼睛,正在暗中盯着自己。毕竟这个人被自己伤得太深了,可以说赖以安身立命的精神支柱,被自己给当众击垮了。

开始桑德江以为陆享彪会把这件事告到上面去,说不定是自己离开联防队的一个契机。但很快桑德江就发现,这事发生之后,陆享彪对自己的态度反而微妙起来。当他把这种感觉给新聚拢在他身边的人说出来的时候,想不到一贯神经兮兮的刘道煌却口吐玄机:"他会赶你走?!他巴不得出你这么个人物能治住蟒蛇的,他要搞平衡!他要搞分而治之!你看着吧,他会对你越来越好的!"桑德江感到一种震惊,没想到一个不入流的联防队里也会搞得这么复杂,过去单纯的部队生涯从来不曾赋予过他应对复杂局面的能力。他感到一种可怕,仿佛身不由己地陷入一个激烈的、深不见底的旋涡中去。从此之后,恐怕连那种宁静的冥想也保不住了。

这种绝望感,终于促使桑德江下定决心去找了院领导。他从来没有过找领导提要求的经历,他不懂这里面有什么技巧,要用些什么心计,而且他也不愿意在这方面绞尽脑汁。他只是把自己心中的感受原原本本地说给院领导听,他提到了他的理想,对旷野的渴望,甚至还提到了伍颖男。没想到他竟把院领导感动了。院领导说:"想去测量大队我们始终是欢迎的,毕竟那才是我们的主业,是年轻人实现理想的地方。但现在改革了,干什么要先取得资质,院里办了专业培训班,如果考试合格的话,可以回测量大队,我来安排。"

从进联防队以来,桑德江第一次兴奋起来了。前方突然出现了目标,出现了希望。他把高中的数理化课本又捡起来了,他把培训班指定的教材悉数买下。夜间,他以一种半打盹的状态混在联防队里随波逐流,后半夜到清晨可以在值班室的破沙发上睡上半个觉。天光一发亮,他立刻精神抖擞地跳起来,用冷水呼噜一把脸,就朝单位跑。当有了明确的目标之后,学习就变得不那么枯燥了。对此时的桑德江来说,学习就意味着进入一种广阔、丰富而又陌生的新生活,体会一种未曾经历过的精神境界,学习就意味着不久的将来可以和伍颖男相见。总之,学习是一种拯救。

这期间,桑德江感到全身的血液都欢畅地流动起来了,整个人都变得精神焕发。他多么想和伍颖男见上一面,把他的计划、他的奋斗都告诉她,从她的眼睛里得到鼓励,得到力量。有一次,他悄悄地跑到了石油医院的大门口,远远地望着住院部大楼三层的那几个窗口,想象着她的模样和她的一举一动,甚至想象着她此时此刻心中的想法……但他最终还是抑制住自己,他怀着一种这样的心理,就好像小时候一定要把好东西留到过年才享用,他也一定要等到调回测量大队再去见她。

他要把一个完美无瑕的自己呈现给她,而无须做任何过多的解释。

8

近些日子,杜叶青可以明显地看出,伍颖男的日子很难过,有几分失魂落魄的模样。

成了狗不理了!活该!自从那件事之后,杜叶青心里终于感到了几分畅快轻松。杜叶青觉得自己是那种快意恩仇的人,"人不犯我,我不犯人,人若犯我,我必犯人!"这是她经常念叨的一个信条。根据经验,她又觉得最近要对伍颖男提高警惕,以防其反咬一口。

然而,怕什么来什么。这天,新婚不久的老公接到了一个女人打来的莫名其妙的电话。电话提醒他说，杜叶青人虽漂亮，可不是一盏省油的灯。结婚前疯疯癫癫也就罢了，结了婚还不收住点儿心，整天招摇过市，就算不考虑自己的名声，也得为别人的家庭安定考虑考虑吧。电话最后提醒他适当地发挥点约束作用。

这个电话，引发了杜叶青和老公的一场大吵大闹。直到后半夜她才把老公的嘴巴撬开，明白是这么个电话在作怪。杜叶青咬牙切齿地想：好啊，还跟我摽上了，咱们看谁能摽得过谁！

这个电话其实是纪红朵打的。

纪红朵属于那种小巧玲珑、丰满肉感、热力四射的姑娘。虽然很投合某一类男人隐秘的喜好，但与杜叶青那种高贵典雅的外形气质相比，显得有点儿上不了台面。因此，她在杜叶青面前始终有种潜在的自卑感。当初刚分到石油医院的时候，她马上被这里时尚享乐的氛围感染了。当纪红朵发现杜叶青是这里的人尖子的时候，立刻就拜倒在她的石榴裙下。那时候，涉世未深，对男女之间的事还不甚了然。杜叶青经常带她出去，或唱歌，或跳舞，或泡吧，与各种各样的男人周旋。她那时还觉得很享受，很风光，甚至很骄傲。但慢慢地，她才醒过味儿来，她不过是杜叶青手里的一副挡箭牌。如果男人不中意，或者有着某种风险性的时候，杜叶青就会把她推到前面去。而一旦有了中意的男人，他们立刻把她丢在一边晾着。甚至有那么几次，男人编造出一个巧妙的借口，就带着杜叶青遁入夜色深处寻欢作乐去了。撇下她一个在酒吧门口，午夜街头，像个找不到家的孩子一样，茫然无措，欲哭无泪。有一次聚会本来是她发起的，男伴也都是她这方面的朋友。但不知怎么的，玩着玩着，男人们就都围到杜叶青身边去了。她终于忍无可忍了，铁青着脸宣布她身体不舒服，想回家。她这一手本来是孤注一掷，希望引起在场男人们的关注。此时，不管谁来呵护她一下，她都会顾全大局把场面维持下去的。不料，她这一手盲目的撒娇，由于没有具体的指向性，恰好为男人们的互相推诿提供了某种心理依据。大家抬起屁股，嗯嗯啊啊地说些客套话，就是没有一个人出头。到最后竟形成了那种顺水推舟要把她礼送出境的架势，好像他们早巴不得这样了。这帮毫无责任感的东西！有奶就是娘的货色！看着他们嗷嗷待哺地簇拥在杜叶青裙下的那副下贱模样，纪红朵就忍不住在心中切齿痛骂。然而，此时的她已经骑虎难下，没了退路，只得由着一个心不在焉的男伴把自己礼送出酒吧门口。男伴把她塞进出租车后，转身就朝酒吧里面赶，甚至不愿在她这里多耽搁一秒钟。那天，车子一动起来，她就流下了伤心的泪水，感觉自己一败涂地。

从那以后，她就跟杜叶青彻底决裂了。杜叶青不敢把她怎么样，因为全医院，只有她对杜叶青的底细掌握得最深最透。

然而，杜叶青竟然不吸取经验教训，近日还在暗中向她挑衅。她先是听说，杜叶青四处跟人说，她不嫌热提前捂在身上的那件皮衣，其实以她那圆滚滚的小身材根本就不配。她是在白白糟蹋好东西。有一天，她刚要踏进办公室门的时候，听见杜叶青正跟别人说："……现如今世界真是无奇不有！小猪娃也有人拿来当宠物养的……"这番话立刻引起她们那个圈子的一片哄堂大笑。她立刻感觉到这话是在影射她最近交往一个男人的事。虽然她并没有听清上下文，但那种熟悉的氛围让她在瞬间就明白了一切。一种刻骨铭心的屈辱感弥漫了她的心。她没再进门，而是转过身慢慢向楼梯间走去，一边走一边在心里盘算着招数。

于是，有了这个电话事件。然而，谁也没想到电话事件的最终受害人却是伍颖男。

伍颖男前些天得到了一封退回来的信，就是她写给桑德江的那封信。这件事引起了她的高度重视，她不相信桑德江会是一个骗子。她通过朋友专门打电话到昭苏边防部队那里询问，人家告诉她桑德江早就提前转业回乌鲁木齐了。她又问人家他的失忆症恢复得怎么样了。人家告诉她，早就好了，什么都想起来了。人家问她是他什么人。她难堪了一会儿，迟疑地说："是……朋友。"那边显然是个头脑简单的好心人，立刻以恍然大悟的口气说："知道了，那我这有他的一个传呼号，是他通过战友转给我们的，是……"

她机械地记下了那个传呼号，脑子里却恍惚起来，嘴里喃喃地念叨着："什么都想起来了，什么都想起来了……"可她心里想的是，单单就想不起我吗？这个念头弄得她全身冰凉，只有两个眼窝酸热，若不努力控制，泪水就要慢慢地渗出来。

那两天，她的脑子里一片紊乱。她想不透桑德江究竟是怎么回事。有时，她对他的信心彻底动摇了。她想到了和医院姑娘们来往的那些男人们，想到了她们发出的"男人没一个好东西"之类的、只有饱经沧桑的老妓才能发出的那种喟叹。可是，只要一想到桑德江的音容笑貌，尤其是他的目光、他说过的话和他说那些话时的语气，她就绝不相信他会跟他们是一类。她把那个传呼号放进手袋的票夹里。她想再等一个月，如果还没有消息，她就给这个传呼打一次电话，要么把真相弄清，要么做一个了断。

就是在这种矛盾、犹豫和恍惚期间，她接受了李景莲生日聚会的邀请。李景莲算是杜叶青那个圈子的，但以前跟伍颖男关系还不错。她想借此跟同事们拉近关系，她感到自己已经孤独到不堪支撑的地步了。

但她没想到这是杜叶青策划的一场阴谋，连李景莲也不知内情。杜叶青只是让李景莲出面把她请来，而男伴全都是杜叶青的人。杜叶青对他们只有一个简单的要求，谁也不能请伍颖男跳舞，否则当场撕破脸。

跳舞开始之后，伍颖男才渐渐察觉到一丝异样。所有的同事们都此起彼伏地被男伴们请去跳舞，只有她被永久地晾在沙发上。往往舞曲响起后不久，又长又空的沙发上就只剩下她一个人。那一刻，她觉得自己显得特别突兀，特别刺眼，好像被放在了聚光灯下，好像被刻意地展览给人看。在尴尬惶恐的猜疑中，她猛然注意到了杜叶青那双吊梢眼。她正搂着男伴的脖子晃到一个阴暗的角落里，可是她的眼睛却在黑暗中专心地望着自己，仿佛正在欣赏着一个展品。她的脸仰起来了，朝她的男伴说了句什么，两个人似乎都把眼睛朝向她望过来，似乎还在黑暗中窃笑一番。

有些男伴已经发生了动摇，依其天性，他们不忍把一个有着如此沉静之美的姑娘被孤零零地抛在沙发上。可是他们中只要有人稍稍露出向伍颖男靠近的迹象，立刻会被眼里揉不得沙子的杜叶青发现，会被她那柔中带刚的声音唤醒，为他提供一个什么端茶倒水的小服务，顺便是一记狠狠的眼色。

伍颖男终于什么都明白了，这是一场彻头彻尾的精神虐待，是在拿她示众。她只是不知道，她的敌人是杜叶青一个，还是这全体的一群。在包厢里五颜六色的小射灯的扫荡下，他们脸上的妆容红蓝紫绿，斑驳暧昧，显得那么邪恶，那么可怖，虽然戴着人的面具，可在她眼中，就像一群披着人皮的魑魅魍魉，他们姿态妖娆、翩翩起舞，在她面前营造出一种鬼影幢幢的可怕气氛。

然而，她却没有一个摆脱的机会。如果就这么在众目睽睽下逃走，那潜在的耻辱就会更加明显化，就会留下一个千古笑柄。就像挤烂一个脓疱，不但不会迅速痊愈，反而会留下一个明显的疤痕。而这一切都是设计者精心设计好的！她强忍着快要奔涌而出的泪水，一杯接一杯地往嘴里倒酒，一边镇静着自己的神经，一边想着对策。忽然，她想到手袋里的传呼号，眼前顿时豁然开朗。是啊，此时此刻，唯有他可以救自己摆脱这个魔窟，可以把自己堂堂正正、体体面面地从这里接走。桑德江的传呼号此时成了她唯一的救命稻草，成了她唯一的精神支柱。在酒精的鼓舞下，她把今天的全部希望，混合着长久以来的期待和揣测，统统押在了这个传呼电话上，仿佛赌徒在孤注一掷。

然而，她输了，输得一无所有。

那天晚上，接到伍颖男传呼的时候，桑德江正趴在桌子上紧张地答题。那天是设计院专业培训班最后的结业考试。桑德江能否调回测量大队，成败在此一举。当他看见那句"我是伍颖男，请速回电话××××"的时候，他本来就绷得紧紧的弦似乎被人有力地弹拨了一下，顿时脑海里发出一阵轰鸣……他先是感到又惊又喜，继而感到一种冥冥中的催促。这催促让他今天的考试背负上了更沉重的压力和负担。他还有一丝疑惑，她是怎么知道这个传呼号的，将来该怎么向她解释……脑海里一时陷入一片紊乱之中。他深吸了一口气，令自己平静下来。不管怎么说，他这样暗暗地告诉自己，这是一种吉祥的天意。况且，答前半部分的时候，他已经感到此前漫长的辛苦没有白费。他已经感觉到胜利在握了。还有一个小时就交卷了，到时候马上给她回电话，把一切都告诉她。最后，他这样自信地想着，就投入紧张的答题中去了。

然而，没有这个电话了。

当他结束考试兴冲冲地回电话过去的时候，他感到对面是一个乱哄哄的娱乐场所，接电话的服务小姐不耐烦地告诉他，早走了！

又过了半小时，他又接到了一个传呼："请不要再和我联系了，永远！伍颖男。"

9

汽车在公路上飞驰着,桑德江的脑袋微微探出车窗,目不转睛地望着沙漠的深处。他感到公路前方吹来的风仿佛从他的头脑中穿堂而过,层层积淀的痛苦杂念就像沙粒一样,被穿堂而过的劲风一点点带走。厅堂之中渐渐变得窗明几净,终于进入一种清澈而又空灵的氛围中,外界的阳光也开始透过窗户射进来……于是,无边的沙漠戈壁终于进入了桑德江的视野之中:近处的戈壁滩在飞速地向后疾驰,而极远处的某个地表标志物,比如那个被风刻蚀得像一座残塔似的沙丘,在视野中却几乎一动不动。盯得久了,他不由得产生一种错觉,仿佛大地正绕着极远处的一个看不见的轴心在向后旋转。他想起了历史教科书在形容天翻地覆的变化时,曾引用过的一个古代贵族的比喻:大地像陶轮一样旋转起来……他感到一阵眩晕。这时,身边的小倪突然清醒过来,他的口水已经把座包打湿了一大片,此时正慌里慌张地掏出卫生纸擦拭着。他抬头看了看车窗外,迷迷糊糊地问道:"我睡了多长时间啦?"前排的左尔东看了看表,说:"起码三四个小时了。"小倪迷茫地望着车窗外向后流逝的戈壁滩,说:"我咋感觉没几分钟呢,你看,那个沙包不还在那里嘛!"左尔东也望着窗外像赭黄色的大海似的一成不变的戈壁风景,喃喃地说:"太大了,怪不得当年要在新疆爆原子弹呢!报纸上说,美国的核弹能把地球毁灭好几次,可是我每次出野外从古尔班通古特边缘经过,都有种感觉,那怎么可能呢?扔进来几十颗核弹,外面也不会有动静……太大了,车开上一天,就像没动过窝似的,连太阳都走不出去……"

桑德江被他们的话默默地打动着:"是啊,太大了。"他就喜欢这种辽阔,这种在辽阔中奔驰下去、似乎永无尽头的感觉,尤其是现在。

他望着漫漫无边的旷野，体会到个人的渺小，一个人的灵魂不管有多么痛苦，在如此辽阔的旷野中，也不再会蜷缩在肉体的那点狭小空间里折腾不已，它会弥散出去，旷野上四处游荡的风会把它丝丝缕缕地带走，带向大自然不可名状的方向和角落，直到与天地融为一体，再也无法寻觅其踪影。他感到自己的心胸完全变得开阔了，像眼前的旷野一样博大，可以容纳古往今来的日出日落、昼夜晨昏，他不由得为前一段日子的那种悲伤、绝望、猜疑甚至怨恨而感到羞愧。他决定当天晚上就给伍颖男写信，把自己的歉疚都告诉她，把自己的感受都告诉她，哪怕无缘做恋人，至少也可以做互相倾听的朋友……

颖男你好：

接到你最后那个传呼留言后，我十分震惊，心情极为低落。我给你单位打了无数次电话，但接电话的人总说你不在。后来我还去医院找你，是一个姑娘接待的我。那天我的精神本来就十分虚弱，可那个姑娘目光特别尖锐，弄得我更加虚弱了。她告诉我说，你的男朋友把你接走了。我只好十分虚弱地走回家去，走了一个多小时。

我把这件事翻来覆去想了很久，终于醒悟过来，大错是在不知不觉中铸成的。转业后之所以一直没跟你联系，是因为设计院把我弄到了联防队。我不知该怎么跟你见面，见了面又如何说这件事。说句实话，在你面前，我的内心深处是有一点点自卑的，尤其被弄到联防队后，这种自卑感更是加强了。我的想法是，等我努力换一份更好的工作后再跟你联系。现在我做到了，但在你那里却永远失去了机会。我感到十分后悔，当初为什么没有勇气与你联系呢，一个努力的男人是永远也不必自卑的，况且，对相爱的人什么也不该隐瞒。我常常回忆起当初刚认识你时在广场的情景，那时我们还没有恋爱关系，但那段时光多么美妙，是人生中值得回味的一段，就让我们还做那时候的普通朋友好吗？希望你能同意。

目前我正参加省道102线的前期测量工作，就在天山北坡，博州境内的某处戈壁滩上。那天，在选线组选定的路线上挖探方。我主动把左尔东和小倪的活儿都替下来了。你大概想象不出一个人在戈壁滩上干活儿是一种什么样的体会吧。天空中一片蔚蓝色，云彩都堆积在遥远的地平线上，或者就缠绕在婆罗科努山的群峰之间。太阳是无遮无拦的，不像在城市里，你注意不到太阳。戈壁滩上的太阳始终都在你的头顶上，像一个悬浮在天空中的大火球，迫使你时时刻刻都得惦记着它。也许你会盼着它走得快一点儿，但你一点儿也急不得，越急它就走得越慢。如果你能专心干活儿，过不了多久，你忽然就感觉到，太阳已经移动了，而且移动得很明显。中午的阳光那种白炽炽的颜色好像略微有些泛黄了，而且会越变越黄，变成一种金黄色，就像啤酒慢慢地酿造成熟似的。那时你就觉得这一天有盼头了，风吹在汗淋淋的身体上，也会感到一丝凉爽，特别舒服，特别惬意。

其实，我之所以主动替他们俩干这挖探方的重活儿，还和你有一定的关系。因为我醒悟过来之后才体会到，当初一连几个月没跟你联系，对你有多么大的伤害。来到戈壁滩后，我产生了想要惩罚一下自己的冲动。当我累得腰酸背痛、汗流浃背的时候，不知不觉间就感到心里的难受似乎释放出去了，似乎轻松了很多。而且，当一个人在戈壁滩上干活儿的时候，面对空旷的大自然，你会产生一种奇怪的自豪感。你会联想到，在你之前的千秋万代，从来没有一个人来到过这片戈壁滩。你是人类之中第一个踏上这块土地的人，所以你就是全人类的代表，正在代表人类跟这块戈壁滩打交道，要在它身上留下人类的印记，就像阿姆斯特朗在月球上留下人类的第一个足迹一样。也许人天生都有这种冲动吧。

因为，昨天我才得知，不止一个人在跟我一起吃苦受罪，而且他们也是自找的。

昨天，我正在挖掘的时候，左尔东忽然在远处的一块石头上激动地叫起来了。当时他正在摆弄架在石头上的高倍望远镜，他每次出野外都要带着它，闲了就向远处眺望。

他说他望见啦，婆罗科努山之巅的那座最高的雪峰下，他望见有一群登山者正在攀爬。当时我就好奇地跑了过去，把眼睛凑在目镜上。我看见在阳光的照射下，雪峰就像一座纯银打造的王冠，在群山拱卫之下矗立在最高处，泛着炫目的银光。若隐若现的云气在它的周围缭绕着，造成了一种半透明的、神秘的遮掩，但我看不见什么攀登者，急得左尔东在我耳边大喊：就在最高峰的左侧，山的第三道皱褶里……我终于看见了，在那道明暗分界线的皱褶里，果然有几个小黑点在蠕动着。除了几个小黑点，我看不出其他任何细节，但我可以想象到他们穿得鼓鼓囊囊，手持冰镐，脚踩雪鞋，连成一串，在又陡又滑的冰层上饥寒交迫地爬行着。我抹了一把头上的汗水，心想，大自然是多么神奇啊，在同一时刻以酷热和严寒分别考验着走进它怀抱里的人，心里觉得十分感动。

我想，人的很多选择恐怕都是这样，讲不出什么明白的道理，你选择了它，也许就是因为它在前面等着你呢！

蜡烛将尽，余言后叙。

10

伍颖男越来越后悔当初轻易与邓锦荣结识。邓锦荣是她父辈的一个阿姨介绍的。据阿姨说小伙子精干利索，在某大企业上班，很有上进心。当时，伍颖男的内心空旷而荒凉，她觉得被桑德江激发出的那种情感，必须要有所寄托才能安妥。

然而时间一长，伍颖男渐渐体会出邓锦荣的精干利索和上进心是怎么回事了。邓锦荣人很瘦，举手投足之间，显得异常机灵敏捷。不知为什么，伍颖男看得久了，老觉得那是一种非洲草原上野生动物一般的机灵和敏捷，比如他那颗瘦小精悍的脑袋，转动起来就像鹰隼一样灵活，目光犀利，充满了一种攫取的欲望。他的所谓上进心也体现在这方面。那时候正是所谓全民经商的时代，转型初期的混乱提供了大量的机会，可谓鱼龙混杂、真假难辨。少量抓住机会的人迅速富裕，青云直上；大量的人沉淀在平庸的阶层。他们仰望着青云直上的那一小撮儿，内心充满了失落、嫉妒甚至是仇恨，随时准备抓住从云端垂下来的绳索，努力向上攀爬。

邓锦荣就属于这里面的一分子。他不论是看电视、读报纸或杂志，时时刻刻都在捕捉信息。他对"信息"特别迷信，觉得"信息"具有让人一夜暴富的神性。然而，有些平庸之辈一夜暴富的信息又会对他造成沉重打击。那一刻，他就会发出一声与其年龄极不相称的苍老的叹息。伍颖男甚至能看出，本来时刻凝聚在他眼珠子里的那种攫取的光芒，一时间都涣散了，代之以一种深刻的绝望和沮丧。

总之，邓锦荣就长期处在这样一种精神状态中，时而兴奋紧张，喜形于色，好像要生机勃勃地去做些什么；时而却又灰心丧气，一蹶不振，对不公平的命运牢骚满腹，对周围环境怨天尤人。他好像总也摆脱不了这两种状态的交替折磨，对伍颖男的关注自然就少了许多。偶尔，他的全副精力都转移到伍颖男身上来了。原来是一个什么机会突然降临了，必须鼓动伍颖男参与进来。"成功男人背后永远有一个默默支持他的女人"之类的话开始喋喋不休地在伍颖男的耳边响起。乌鲁木齐市首度发行原始股，他一下亢奋起来了，摇唇鼓舌、口干舌燥地说服伍颖男把身份证借给他。为求清静，不胜其烦的伍颖男只得同意。不料他一口气竟借了三十多个身份证，雇了一大群民工帮他排队领取原始股认购证，最后被发行方察觉，扭送到派出所，连累伍颖男也被传到派出所接受调查，一时成为医院的笑柄。还有一次，他以约会为名，把伍颖男骗到一个传销培训班上。现场那种狂热的气氛，那雷鸣一般的"我要成功！我要成功"的鼓噪声弄得她头昏脑涨，感觉恍然倒退到某种运动中去了。对那套复杂的上线、下线、按级分利的所谓创业路径，她连听都不想听，最后的结果是不欢而散。

跟邓锦荣在一起，伍颖男觉得自己就像一个陀螺，在他的鞭打之下越转越快。除了紧张之外，就是无边无际的乏味。

也就是在这一时期，她接到了来自桑德江的第一封信。她怀着一种似乎期待已久的激动，一口气读完了那封信。信中所说的几件关键性的事情，让她对当初的鲁莽决定感到后悔不已。她很快就原谅了桑德江的一切，似乎这份原谅早就潜伏在她内心深处的某个地方，只等这封命中注定的信一到，立刻就喷涌而出。有时她甚至觉得，乞求原谅的应该是她，而不是桑德江。

11

颖男你好：

近期单位又把我们调到阿勒泰地区布尔津县搞会战了。阿勒泰属于高纬度地区，天空显得特别蓝。我们的越野车一过北屯后，一望无际的大草原就展现在我们眼前了。沙枣树、榆树、红柳，这儿一簇、那儿一簇地分布在草原上，绿茸茸的树冠在风的鼓动下轻微地摆动，这里景色宜人，令我们心境十分开阔。

那天，在阿勒泰到布尔津的半道上，为了找那块传说中的陨石，我和小倪忘了时间，天黑之后迷失在野外。我俩爬到附近最高的山梁上，把测量仪的镜子支起来向四处的荒山里瞭望。天色越来越黑，星星在深蓝的天空中显现出来。月亮是红铜色，就像一只古代的铜盘从远处山脊线冉冉升起。从测量镜里，隐隐看见远处的山坡上似乎有成排的院落，想那是一个村子了，就背着仪器向那里慢慢攀登过去。越走到那个村落跟前，越觉得不对劲儿。天刚擦黑，怎么村子里静悄悄的，没有一点儿人烟，而且村子里一片黑暗，连一星半点的灯火都看不见。照亮那些院子的，只有头顶的月光，到处是一片青铜色，那寂静就像到了远古时代。那种诡异的感觉，搞得我们又好奇又紧张。最后我忍不住了，挑了一个看起来新一些的院子，上前把门推开，结果发现院子正中是座半球状的圆拱形建筑。月光照在那半球上面，反射出一团淡青色的光晕。就在这时，小倪从身后扯住我衣角，紧张地低声说："走。"我觉得他一定是意识到什么又不敢说，只得紧跟在他身后往村外走。他越走越快，最后竟连滚带爬跑起来，搞得我也很紧张。出村后，他气喘吁吁地跟我说，是麻扎。我听说过，就是哈萨克族的坟院，但我没想到会是这样。现在回想，那种神秘的气氛和遭遇，或许预兆了后面的一些事……

那天晚上，我们直到半夜才找到营地。这里十月份夜间已经很冷了，睡觉的人都穿着皮大衣，戴着皮帽子。我们俩也倒在帐篷里睡了。那天夜里噩梦不断，我觉得脑子里的意识活动似乎时而梦里，时而梦外地徘徊着。有一时意识就回到了以前出野外时在果子沟的森林里迷路的那一段经历。忽然感觉一个毛茸茸的野兽就趴在自己身边，埋在兽毛里的嘴发出粗重的喘息，吓得我举拳便打，却把左尔东打醒了。原来是左尔东的狗皮帽子蹭着了我的脸，浓密的狗毛从帽子里翻了出来……

早晨醒来的时候，我觉得头脑里蒙蒙的，就到帐篷外面一条溪边打了一盆冰凉的溪水,连头带脸呼噜了几把,头脑里才清醒透亮了。当我把洗脸水泼到溪流中去的时候,忽然感到有什么东西在溪水中闪烁了一下。虽然只有一个瞬间,却引起了我的注意。当时太阳刚刚升起来,阳光正斜照在溪水上。随着水面的波动,反射的阳光也在水面上跳动着,但就是跟刚才水底的那一下闪烁不太一样。我感觉水面的闪光就像一层薄纱,遮掩着水底的那一下闪烁,在干扰我的判断。我又用手撩水,朝那个位置泼过去,果然又看见水底闪烁了一下。我走过去,避开阳光的反射仔细观察,结果发现水底一块奇异的石头。这块石头拳头大小,粗看与一般鹅卵石没什么区别,但里面包孕着一小块晶体。这块晶体从石头的表面凸出来一个尖,就是这个尖在水底晃动的时候,发出了那种闪烁的光芒。我把这枚石头拿起来对着阳光一照,那一小块晶体在阳光的照耀下更是发出一种像启明星一样灿烂的光芒,看着让人心动。拿回帐篷之后,他们有的说是石英,有的说是水晶,有的说是方解石。队里有个叫沈鑫塘的,提出要买下来,带回去给他孙子玩,我没有答应。不知怎么的,我总觉得这块石头对我的野外生活来说,是一种意味深长的纪念,好像是大自然给我的一个启示。面对这块石头,我第一个想到的就是你,我要把这块石头送给你,让你也感受一下在阿勒泰旷野上漫游的气息……

桑德江的信接二连三地来到,每封信都让伍颖男非常激动。信里所描述的生活、情感和大自然,让她感到一种久违的激情和向往又回到了她的身体里。他的模样、一言一笑,又生动地在她的记忆中复活了。她觉得她和他之间,似乎有种宿命的东西牵连在一起,一时的阻遏终究是无法令她割舍的。

一种想法在她心中越来越坚定、清晰,然而,伴随着这个过程,她对当初轻易与邓锦荣见面的决定也越来越后悔。这个邓锦荣啊，该拿他怎么办呢？

　　伍颖男和桑德江的再次见面是在西公园，一个周末的傍晚。那天，她早早就到了公园西侧的那片树林里。西斜的阳光从绿荫间穿过，在地面上布下一层金黄色的、深浅斑驳的圆形光圈。微风拂过树冠，层层叠叠的金色光圈仿佛游泳似的在地面上荡漾起来。婆婆的树影之间，游客三三两两，各怀心事地游荡着。树林里一片静谧。恍然间，她觉得那一棵棵树也满怀心事地在等待着什么……时间越是临近，她的心中越是慌乱：一方面是急于见到他，一想到马上就可以见到他了，她心中就有种控制不住的激动和紧张；可另一方面，这几个月的误会和阻隔，仿佛关山万重，使她在心理上产生了一种害怕。这害怕之中既包含着羞涩，也包含着一层努力压抑着的羞愧，以致她觉得自己在他那里早已经是透明的，也许他只是在戏弄她，他根本就不会来的。

　　他终于出现在她的视野里了，还是那样面色黧黑、身材矫健。他一步一步慢慢地朝她走过来，他的微笑和洁白的牙齿立刻让她绷紧到了极致的神经忽然间放松下来，她感到在一股巨大的金色暖流的裹挟和激荡下，身不由己地卷入到海浪之中漂流起来，甚至飞翔起来。她彻底地松弛在他有力的怀抱之中，模糊的意识之中只有高远的蓝天、染成金黄色的云朵，还有从身体深处流淌出来的温暖和迷醉……

　　一阵乐曲声把他们从沉醉中惊醒过来，是远处空场里的一个舞蹈训练班。姑娘们身着华丽的少数民族服装，舞姿翩翩，神情柔媚，她们正用音乐和身体演绎着《掀起你的盖头来》。而他们俩就像刚刚从人海深处游上沙滩的游客，带着一身舒适的疲倦，相视而笑，相对无言。他从衣兜里掏出那块石头，把它举到最后一缕阳光之中，那一小块晶体于是散发出一簇璀璨的星芒，她看着那簇星芒，口中喃喃地说："像星星。"

他微笑着说:"是草原之星。"

那天晚上,他们直到灯火阑珊才分手。他对她无比照顾体贴,临别时还特意嘱咐她,把玩那块石头的时候要特别小心,因为那个晶体的尖端非常硬,非常锋利。队里那个曾想收购它的沈鑫塘昨天随便拿它在玻璃上划了几下,就划出了深深的槽痕,他们抢来抢去的时候,把手都划破了。

12

邓锦荣最近越来越不顺,他的十几个下线成天围着他要求退货,甚至都闹到单位来了,搞得他焦头烂额。而伍颖男对他越来越冷淡,打传呼不回,约请则推三阻四不出门。他猜想,伍颖男一定是通过什么渠道了解到自己的窘况,想要把他一脚蹬开了。他按照自己惯有的思维方式,沉浸在仇恨的想象中不能自拔,终于做出了一个大胆的决定。他察觉到伍颖男同宿舍的姑娘与她之间有种貌合神离的微妙关系,加之经常见面也算朋友了。他想凭借他三寸不烂之舌,说不定能从姑娘口中打探些情况。

这天,在打听到伍颖男不在的消息后。他大胆地提出要跟姑娘谈谈。在这间熟悉的宿舍里,他向姑娘诉说了自己的种种痛苦。看看火候成熟,顺势提出了自己的要求。尽管他已表现得真诚、煽情、涕泗交流,但姑娘却毫无同情。他不但没有从姑娘那里打听到任何东西,反而被姑娘打听去了不少可资一笑的隐情。就在他暗暗对姑娘咬牙切齿的时候,姑娘的传呼忽然响起来。她顿时兴奋起来,捋了两把头发就准备出门,但并未对他下逐客令,而是笑吟吟地说:"我先走了,你自便,走时别忘了锁门。"他一时愣住了。半天他才领悟过来,他的涕泗交流没白费，蒙姑娘垂怜，以这种隐晦的、不卷入的方式给他提供方便。他紧张激动起来、满头大汗地在属于伍颖男的那一角仔细翻腾起来。果然，他在床头柜的最下面翻出了那一沓信。

他一封一封地看着，越看越觉得热血上涌，觉得自己就像个孤注一掷的赌徒，最后却输得一干二净。一种强烈的被剥夺感，使他把所有的挫折和失败都算到了一个人的头上。他做出了一个决定，就在这儿等伍颖男，搞个水落石出，搞个鱼死网破。他下楼到小卖铺买了一瓶酒，坐在伍颖男的床上一边喝酒，一边发酵着他强烈的嫉妒和仇恨，发酵着他此生所有的不满和愤怒。

伍颖男一进门就看见两眼血丝的邓锦荣正酒气熏天地坐在她的床上，接着就看见床上摊着桑德江写给自己的那些信。她震惊了，一种被偷窥的羞怒从心底翻涌上来。但她努力平静下来，心想，也好，就在今天做一个了断吧。

邓锦荣一张嘴就咆哮起来，厉声质问伍颖男的所作所为。他根本不理睬伍颖男的冷静解释，站起身来步步紧逼着对她吼道："我在你身上花了多少精力、多少时间，你知道吗？我是个干事业的人，我的时间和精力有多宝贵你知道吗？你在浪费我宝贵的生命你知道吗？！"

又是事业，又是钱……伍颖男禁不住在心头冷笑了一声，索性把她那无情的像冰水一样的决定一股脑儿地朝邓锦荣脑袋上泼过去。

邓锦荣的最后一丝自尊也被剥得精光，他一把揪住伍颖男的脖领子，嘴里骂道："你个脚踩两只船的婊子！今天你他妈的要给我个说法！"仗着酒后特有的那股疯劲儿，他对伍颖男的身体蛮干起来，想最后从她的身体上捞回点什么。

伍颖男被他一把揉倒在床上，那副酒气熏天的身体随即就压了上来。血红的眼睛和变形扭曲的脸近在咫尺，眼睛里放射出混杂着仇恨和欲望的奇特光芒。伍颖男在他身下拼命挣扎着，两只手像溺水的人一样在床铺上到处乱抓。忽然摸到了一只冰凉的、沉甸甸的球状物，她想都没想就奋力朝眼前的那张丑脸上砸过去……

噢——邓锦荣发出一声凄厉的呻吟，滚落在地上。伍颖男还没顾上整理衣衫，就意识到了事情的严重性。邓锦荣蹲在地上，捂着左眼，鲜血从指缝里汩汩地流淌下来。屋子里的气氛陡然冷到了冰点，他喃喃地说："你把我弄流血了，我眼睛要瞎了。"他一把从地上抓起那块石头，喃喃地说："好利呀，这是个证据，是个强有力的物证，姓伍的你等着，我要让你再进一回派出所！"伍颖男一时惊呆了，愣愣地站在原地，一遍一遍喃喃地说："我不是故意的，我不是故意的……"说着说着，眼泪就流了下来。

伍颖男把事情原原本本都告诉了桑德江。她非常害怕，产生了很多可怕的联想。桑德江却显得十分镇静，他沉吟了半晌，最后问了几个细节："你看见他究竟伤在哪儿了吗？"伍颖男哭咧咧地说："没看见，他一直用手捂着眼睛。""那你能肯定是用那块石头打的吗？""能肯定，石头被他拿走了，都当着我的面。石头上还沾着血呢。"

"别害怕，不管出什么事，我永远和你在一起。"桑德江紧紧地搂着她的肩膀。

第二天，桑德江就拿这件事情向左尔东请教，左尔东问清情况后，似乎显得并不着急，胸有成竹地说了四个字："静观待变。"

说者无意，听者有心，桑德江没有想到就在他给左尔东说情况时，一旁的沈鑫塘把他说的情况一字不落地听进了耳朵。

又一天，沈鑫塘一路打听着来到了邓锦荣的单位。他没想到邓锦荣在照常上班，只是左眉弓的部位贴着纱布。他的心里忽然一阵轻松，对自己的计划更有把握了。他故作低调地把邓锦荣拉到一边，说他是石油医院的组干科长。说这次的打架，双方都有责任。但毕竟他受了伤，回去后，他们会对伍颖男做出严肃处理。他们决定给他赔偿医疗费和精神补偿三千元，希望他不要把事情闹大，给小伍一个改过自新的机会……

说到最后，这个人提出把那个物证，也就是石头拿回去。还没等邓锦荣表态，他就急着往邓锦荣的手里塞钱，某种一手交钱、一手交货的买卖人的味道在现场浮现了出来。不知怎么的，听到这里，邓锦荣那种机敏的嗅觉开始本能地兴奋起来。因为他听出，这个人在说到最后一件事的时候，似乎有点儿紧张，他的喘息都急促起来，似乎索要石头才是他的真正目的。

他偏偏不答应，他要弄清真相，顺便戏耍一番这个用心良苦的人。

"你们院长为什么不出面？你们院长叫什么名字？"他摆出一副得理不饶人的架势，仔细盯着来人的眼睛，要探究他所言的真实性。

沈鑫塘一下慌了，这是他万没料到的一招。不知为什么，也许因为最近脑子里老惦记着桑德江吧，他竟条件反射地道："院长吗？桑德江，他出差了。"

他当然不知道邓锦荣看过那些信，早已熟知桑德江其人。

邓锦荣冷笑了一声，说："我考虑考虑吧，我还想把她告到派出所呢。"

星期天，友好路地矿博物馆来了一个左眼上方贴着纱布的人。此人找到工作人员，拿出一块石头，指着里面包孕的一小块晶体，要求工作人员帮忙鉴定。石头拿进去后，很久才出来。工作人员问他卖不卖，他说先告诉他这是什么东西。工作人员却不直接说是什么东西，而是先对他讲了一番国土资源方面的政策法律，讲了地下埋藏物的所有权属于国家，但对发现者也有适当的奖励。啰啰唆唆讲了一大堆，中心意思是说，这东西唯一的出路是转让给国家，当然国家不会让个人吃亏，但个人也不能漫天要价，作什么非分之想。这时，他已经很激动了，不停地喝人家端给他的一杯茶，把馨香的绿茶吞下肚去，平复着自己的心情。他先是答应卖给国家（工作人员马上纠正，说是有偿上交），紧接着就要求对方告诉自己那东西到底是什么。那人盯住他的眼睛看了半天，就像在鉴定一对真伪难辨的宝石。最后，那人也不知从他的眼睛里看出了什么让他放心的东西，就对他说："我们是国营单位，给国家办事，我们也不骗你，希望你也能按国家政策办事。你拿来的是一颗钻石，阿勒泰钻石。如果你上交给我们，根据品级估算，可以奖励你八万元。"

"什么，才八万元?!"邓锦荣狡猾地笑了一下，"那我还不如自己收藏呢。我也有朋友是干这一行的，据他说，这颗钻石硬度相当高，品级不一般呢！"

一听邓锦荣将品级跟硬度扯在了一块儿，工作人员暗自发笑，一种耍弄人的恶习不觉被勾引起来："硬度？他还给你打过硬度？"

"那当然！"

"莫氏几级？"

邓锦荣一下慌了："一级吧，我也忘了，我不懂，可我朋友懂，总之是最高级，硬极了，硬得钻心。"说到这里，左眉弓贴纱布处的肌肉怕疼似的抽搐了几下。

"是吗？不过，就我们看来，颜色还不够纯净，略微有点泛黄。"

"泛黄？"邓锦荣不信地说，"你们擦干净了没有？那上面有我的血迹呀！"

"还是一颗血钻啊。"工作人员笑着说，语调中隐含着一丝讥讽的意味。

"那当然！好东西是要付出心血的。"邓锦荣一边说，一边心满意足地把那块石头包好，准备离开。

工作人员最后跟邓锦荣招呼了一句:"想通了过来!"

尾声

伍颖男和桑德江一直在惴惴不安地等待着,等待着派出所的传唤,或者法院的传票。但是很奇怪,什么也没有发生。这一天,更是发生了一件非常奇怪的事情。当时,桑德江正陪着伍颖男在她家附近的人民广场散步。忽然,桑德江感到自己的胳膊被伍颖男捏紧了,捏得生疼。桑德江一看,她的眼睛正紧张地看着某个方向。他顺着她的目光看过去,发现一个左眉弓上包着纱布的人正朝他们俩走来。伍颖男紧张地低声说:"就是他。"便想把他拉走,但桑德江没动,他就站在那里目光沉静地看着对方。

奇怪的事情发生了,邓锦荣在发现他们俩的一瞬间,先是一愣,接着立即对他们赔了一个笑脸,生硬地拐一个弯,溜到旁边的林带里走远了,仿佛理亏心虚的倒是他似的。

对他的这种表现,伍颖男百思不得其解。桑德江立在那里想了半天,似乎明白了点什么。他知道灾难已经过去了,但他什么也没有说,他觉得他们之间经历了那么多坎坷,他不想再增添什么新的周折了。

他抚摸着伍颖男的肩膀,坐在广场的休闲椅上。两人什么也没说,只是不自觉地将目光投向西天的晚霞。西天之上,紫红色的晚霞华丽地堆砌着,高耸于天之一角,有如虚无缥缈的楼台殿宇,夕阳染红的层积云更是像天庭之上的丹墀玉阶,层层叠叠,渐升渐高,仿佛要将人的灵魂引领到那无上崇高、宁静安详的境界中去。

两个人坐在这雍容华贵的暮色之中,出神地仰望着西天,感到幸福似乎即将降临,也许明天就会降临。

善 终

1

据说,人如果在密闭空间里关上两个小时以上,其本性深处的东西就会难以遏制地发作起来。

比如此时在南园春菜市场东门口的一辆巡逻车里,石敬唐那种不顾体面吹牛的老毛病就又开始发作了。素材就是他当年干武警时枪毙人的经历,对象则是窝在驾驶座里本已经昏昏欲睡的协警马想禄。

"硬扎汉子我见得多啦,事到临头没有不害怕的!那狗日的,在卡车上就瘫软了,到了地方,从卡车上一丢下来,活像一摊烂泥,一堆呕吐物摊在地上,铲都铲不起……"

马想禄的瞌睡被逼走了,歪过半张脸,亮晶晶的眼珠子从黑暗中凸现出来,一眨不眨地盯在石敬唐的脸上。

"真的有臭气,若不是裤脚管扎牢,不定有什么秽物从里面滚出来。我是班长我持枪,两个战友一左一右架起胳膊拖着走。这狗日的两条人命,手段毒辣,杀人不说,尸体还东一块西一块扔得满城都是,民愤极大!看守所给捆得结结实实,就差上打包机了,细麻绳勒进去好深,羽绒服捆得像卖气球的,一个泡一个泡的……没想到事到临头是个窝囊废,路都走不成了,两只脚在地上拖出长长一道印子,像扫把扫出来的,鼻涕眼泪糊了一脸,嘴里面长声怪调的,不知呜噜些啥……我心里面那个难受劲儿啊,别提多难受啦,只想闭着眼睛快点了事!……到地方两个战友蹲下,一左一右抓牢,法医事先画好圈的,把枪刺抵在圈圈上,闭着眼睛一扣扳机,砰的一声,扑通一下人就朝前栽倒,可怕的事情就是这时候发生的……"石敬唐仿佛颇通说书,到此关键处偏停顿下来,上下口袋一通乱摸。

马想禄两个眼珠子晶亮晶亮地悬浮在黑暗中,不知过于专注还是怎么的,一线清亮的口水从嘴角流挂下来都没感觉,猛地感觉到了,一把擦掉,眼珠子还在石敬唐脸上,顾不得错开一下。

"他妈的这家伙心脏位置和一般人不一样,这是后来才知道的……"想摸的没摸到,石敬唐咽口吐沫又开演了,"一枪下去,扑通栽倒,一般人抽几下就完了。他是抽过几下,两条腿慢慢蜷起来,身体又拱起来了,好吃力啊,颤颤巍巍拱起来,喉咙深处还发出那种呼噜噜、呼噜噜就像野兽要吓唬人发出的那种低低的、最低的那种咆哮的声音……"

石敬唐正说得口滑,肩膀猛地被人一扒,他一回头,正遇着李定江那张脸。李定江两眼死盯着他,额头上一脑门细汗,眼神古怪而紧张,仿佛强压住什么情绪似的,左手却慢慢地捏着一根烟伸到他面前。那根烟在石敬唐眼前轻微地颤动着。石敬唐看了看李定江的脸色,毕竟老江湖了,立马明白了他的心思。接讨烟,打着火,长吁出一道烟气,叹道:"火热的青春啊……都过去啦!"就把这场牛虎头蛇尾地草草收场。

2

夜色深浓，李定江躺在宿舍的床上，两眼盯着天花板上台灯映照上去的那团暖暖的光晕，迟迟下不了关灯的决心。只要灯一关，就意味着和那些念头的战斗又要开始了。这场战斗极其孤独，没有任何人能帮得上他，因为他的死敌恰恰是他自己头脑中的那些念头。只要那些念头在头脑中涌动起来、鼓噪起来，今夜他就注定要失败，注定被它们折磨到天亮。因为他越要遏制它们，它们就越兴奋，越是把更多的焦虑、烦躁甚至绝望从头到脚倾泻下来。而且一晚上的失败会把那种焦虑、紧张和担忧的情绪绵延到下一个夜晚，从而导致下一场失败……他就这么无可挽回地陷入一个恶性循环的诡异怪圈中，不知何时才能自救脱身。李定江不愿回想这场恶性循环的源头，但饱受数月折磨而不能自救，促使他产生一个念头：必须去和那个源头接触、谈判，否则，对方会永远掐紧他的脑神经不松手……

那天的警情发生在星空花园小区11号楼1253室。歹徒身绑炸药包绑架了该室一名女子，寻仇和报复社会的迹象比较明显。因情绪激动狂躁、四川口音浓重、语无伦次等原因，谈判专家与其沟通极为困难，心灵鸡汤灌不进去。只感觉此人呼吸系统似有毛病，虽然情绪激动，声嘶力竭，但嗓门底气不足，而且不时夹杂着一串串呕心吐肺般的咳嗽声。

强攻的条件十分恶劣，该室位于顶楼，周围无制高点。由于大户型的设计，从邻居家阳台或卧室窗台突入也无可能。一组特警上楼顶的时候，有人不慎将设备掉落屋顶，引起了客厅里歹徒的警觉，打电话告诉现场指挥："晓得你们楼顶上有人了，敢动，我就拉响炸药包，我有十公斤炸药，半个楼给你掀翻！"

李定江这一组只好在楼顶上待命，指挥组用对讲机告知他们，没有命令不可轻举妄动，更不能在楼顶弄出剧烈响动，进一步刺激歹徒情绪。大家小心翼翼地坐在楼顶上抱着枪，如同坐在火药桶上一般，天知道歹徒哪根神经一冲动，拉响炸药包，就会掀他们个天女散花。这是等待命令，还是等待送命？谁也不知道。时间一分一秒地流逝，人人度日如年……

李定江觉得脑神经被一只手紧紧攥住，那种揪紧的感觉随着各路神经元传导至身体的各个部位，导致浑身的肌肉都绷紧了。心仿佛一直提在半空中。楼顶风大，寒凉的秋风一刻不停地掠过，仿佛穿透了身体和灵魂，腿弯处开始颤抖起来……恰在此时，队长的对讲机响起来，让他们观察西侧违规搭建的彩钢板房。板房的西墙上有一个通风窗好像是开着的，这是隐蔽突入的唯一机会。队长带着一个队员蹑手蹑脚地挪向彩钢板房西墙。这是一座利用晒台违规搭建的彩钢板房，队长趴下身子，把脑袋伸出房檐观察了一阵子，又带着队员蹑手蹑脚地回来了，对大家说："板房西墙上果然有一扇通风窗没关，窗户只有五十厘米见方。"说到这里停顿片刻，最后把严峻凝重的目光聚焦到李定江脸上，说："只有你能进去。"

李定江的心脏扑通扑通猛烈地跳动起来，他略略环顾了一下几个同伴，果然他是最细瘦的一个。一瞬间，脑海里好几个复杂的念头在激烈地碰撞着。然而，队长的目光凝重地聚焦在他的脸上，所有人的目光都聚焦在他脸上，他别无选择。

他两手扒住房檐，两脚努力抠住彩钢板上凸起的一道焊缝，胸前的保险绳绷紧了。这时他的目光透过胯裆望见深渊峡谷似的街道，停着的几辆轿车仿佛甲虫似的紧贴在街面上，秋风如同看不见的激流在峡谷间穿行。他感到一阵眩晕，立即强迫自己只望着那个黑黝黝的窗洞。

终于，他把两条腿颤巍巍地伸进了窗洞里。

彩钢板房是作为家里的娱乐室使用的，墙壁上贴着浮凸感很强的郁金香花朵的墙纸，安置着麻将桌和花纹繁复的仿古实木餐桌、餐椅。李定江端着枪保持着高姿戒备状态，子弹已经上膛，随时可击发。队长是这么交代的——只要有机会，就击毙；若实在无机会，至少设法听清歹徒与绑架对象之间的关系、事情起因、歹徒诉求等情况，为下一步工作做好准备。进入彩钢板房后，环境一下安静下来。这无声无息的安静反而蕴藏着随时爆发的巨大危机。李定江端着枪一步一步走向彩钢板房通向内室的那道门。就在这关键时候，对讲机发出嘀的一声！李定江头脑瞬间空白，右手条件反射地捂住对讲机，手指一阵慌乱地摸索，将其关闭，同时后脊梁出了一层冷汗。他把枪口指向门，手指扣在扳机上，屏住呼吸静听内室的动静。心脏的跳动就像沉重的鼓点在耳膜上紧张地敲击着。半天过去了，没有一点儿动静。他继续前进，把通向内室的门一点儿一点儿无声地推开，发现是一间小卧室。窗户上挂着暖黄的花色雅致的窗帘，雕花精细的棕色欧式实木床上，豆浆色的亚麻布床罩笼罩着其下蓬松绵软、温馨安逸的被褥。床旁边还安置着一架花花绿绿的婴儿摇篮。不敢想象这和谐安宁的一切，即将面临血光四溅的爆炸。李定江晃晃脑袋，强定下神观察，左侧又是一道门，门半开着，透过门观察下一个房间，沿右侧墙体向前六七米开外，又有一门通向另一房间，门同样开着。从这扇门透进来的光线很亮，李定江估计这扇门的右侧就是客厅了。要想观察客厅的情况，必须进入下一个房间。随着越来越接近核心区，李定江心情越发紧张。寂静之中，他的耳朵里却老是有种仿佛高压电线发出的那种持续不断的嗡嗡声，这若有若无的嗡嗡声使感官与现实之间产生一种隔膜……在高度紧张之中，反而一切都顾不上多想了。他就像《终结者》里的那具智能机器人,只是按照程序设定的指令顽强地、千方百计地突进下去。他终于蹑手蹑脚地进入到下一个房间,那是大卧室。突然,他感到大卧室一角有人影晃动,头一蒙,瞬间清醒过来,原是梳妆台上的那面大圆镜,正好映出客厅里的情况。他松了一口气,紧接着有了主意。他摸进大卧室,悄悄地从松软的床面上滚过,蹲在床体与窗台之间的窄道里,还把窗帘罩住身子做掩护,同时摸出一把小剪刀在窗帘上绞个小洞,借助那面圆镜,观察着客厅里的情况。

客厅突然传出一串吓人的咳嗽声,咳到剧烈处,简直像把内脏都要咳吐到地上,其间夹杂着千丝万缕的痰音和那种窒息将毙又突得喘息的深长的抽气声。李定江吓了一跳,左右调换着角度,终于在镜子里看见那个咳得前仰后合的男人,那显然就是他今天舍命解决的对象。只见那男人脑袋耷拉在裤裆间,结束了最后一次抽噎后,慢慢地抬起头来。镜子里于是浮现出一张可怕的脸孔,一张风干皮蒙着一颗骷髅头,嶙峋的颧骨和尖削的下巴从风干皮下面往外戳,似乎稍不小心会戳穿。一丝痰线从嘴角流挂下来,两个深陷在眼眶里的大眼珠空茫地直盯住镜子。有一刻,李定江甚至觉得那两颗空茫的眼珠子已经发现了自己,就在盯着他看。他万没料到要对付的是这么个角色,有种遇到活死人的骇异和惊悚。此时除了恐惧,他还有一种恶心作呕和不忍混杂在一起的复杂感受。这是个什么角色?到底为了什么?……一星半点的疑惑刚刚涌上心头,很快被现实的焦虑和恐惧挤出脑海,因为他猛地注意到骷髅头的腰间用黄色胶带层层包裹的东西,环着腰缠绕一圈,电雷管的轮廓依稀可辨。而引线和开关就紧紧捏在那枯爪子一般的手里。角度调整到极限,他也只能看见女人的半个身子,左手别扭地背向身后。

又是一阵可怕的咆哮般的咳嗽,就在男人再次抬起头的时候。李定江听见了女人虚弱发颤的话音:

"罗大哥,你的病再不敢耽搁了,我给你拿钱,五万也行,十万也行。咱现在就给警察打电话,让他们撤,我给你找钱,现金不够把条子先打上。"

风干脸皮上起了些皱褶,现出一丝冷笑:

"你现在有善心了,老子这条命已经断送在你们城里人手里啦,不指望啦,老子今天就是死前拉个垫背的……"

"罗大哥,那件事都是张符雄搞的鬼,冤有头债有主,你报仇要找对人哟,别让真凶偷着笑……"

"张符雄的债,胡战军会去讨……老子今天就专心讨你的债!"

女人扑通一声跪下了,显然精神濒临崩溃,要做绝望前最后的求告:"大哥,前一段我不是人,我给你道歉,求你饶过我这一回。你千万别冲动,你不考虑自己,也要考虑下妻儿老小,当初你不说这辈子就为了儿子吗……我拿钱保你儿子上学的费用,上到大学都行,你放过我,我现在就给你拿钱。"女人的声音里已经带出了哭声。

男人不为所动,依然用他那虚弱而冷酷的声调冷笑道:"晚啦,你看你把警察都招来啦,警察已经把咱们天罗地网围起啦!你看房顶上也是,说不定这会儿屋子里都有人啦……"说着,男人那空洞阴森的大眼睛还向镜子这边瞟了一眼,正与李定江的目光相遇。李定江心里咯噔一下,浑身毛发倒竖,手指扣向扳机。然而,男人的目光终于转向了别处。

女人哭着说:"大哥,我现在就跟警察打电话,说咱们是经济纠纷,让警察撤,咱们私了好吗?家里还有几万块现金,不够的话,我陪着你到银行去取,行吗?大哥,你可千万别做傻事……"

男人第一次沉默下来,脸上一副深思的表情,心里似乎有所活动了,但他的右手还捏着那个开关。李定江的心剧烈地跳动起来,他无法专注于他们的对话,注意力全都在男人的右手捏着的那个爆炸物开关上。那就是解决今日绝境的关键所在,只要能创造一个机会,让那只手离开那个开关,哪怕几秒钟……

机会就在这瞬间降临了,男人沉默了数分钟后,突然示意女人起来,接着他们就走出了镜子。李定江深吸一口气从帘子下钻出来,轻巧地翻滚过床面,猫步到门边探头一看,男人左手持话筒,右手按键,正在拨电话,那个要命的开关耷拉在腰下,而女人在他的左侧,中间相隔足有一米。说时迟那时快,李定江闪出门扣动扳机,巨大的轰鸣连响两下,骷髅头男人一头栽倒。女人的尖叫声歇住后,可怕的场景出现了,骷髅头男人两条腿抽搐几下,慢慢蜷起来,身体又拱起来了,好吃力啊,颤颤巍巍地拱起来,喉咙深处还发出那种呼噜噜、呼噜噜就像野兽吓唬人发出的低沉咆哮……

3

冬天的清晨格外寒冷,暴露在凛冽的寒气中,一根根看不见的小针密密麻麻地刺入皮肤,一直刺到骨髓里去。可是,与整夜失眠带来的抑郁焦虑相比,这点寒冷算得了什么。因此,李定江宁肯一大早就到市场里去转悠,去分散注意力,也不愿待在警务室那个狭小的空间里。

市场的大门口照样被大货、小货、电动三轮、人力三轮、手推车拥挤成一个难解难分的大疙瘩。急于进出的车辆互相揳住,难以动弹,三轮车、手推车却还在见缝插针地往里面钻。保安跑来跑去,骂了这个骂那个;驾驶室里伸出的脑袋也在互相对骂着。一团一团的白气从骂人的嘴里节奏激烈地喷射着,令人想起老式蒸汽机车的烟囱口。但你若想让哪个先退让一步,比掘他家的祖坟还难。

李定江边走边望着这些拉货司机和菜贩子们。最辛苦的莫过于骑电动三轮车的，哪怕零下25度甚至30度的严寒，他们也得早晨六点钟摸着黑从热被窝里挣爬起来，以肉包铁开着电动三轮在又冷又硬又滑的马路上顶风冒雪地前进。前些天处理打架的时候，为了察看伤情，李定江亲眼看见一个菜贩子里里外外共扒下五条裤子，才露出腿。就这样，他们开三轮的时候腿上还盖着一条军大衣；脑袋连裹带缠，头大如斗；眼睛藏在棉帽围巾的深处，难以察觉。哈出的白气在棉帽子的绒毛上、在围巾的边缘上结一层疙疙瘩瘩的霜球。在这种艰苦的环境下挣饭吃，天长日久，养成了菜贩子们焦急暴躁的性格。泼皮、无赖、不怕事，成了这里的三大法宝。并且以老乡为纽带，滋生出了大大小小七八个帮伙。

　　李定江沿着蔬菜区的通道往里走。这是一个上坡。积雪在过往车辆碾压下融化，整条道路化成了一片烂泥浆。陷在泥坑里爬不动的司机急眼了，骂骂咧咧猛踩油门。高速空转的轱辘把烂泥像水帘一样甩向后方，飞溅的烂泥打得后面的车辆嘭嘭作响，引起一阵夹杂着破口大骂的愤怒鸣笛声。

　　这里是南园春菜市场的老区，条件完善的新区已经建设好，就等着搬迁。在老区里，菜贩子们还不得不忍受最后一个严寒的冬季。老区没有建砖混房，大家都在那种彩钢苯板、冬冷夏热的简易房里做生意。这种房子暖气是无从谈起的，大多数人家都是烧铁皮炉子。李定江走到坡顶的时候，刚进到一家店里想烤一烤火。就听外面一阵粗暴的斗殴声传来，又是尻恁妈尻恁妈地叫骂，又是砰砰哐哐地摔东西。店主是个四川女人，一边侧耳倾听着外面的动静，一边发牢骚"啧啧啧，这又整起来了，这又整起来了，这生意啷个做嘛"，满脸担惊受怕不好混的表情，眼睛却一眼接一眼地瞟向李定江。

李定江待不住了，他大步踏出菜店循声而去，只见斜对面的彩钢板房里，两个人撕扯在一起。一个驴脸男人左手揪住一个女人的头发将其抵在瓦楞板上，右手食指在女人鼻尖上一戳一戳地斥骂着。河南人特有的"尻恁妈"像炒豆一样一颗接一颗地往外蹦。女人被揪得下巴都仰起来，鼻孔里一道血渍从唇边一直蜿蜒到下颏。在苍白的脸色映衬下，那道血渍格外刺眼。女人的胸脯剧烈地起伏着，半张着的嘴发出激烈的喘息，眼神却不屈不挠、自上而下地蔑视着驴脸男人，目光里充满了鄙视和仇恨。

李定江脑海中瞬间燃爆一片白光。不知怎么的，一遇到这种场景，当年那股愤怒的火焰就会从心底升腾起来，弥漫周身。

"撒手！"李定江一把拨开看热闹的人，逼近驴脸男人喝道。

驴脸男人那狭长的人中、粗大的鼻孔，还有那一对儿白多黑少、略显迟钝的眼珠子，不知为何对人构成一种天然的貌视，而且还跟李定江讨价还价起来："你叫她先撒手！"

他闪电般地出手抓住驴脸揪头发的手腕子，稍一用力往反关节方向一扭，就把驴脸带到自己正面。顺势向胸前一搡，驴脸顿时踉跄几步，一屁股坐到了泥坑里。围着看的河南人一看警察摆弄"三哥"就像摆弄布娃娃一样随便，个个屏声敛气，胆小的已经悄悄溜回自己的摊位。

"咋回事？！"李定江布满血丝的眼睛直愣愣地盯着泥地上的驴脸不放松，那阴森森的目光极富震慑力。

这时，从旁边靠过来一个男人，一边打着哈哈一边递着烟道："李警官，这都是误会。老三这也是帮咱们公安做工作，防火灾保安全嘛……"

"我问你了吗？"李定江挡开刘二冬递烟的手，没给一丝好脸子，把眼睛又盯在了驴脸上。余光告诉他，刘二冬的脸彻底阴下来，讪讪地退到了一边。

他看见老三的驴脸上强压着愤怒，盯他一眼，把目光移开，再盯他一眼，又把目光移开，慢慢地从地上爬起来。李定江呢，眼神一直不泄劲，就这么加力盯着他。他知道，要树威，就得捏住一个敢扎刺的，一次树个扎实，否则夹生饭好做难吃。

驴脸爬起来一边拍着屁股上的泥，一边硬撑住一口气，满不在乎地说："前两天石警官过来巡查时说了，让注意冬季防火哩，没有烟囱的小炉子，都让撤了，她不听。"

李定江斜过眼睛，望见一只被踢到路中间泥地里的大号番茄酱罐头盒，里面散落出来的煤块已呈现出快要熄灭的灰白色，冒出丝丝缕缕的烟气。李定江知道，市场里有个别特别穷的小贩，是老乡关系介绍进来的，租不起彩钢板房，就用铁管、竹竿、塑料布之类搭建一些棚子。这里面是没法安装带烟囱的铁皮炉的，只好用这种大号罐头盒凑合着烧个简易煤炉，好歹在严寒中也能拢一小堆火，有点儿热乎气。

"你不点炉子吗？"李定江斜乜着驴脸。

"我点是点，我点的那是正规炉子，带烟囱的……"

"带烟囱就正规啦？烟囱还冒火星子呢！"

"大冬天的，几颗火星子能有啥影响……"

"那罐头盒里烧几疙瘩煤，放在自家棚子里，又能有啥影响？"

"那我不懂，反正石警官就是这么交代的……"

"你少给我石警官石警官的！石警官封你啥官儿了？！还在这儿给我称王称霸起来啦！"

大约是难得地受到一丝公正的对待，靠在瓦楞板上的女人眼泪再也忍不住，扑簌簌地落下来。但她用手捂着嘴，不让自己发出一丝声音。

李定江看着这一切，一种除暴安良的豪气微微升腾在胸间。自从在河南帮的问题上与石敬唐发生分歧，这是他第一次扬眉吐气。

"走！到派出所处理问题！"他想趁热打铁，杀杀河南帮的威风。

这时，刘二冬又靠了过来，皮笑肉不笑地说："李警官，这又不是个啥大事。还让小菊把炉子点上，我让丁老三以后也注意点方式方法，毕竟是帮咱工作的嘛。"

"帮我们工作的？我咋没听说过？人打成那样，能私了吗？"李定江不看刘二冬，瞟了一眼那个叫小菊的女人。然而，就这一瞟，他却诧异地发现，女人此时已抹干眼泪，脸上又恢复了那种麻木和冷漠混杂在一起的神情。这冷漠是对着所有人的，甚至也包括他。这一点，在眼神相交的一瞬，他能感觉到。

果然，刘二冬皮笑肉不笑地来到女人跟前，道："小菊，得饶人处且饶人，大家都邻里邻居的，我看就私了算了。"

女人掏出一团卫生纸，深深地擤了一把鼻涕，眼望着前方的虚空说了句："私了。"没有看李定江一眼。

李定江心中陡然一凉，深深地看了一眼女人。女人脸色苍白，神情麻木、冷漠，再没有看李定江一眼。

在刘二冬们暗藏得意的劝慰声和满不在乎的嘻哈声中，李定江落了个出力不讨好，灰溜溜地离开了现场。

4

李定江并没有离开菜市场，而是直接去了四川帮的头头儿唐跃发的菜店。唐跃发见李定江主动找上门，有点儿受宠若惊。他一直认为李定江既然是石敬唐的徒弟，那肯定也是扶河南帮的。不料今天到这里来，竟有几分背后捅刀子的意思。但唐跃发也没敢滔滔不绝，他还吃不准李定江的真实意图，况且也不知道他实力如何，因此只是问一答一地讲了丁老三一伙儿欺负唐少菊的事。他说："那块空地是我看着唐少菊孤儿寡母可怜，找老关系叶经理给批的。但没想到丁老三他们早就盯上了，想留给同村本家兄弟的。自从唐少菊摆上摊位，丁老三就没少找麻烦，头一回是因为唐少菊擅自降价打折，挨了丁老三的打。那也罢了，算她不懂规矩。此后还经常把垃圾往她的摊位跟前倒，说是那块地本来就是垃圾场，谁让她占着。这些唐少菊也都忍了。她因为位置不好，全靠回头客。降价打折她不敢，只好在菜上多下功夫，她卖的是剥皮葱，白菜把老帮子都扒掉，萝卜、洋芋都是洗干净的，不像别个都带着土。其他菜也都专门择过的，所以她的菜卖相好，顾客就越挤越多。搞得别个没办法，也都开始洗菜择菜。丁老三本来是条懒虫，最后被逼得没办法，也只得搞精加工菜，一肚子鬼火攒起，估计找她麻烦的事还在后面呢。"

李定江听罢，皱眉沉思半晌，最后还是把他替唐少菊出气时，唐少菊的奇怪表现讲给唐跃发听了。唐跃发听罢，附耳对李定江低语道："有句话不好听，我讲了你莫气。唐少菊是不可能对你们警察有好感的，她男人就是让警察打死的，就在三四个月前。"

唐跃发讲完，就觉得李定江不对劲了，人是一声不吭，然后就神情恍惚地摸口袋。唐跃发递上烟，凑上火，就觉得他眉头紧蹙，夹烟的手指直打颤，话也答非所问。最后，深吸几口烟，失魂落魄地走了。

5

门口有人走近的动静，李定江一个激灵，第一反应就是把电脑上管区人口信息里的"关注对象"唐少菊的页面退出了。他深深地吸了一口烟,在徐徐吐出的烟气中,他两眼空茫地盯着屏幕,陷入了沉思。

击毙罗化文之后,整个支队都沉浸在一种喜庆的气氛之中。领导接见、媒体采访、单位记功、组织表彰,他走哪儿都头顶着"孤胆英雄"的光环,肩扛着"深入虎穴"的事迹。然而,他的外在表现却与这种气氛格格不入,整个人变得阴郁消沉,精神恍惚。支队政委看出了他的不对头儿,猜想到这次的"当场击毙"可能引起了他心理上的某种应激反应。

他们不理解是正常的,因为他们没有像他那样眼睁睁地看着现场:那个皮包骨头、形同骷髅一般的罗化文,那双深陷眼眶、绝望空茫的眼睛,那呕心吐肺的咳嗽和流挂嘴角的痰线,还有那临死前最后一丝抽搐挣扎和令人莫名骇异的呼噜声……这些东西整日在李定江的头脑中翻涌着,难以平息,尤其到了夜间,这些场面变得格外清晰,此起彼伏,无法遏制,以致他陷入了恶性循环的失眠状态。

他知道,真正刺激和折磨他的,并不是这些场面,而是背后隐藏的那些个巨大疑问。他到底击毙了一个什么人?这个人的一生是怎么度过的?他为什么走到这一步?这个世界上,还有与他相关联的什么人、什么事吗?

这一切疑问,其实源于在击毙罗化文之前听到的那一段对话。当时在高度紧张的情况下,他的听觉神经与大脑之间似乎出现了某种阻断,虽然听见了对方的话音,但在头脑中无法转换成意义。但这段话音却自动保存在潜意识层面,当险境过去之后,就像种子一样复活萌芽,渐渐在意识层面生长出来,并且滋生出好几路枝蔓,在大脑里开始了疯狂地蔓延和盘踞。

他隐隐感觉到,罗化文走极端,事出有因。他和那个叫叶锦雯的女人之间到底有何深仇大恨?叶锦雯为何把仇冤推到那个叫张符雄的头上？他们之间到底是什么关系？罗化文的那句"张符雄的债，胡战军去讨……老子今天就专心讨你的债"背后，到底有什么事情？

刺激起这些联想的，就是那天他偶然听见的队友谈话。那天开会，他刚走到楼梯间出口处，碰上王小杰跟队友边走边说话，耳朵里捕捉了个片段：人都半死不活烂命一条了，随时想拉个谁同归于尽呢，连这种人都敢惹……一见到他，王小杰就闭嘴了。他用询问的目光盯着王小杰，盼望他能把前因后果都说说，因为他显然是在说击毙罗化文的事，但王小杰讪笑一下，就把话题拉到别处去了。王小杰反应很快，尤其领导交代的事情，随时能反应过来，是个滴水不漏的机灵鬼。李定江知道，既然他能硬把话题拉开，再问也是自讨没趣。

击毙罗化文之后，他的表现有些异常。这被领导，尤其是政委看在了眼里。事情的真相，说不定就瞒着他一个人。当然，他们是为了他好，让他早日从心理阴影中摆脱出来。他也想把这事忘掉。可那些纠缠不休的念头有种奇怪的特性，你越是想压下它们，它们就越是活跃。夜里睡不着的时候，更是在脑海中此起彼伏、翻涌不息。如果能动手术摘除的话，他真恨不得动它个开颅手术呢！有时候他冷静下来分析一番，为什么这件事会缠住他不放？最终他不得不承认，这件事在冥冥之中动摇了他当警察的根本。这么多年，他为什么苦学苦拼非要从一个农村娃干上警察？这跟他幼年的痛苦记忆，跟他们一家人的遭遇有着深刻的关系……

小时候他家生活的那个河湾村，有一户村霸姓王，家有七个儿子，个个膀大腰圆。老大王松堂、老二王松高、老三王松材，以下依次王松×。他们仗着身高体壮、人多势众，就称霸乡里，欺负村民，再加上老二王松高是个人物，不但体壮，而且脑子好使，对上特会来事儿。村子里各种复杂关系——家族姓氏的、本地外地的、村官村民的，脑子里一本账，理得特清楚。从李定江八九岁时开始，这王松高就当上了河湾村的村长，王家从此成了河湾村的土皇帝，媚上欺下、作威作福。李定江的父亲李长庚是个倔人，做人认死理，就爱讲究个公平，对王松高一家作威作福极看不顺眼，常在村里当众批点，甚至替人打抱不平，到村委会去找王松高当面说事儿。李定江至今清晰地记得，有个跟李家关系不错的乡干部，姓苏，下乡时住在李家。夜里听着李长庚絮叨王松高的事儿，耐心听了半夜，最后推心置腹地劝慰："自从分了地之后，人人为自己，农村的矛盾越来越多，越来越复杂。加上乡里的什么计划生育、三提五统、完粮纳税，村民跟上面的矛盾也复杂得很。没有个王松高这样的人，怎么能镇得住？村里的工作怎么开展？不要说河湾村，我敢说所有的村，用的都是王松高这样的强人。凡有人群的地方，那就得靠强人统治。没有强人镇住局面，那社会就乱了。古今中外都是这个理儿！你老忍忍就过去了，退一步海阔天空嘛！"

连信得过的干部都这么说，李长庚再不好说什么了。但李定江知道父亲想不通，过不了这个坎，一晚上都辗转反侧、长吁短叹的。实际上苏干部那番话对李定江也刺激很深，一晚上都没睡好觉。小小年纪的他就在思索一个问题，难道这人类社会跟动物界一样，就是个弱肉强食？就没有个公平正义了吗？

后来，李定江的两个哥哥长大了，要盖房娶妻，要批宅基地。这王松高可算逮住机会了，百般刁难。要么不批，批就是最远僻，野狗不拉屎的地界。这样明显的挟私报复，李长庚哪咽得下这口气，冲突越来越激烈。终于有一天，李长庚上访还没出村，就被王家兄弟围住连抓带打。对于那终身的屈辱，李定江至今记忆犹新：性格刚烈的父亲被人左右架住胳膊动弹不得，王松林呢，站在跟前只管打嘴巴，鼻血都出来了还不歇手。父亲毫无还手之力，只剩下一张嘴破口大骂。

就连这点反抗，王家都非治服不可，王松林顺手从路边捡起一坨牛粪往他嘴里塞。

那一刻，李定江快疯了，脑子里一片原子弹爆炸似的白热光。但他挣不动，王松材把他死死抱住不撒手。他想都没想，野兽似的照准那手腕狠狠地咬下去……

虽然李长庚的鼻梁被打断，但就因为王松材手腕上的那一圈深深的牙印。乡派出所说，这是互打，要处理两边都处理。最后大事化小，小事化了。

从那之后，李长庚的精气神垮了，成了个病秧子。也是从那之后，李定江暗下决心，好好念书，考警校，将来一定要当警察……

李定江终于下定决心，来到政委面前。政委是管思想政治工作的，思想里面的问题，只有政委才能给他一个透彻的答复。望着政委的脸，李定江眼神几番飘忽躲闪，干咽了好几口吐沫，才终于问出了他的问题，罗化文事件的前因后果到底是什么，他和那个女人之间到底有什么恩怨。

政委目光凝重地盯着他。他可以感觉出，他一张口，甚至一进门，政委就看透了他的心思。政委似乎很为难，喝了好几口茶水，发了烟，点了火，最后才开了腔："罗化文事件，我们得到报警，就是说他跟叶锦雯之间因琐事发生矛盾，思想走极端，抱着炸药包跑到叶锦雯家里，威胁要搞爆炸。他的炸药包，我们事后鉴定都是真的，药量根据专家计算，威力不小。一旦爆炸，那就不仅仅他和叶锦雯两条人命，左邻右舍，甚至无辜儿童都有生命危险。当时专家反复做思想工作，而对方除了叫嚣杀害人质、报复社会，又不提出什么明确诉求，我们连与其周旋、化解矛盾的余地都没有。在这种情况下，你不顾危险，深入虎穴，当机立断，开枪击毙，你做得很对，为群众为社会除了一公害！不管他和姓叶的之间有何矛盾,甚至有什么冤屈,那都有合法的渠道可以去解决的。即使一时解决不了,也要相信政府,相信法律,通过合法渠道慢慢解决。咱们是法治社会,如果谁有点什么事情,谁觉得自己受了委屈就点炸药包,挟他人生命为私利砝码,天下还不大乱了!我们是党和人民的刀把子,该出手时就出手!当断不断,反受其乱!小不忍则乱大谋!咱们干特警的都是硬汉子,关键时刻,不可有妇人之仁!我这么说,你明白了吗?"

李定江一时确实被政委的话打动了,感觉困扰心头的那些枝枝蔓蔓正在逐步萎缩,沉重的心好像轻松了一些。但他忽然发现,对于那些背后的疑问,政委并未给出明确答复。他觉得好不容易下决心跟政委交流一下,该弄明白的还得弄明白。

他艰难地笑了一下,道:"政委,你讲的道理我都明白了,讲到我心里去了。"说到这儿停顿了片刻,下决心道:"但我还是想知道,罗化文和那个女的究竟有什么深仇大恨?如果是琐事,应该不至于此吧?"

政委看了他一眼,眼神左右飘忽地说:"其实具体什么原因我们这边也不清楚,这都在刑侦支队那儿掌握。至于排查化解社会上的矛盾纠纷,那都是派出所的职责范围。我们特警,是执行机构,说白了就是刀把子。一声令下,让你上,你就上。召之即来,来之能战,战之能胜!就是你的全部使命,其他的,不要想那么多!"

政委这番话让李定江心里一沉,连王小杰都知道的事,政委能不知道吗?政委为什么要瞒着他?

当然,他不能把王小杰的话挑明,那不等于跟政委撕破脸吗?下来后,他的心思转移到政委最后一番话上。他觉得要想深入了解这个社会,把很多问题搞明白,也许到刑警队、派出所去干,才是更合适的。

半个月之后,领导节日慰问英模。当领导询问他还有什么要求时,他大着胆子提出了这个想法。就这样,他被分配到了红庙子派出所,与石敬唐搭档,负责起了臭名昭著的南园春菜市场。

只是没想到造化弄人,诡异莫测,他和罗化文的老婆唐少菊冥冥之中竟都向着这个南城最大最复杂的蔬菜批发市场靠近,仿佛为了一个冥冥中的约定,竟在这里又聚头了。

6

南园春蔬菜批发市场的乱象可谓历史悠久,这里原本是南郊菜农聚集之地,与市区交通便利,十几年前就自发形成了蔬菜批发市场。南园春集团征地开发的时候,坐地户中间脑子活、胆子大的就都成了市场部经理。再加上到这里谋生的菜贩子都是五湖四海的盲流,多少年底层社会打滚,丛林法则早把他们磨炼得冷酷麻木。为了生存,菜贩子们以同乡为纽带,以豪强为头领,形成了七八个帮伙。为了利益,帮伙与市场部经理之间互相勾结,盘根错节。帮伙之间则钩心斗角,打架斗殴从不停歇。欺行霸市、假冒伪劣、盗窃、赌博、脏乱差等丑恶现象,交叠丛生、层出不穷,搞得红庙子派出所王所长心力交瘁,一度口角生疮,暴发火眼。为了派出得力干将控制住南园春市场的局面,王所长摇唇鼓舌,甚至专门到分局要了一顶闻所未闻的"警长"的帽子,才把手腕老辣,但因种种原因未得提拔的石敬唐忽悠到了南园春菜市场当了社区民警。

石敬唐当了南园春的"警长"之后,其他民警不愿意了。要知道,全所打架斗殴的案子有一半是南园春贡献的,盗窃也占30%。派出所民警最怕的就是打架。因为打架你是必须给双方一个处理结果的。你若摊上打架,调查、做笔录、调解,要价两千,还价二百,都得指着你把他们硬拉到一块。骂了这个哄那个，得耗费多少脑力、体力和口舌啊。最可恨的就是那种耗尽了脑力、体力外加上口舌，最后差个几百元撮合不到一块，不得不拘人的。七八种几十张的笔录、调查报告、呈请拘留的批文、法医伤情鉴定、家属告知书等等法律文书都得这两个负责处理打架的民警去调查、去跑、去呈批。一天摊上七八起打架，两个民警得虚脱两三天。如果不幸再摊上一起十几人的群架，简直别提了……打架，历来谁值班谁负责，大家轮流摊。可既然南园春冒出来个"警长"，那"警长"的帽子你也不能白戴，南园春的打架得由你警务室承担，你不参加值班都可以。不能"警长"的帽子你戴着，事儿都让弟兄们给你扛着。于是开会给南园春实行承包责任制。这时石敬唐醒过味儿来：被所长装进帽子里了。想缩头，悔之晚矣！正如所长所骂的："休想！组织上的帽子，你想戴就戴，想甩就甩吗？！"骂完又安抚："集团公司答应了，再给你派二十个治安员，不日到位。你狗日的顶半个所长啦！"

自从给南园春实行承包责任制，石敬唐和徒弟李苏红每天处理摊上的打架少则三四起，多则五六起。更可恨的是，南园春的打架特别难调。双方各执一词，旁人要么各偏本帮，要么谁都不作证，连事实经过都搞不清楚。石敬唐和李苏红经常被群众围在中间，束手无策，形同摆设，把石敬唐憋得一口气在肚子里一鼓一鼓的，铁青着脸没处发作。光打架就把二人弄得焦头烂额，疲于奔命，何况还有破案任务、重点人口管理、出租房屋登记、防火防盗等等一大堆事情，如何应付？三个月不到，李苏红托关系调走，这才把李定江填到火坑里来了。

李定江来的时候，石敬唐绞尽了脑汁，总算有了几分谋划。经过一段时间摸排，石敬唐对南园春的态势基本了然于胸，乱象的根本原因是帮派太多，斗争复杂，而警力长期薄弱，形不成威慑力，控制不住局面。市场里面有河南帮、四川帮、安徽帮、东北帮、山东帮、陕西帮等大大小小七八个帮派。其中最大的就是河南帮，市场里无论蔬菜区、肉食区、鱼类水产区、禽蛋区还是调味调料区、干货区，都有河南人。而河南帮里若细分还有四五个帮伙，最大的头目就是刘盛大。刘盛大在南园春已经混了有二十年以上，几乎市场刚开始形成的时候，他就进来了。起初是个卖肉的屠户，因为脑子活、胆子大、敢担事、善维护各路关系，以他为中心，老家村子里的老乡一个接一个地都来到南园春市场，渐渐形成了一个帮伙。到了后来，只要河南籍的到南园春落脚，都要到刘盛大这里拜门子。刘盛大坐大之后，野心渐渐膨胀，从刚开始的维护老乡利益，渐渐发展到欺行霸市，干预市场。集团公司对他也很头疼，但有时为控制市场，还不能不倚重于他。石敬唐摸透了南园春的情况后，感到凭他们两个社区民警，根本别想镇得住这里的乱局。于今之计，只有个上不得台面的老法子，以毒攻毒。先扶河南帮，通过河南帮把其他帮伙都打下去，形成一个初步的秩序。在这个过程中抓紧培植自己的势力，等自己势力强大了，再利用其他帮伙对河南帮的仇恨和河南帮内部矛盾分化瓦解之，最终把河南帮也打下去。

为了实施这个谋略，必须先和河南帮来一次谈判。简单说，必须先让刘盛大到他这里来拜门子。恰在这时，李定江调来给他当徒弟，可谓正中下怀。李定江来之前他就听说了，是特警支队的一条好汉，据说一人一枪就敢飞檐走壁进入室内击毙身绑炸药包的暴徒，这肯定不是窝囊人。跟刘盛大这样的老江湖打交道，必须一个红脸、一个白脸。他是老大只能唱白脸，那就得把李定江支到前面唱红脸。

跟李定江第一次握手的时候，他故意加了把力，表面显示热情，实则试探。不料对方一回应，手就像被铁钳子夹住似的，生疼。他抬眼细看，见李定江腮帮子铁青，脸上棱角分明、咬肌毕现。头天刮过的青胡楂如根根小针刺破皮肤。一双眼睛布满血丝,似有多日睡眠不足。目光阴郁,但盯着你的时候却有种逼人的穿透力,或者叫威慑力。联想到他击毙暴徒的事迹,不知怎么的,石敬唐就觉此人眼含杀气,心中腾起一种不祥的预感:此人恐难驾驭。

南园春集团公司嘴上答应给警务室配二十个治安员,但花钱出血的事,哪那么容易兑现。石敬唐一方面跟所领导和公司两方面软磨硬泡、死缠烂打,一方面靠着他那张稻草变金条的嘴,在市场里放出风去,说是要成立三十个人的治安大队,狠刹南园春市场的歪风邪气。

与此同时,他给李定江分析菜市场的复杂乱象,其间屡屡揭露河南帮仗势欺人,压迫弱小的恶行。因为石敬唐一眼就看出李定江初踏社会,可谓血气方刚、疾恶如仇,就跟当年自己刚入行一样,内心里憋着一股子除暴安良的豪气。这股气眼下正好派上用场,可鼓不可泄。石敬唐叮嘱李定江:"你刚来,菜市场要带着人每日巡查,树树你的威,让他们都认识认识你。记住,要盯紧河南帮。"

这天,巡察到肉食区的时候,恰好遇上河南人挑起的一场群架。因为都是屠户,个个手握剔骨尖刀,一脸杀气,嘶声叫嚣,穷凶极恶。血光之灾仿佛近在眼前。李定江只带了两个联防,胆大的悄悄躲到一边打对讲机请求增援,胆小的腿都软了,站在一边望望这个、望望那个。李定江看了看现场,一眼就盯住了气焰最嚣张的刘相坤。刘相坤边骂边用剔骨刀恶狠狠地指点着对面的四川人,刀尖上沾着的肉筋血丝抖抖颤颤。

"刀放下!"李定江右手按在枪套上,一步步朝刘相坤逼过去,两眼一眨不眨地盯住刘相坤不放松。

"他先放,我就放!是他先拿刀的!"刘相坤两眼看住李定江,但很快顶不住了,眼神躲向一边,尾音也藏虚露怯。

他哪里知道，李定江那种凌厉的眼神，还有那极富威慑力的简短命令，都是在特警队里跟师父专门练出来的。光这两手，就暗藏极大的杀伤力，屡试不爽。

但刘相坤是肉食区老大，刘盛大的得力干将，岂能栽面儿，手握剔骨刀硬撑着不动。只见李定江闪电般一个贴靠，一把攥住刘相坤手腕往怀里一带，脚下一别。只听刀子叮当落地，刘相坤已被李定江跪压在地，戴上了铐，刀子还在地上蹦跳未歇。

众河南刚围上来，只见李定江大喝一声"闪开"，右手出枪，左手哗啦一下上了膛。众河南都惊呆了。过去他们仗着人多，警察势单力薄，法不责众，往往好言安抚，大事化小。哪知道李定江特警出身，拔枪是家常便饭、本能反应，再加上初生牛犊不怕虎，哪像老民警深知枪好拔不好收的厉害。

那天，刘相坤就这样在众目睽睽之下，被李定江反铐双手带走。

市场里关于石警官要成立三十个人的治安大队，还从特警队给三十个人聘请了教头的消息，不胫而走。

第二天，石敬唐就接到了刘盛大的邀请，到市场西邻的杏花村赴宴。宴会上，刘盛大显得很文明，也很客气，一副见过世面、混过上流社会的模样，一口一个石警官，一口一个李警官，不但自己敬，还不停地招呼手下人给二人敬酒。喝着喝着，气氛融洽了，刘盛大就开始讲自己的创业故事。在讲故事的过程中，他开始见缝插针、拐弯抹角地炫耀自己的各路关系，从所长的关系一路炫耀到分局局长，甚至市局局长的关系。可以说，他的各路关系与他的创业故事被他讲得是水乳交融、浑然天成，既达到了绵里藏针的目的，又不破坏表面上的和谐气氛。听得李定江都十分迷惑，不知刘盛大请吃饭究竟有何目的，直到石敬唐一针见血、毫不客气地打断："刘老板，县官不如现管着。你再有多少路关系,南园春菜市场是我的管区,我得对地面上的治安负责,方方面面要能交代得过去才行。你说是吧?"

刘盛大一愣,没想到石敬唐如此直来直去,不留面子,赶忙道:"那是那是,这方面咱们的目标是一致的嘛。"

石敬唐夺了他的话语权之后,就开始讲上级领导如何要求他肃清歪风邪气,搞好菜市场的经济秩序和治安秩序,又讲自己和集团公司的关系如何如何好,公司如何支持他的治安工作,如何派三十个治安员给他成立治安大队。刘盛大听着听着开始走神儿了,嘴里没话了,显然脑子里开始琢磨对策了。

最后,二人终于进入了实质性的谈判。石敬唐要求河南帮支持他的工作,对于各个帮派之间的矛盾冲突、打架斗殴、偷、赌、毒等方面都要提供情报信息,该作证的作证,该提供线索的提供线索,该预警的预警。而他则保障河南帮在各种利益纷争中的优势地位。刘盛大答应了石敬唐的要求后,石敬唐也答应了刘盛大放人的要求。

整个过程中,李定江感到刘盛大眼里始终只有石敬唐,把他李定江只是客气地摆在一边晾着。关于市场的管理,他们就这么三言两语地决定了,丝毫没有征求他的意见。谈判结束后,人人轻松起来,酒场气氛欢洽。很快刘盛大就酒酣耳热,跟着石敬唐也开始没轻没重地拍打李定江的肩膀,一口一个"小兄弟"地叫着,搞得李定江一阵阵反胃。

李定江觉得在这场交易中,自己被人当枪用了。他终于坐不下去了,找个理由,拂袖而去,全然不顾石敬唐挂不住的脸面,以及刘盛大和他那帮兄弟们的惊讶神色。

那种被人当枪用的感觉,在第二天为释放刘相坤不得不改笔录的时候,变得更为浓重,甚至演化成潜藏心底的屈辱。他没料到,警察也会和黑社会谈判做交易,自己在里面充当了什么?充其量是个打手的角色。这和他那种警察在社会上应当大写,应当挺立,应当是公平正义的主导者的理念,实在是相去太远。

石敬唐看出了他的心事,找他推心置腹一番,详细解说了他的策略。对他所讲的这个过于复杂曲折、有点像小说演义的所谓策略,李定江只觉得玄之又玄,将信将疑。而里面蕴含着的那种"扶强治弱"的思想,更是引起李定江内心深处的强烈反感。

但初来乍到,总不能立马和师父反目。李定江只有强压着情绪,暗中在心里持保留意见。

7

自从跟河南帮暗中结盟之后,石敬唐在市场里的眼线和腿子一下多了起来,几乎每个片区里都有。如此一来,其他帮派互相斗殴的时候,或者和顾客之间打架冲突的时候,总有河南人出面给石敬唐或揭发或作证。有时候,帮派之间利益冲突激化,快要发生群殴的时候,还会有人提前给石敬唐通风报信。慢慢地,石敬唐在河南帮的协助下,把其他帮派都打压下去了,打架斗殴之类的案件明显减少了。当然,河南帮不会白白给石敬唐当腿子,一旦和其他帮派发生了冲突,石敬唐就会明里暗里偏着河南帮。大家看明白了这一点,面对河南帮也不得不忍气吞声、逆来顺受。一种新的秩序在南园春菜市场悄然建立起来。石敬唐得了王所长几次大会表扬:"姜还是老的辣""有手腕,有办法,你们都学着点!"

然而,李定江却感到越来越压抑。石敬唐的这路搞法,李定江内心十分抵触,他眼看着河南帮在市场里坐大成势,开始欺行霸市、作威作福,而受欺负的敢怒不敢言,内心里一股愤怒和憋屈在积压,在发酵。

他最怕的是当场遇上这种事，却不得不在众目睽睽之下违心地和稀泥，或者干脆装作没看见。因为他深知，就是把人带到警务室，石敬唐也会偏着河南帮，来个大事化小、小事化了，反而让河南帮得了意，让自己威信扫地！他在心里默默地想，照这种趋势发展下去，早晚要出大事。石敬唐不说是权宜之计，将来要收拾河南帮吗？可眼看着他跟河南帮打得火热，会不会是在忽悠自己？这根老油条，他到底在忽悠谁？

　　眼不见心不烦，李定江渐渐地不再到市场里四处转悠了。他的心思渐渐地凝聚到一个人身上，这就是蔬菜区最北头那个像虫蛹一样躲在自己搭的塑料棚子里讨生活的唐少菊。自从上次收拾了丁老三一伙儿，发现了唐少菊的身份和处境之后，她就成了他的一块心病，是那种一碰就疼的心病。说实在的，他不愿意想到她，宁可世界上没有这么个人。可她就待在那里，在冬天广阔无边的严寒中，缩在那个小小的塑料棚子里苟延残喘。这个女人，本来与自己毫无瓜葛，似乎就因为那一枪，而与他产生了某种怪异荒诞的血肉联系。这种荒诞的联系，时不时地牵动着他的神经，引起一阵阵莫名的疼痛和心慌气短的感觉。这在他短暂的一生中从未经历过，根本不知该如何应对。他只知道，自从发现了她，她就牢牢地占据了他心灵的一角，让他分神，让他不安。只有确认她还好好地在那里，没有遭受什么新的变故，他才会心安一些、踏实一些。但他又不敢直接看她，只是经常有意无意地转到她摊位那一片，装作歇脚似的待在她对面那个四川女人的菜店里，透过窗户悄悄地窥视着她的一举一动。通过一次次片段的窥视，他想拼凑出她的生活全貌。归根结底，他想看到她的生活已经渐渐进入正轨，已经摆脱了那件事的阴影……似乎只有这样，他也才能摆脱心中的纠结和折磨。然而，很难得出这个结论。在那个女人的脸上，他几乎从未见到过笑容。她脸色苍黄，眼角嘴角总是向下耷拉着。面部皮肤似有种刚哭过的浮肿，但又从未见到她哭，脸上神情更多地显示出一种冷漠和麻木。往往清早天还黑着的时候，她就和其他菜贩子一道挤在门口的拉菜大货车跟前进货。她话语不多，干巴生硬，动作简洁有力，泼辣干脆。几十公斤装的大包白菜、胡萝卜、土豆，她两手抓住猛地一提，大腿再往上一拱，转身就掀进自家的三轮车里……有时透过塑料棚上的简易窗洞，可以看见她正在专心致志地削菜择菜。灯泡下，苍黄清癯的一张脸上，毫无表情，两只眼睛盯着手里正在收拾的蔬菜。那双手肮脏皲裂，生满冻疮，动作却十分灵活。为了保持手部的暖和，她时不时地揉搓一番，甚至伸进怀里取暖……往往太阳升起之后，就会有一个小男孩背着书包跑进那个塑料棚里，帮着她收拾码放各类蔬菜，给顾客打包，算账、收钱带找零，还时不时地打扫卫生，提溜着塞得鼓鼓囊囊的垃圾袋，一溜儿小跑地到北门附近的垃圾船跟前，忽悠一下把垃圾袋扔到垃圾堆顶尖上。到了日上三竿没什么顾客时，这个小男孩就把一张小折叠桌打开，搬张小马扎坐在折叠桌前，从书包里掏出书本作业之类的东西，趴在小桌前开始学习。那时候，她也会凑在跟前看着，二人时有问答。可以发现在个别她很满意的瞬间，她那苍黄的脸上会微微绽出一丝笑意，可惜这种时刻常常被零星的顾客打断……

  每当看到这种场面，李定江就不由自主地想起处置罗化文那天听到的被绑女人说的那番话："我拿钱保你儿子上学的费用，上到大学都行……"罗化文就是在听到这番话后才出现第一次犹豫和松动的，就在他去打电话的一瞬间，给他创造了开枪的机会……他晃了晃脑袋，不愿再想下去了。这时，他发现菜店的女老板正在一旁偷偷地打量着他。她一定注意到他在偷窥着对面的什么。她能猜出他在偷窥谁吗？她能窥破他的隐秘心理吗？他经常来关注唐少菊，是否已经引起别人的注意了？

至少，他发现附近的丁老三、刘二冬等几个河南帮的人，每次看到他来这一片转悠，都会用那种充满窥视欲的眼光偷偷地瞟他，而眼神一对上，他们立刻就躲开了。尤其是那次，丁老三把垃圾倒到唐少菊的塑料棚跟前，引起了与那个男孩的冲突。他发现那男孩愤怒起来异常冲动，有种小兽般的凶猛，打不过就想张嘴咬对方的手腕子……若不是他及时从四川女人的菜店里冲出来，那男孩铁定要吃亏。丁老三、刘二冬可能就是那次察觉到他和唐少菊之间的微妙关系的，唐少菊一吃亏他就会出现。但他们一定非常困惑，因为他和唐少菊之间的关系实在太过微妙了，连他自己都讲不清楚这是种什么关系。他不愿意让唐少菊发现自己对她的关注，他连眼神都不敢与她交流，但他要保证她不再受河南帮的欺负，这是他的底线。丁老三、刘二冬几个可能也察觉了这一点。实际上，他对河南帮那种阴森森的态度，那种与石敬唐截然不同的态度，河南帮的人早就察觉到了。他不想为此遮掩什么。他屡次三番地来这里关照唐少菊，其实也带有这种目的，他是在暗示他们，这是我的人。

周一的时候，他悄然地来到四川帮老大唐跃发的店里，旁敲侧击、拐弯抹角地问起了唐少菊和那个男孩的事。唐跃发告诉他，听唐少菊意思，那个男孩是罗家的全部希望。罗化文活着的时候有种什么病，本来就处在一种半丧失劳动能力的状态。两口子对自己这辈子已经没什么希望了，唯一的希望就是咬牙把儿子供出来，让儿子再不要受父母的罪。二一个就是唐少菊晚年也能有个靠头。罗化文这么硬撑着打工，给人家搞装修，其实为的就是供儿子在红庙子小学插班上学那几千块钱的插班费。

李定江听罢，默默地吸了一支烟，告辞离去。

8

叶锦雯的电话是通过过去在特警队的战友、如今在刑侦支队工作的李韬从卷宗上弄来的。当李定江问起罗化文与叶锦雯究竟有何深仇大恨时，李韬感到莫名其妙、难以理解，一句"不太清楚"就回绝了，并且还反问了一句："提脑袋的事都了结了，你还问那些干吗？"李定江有些心凉，所有人都对他这种刨根究底的欲望感到难以理解。对他们来说，像罗化文制造的这种丧心病狂的事件，击毙就是最好的解决办法，干净利索、一了百了。他们不愿意再在这种事上去寻根溯源地追究什么，似乎一追究，就会让大家重新陷入一个难以自拔的泥坑中去。或者，他的精神状态的确有些不对头儿了，而且这名声都传到刑侦支队去了。但他的问题只有他自己清楚，在这条路上，他必须一条道走到黑。

他拨通叶锦雯手机的时候，第一句先确认身份。在得到肯定的回答后，他才说明了自己的身份，并提出希望见一面。不料对方听到他的名字和要求后，一下愣住了，电话里出现一段难挨的沉默。然后他听见对方用那种强作镇定的语气道："对不起李警官，这部手机，这部手机叶锦雯刚刚处理给我。"

"什么？你不是叶锦雯？！"

"不是……不是，对不起，刚才我思想走神，没听清楚。"

"那……你是她朋友？"

"算是吧，不过……不过也不是那么太熟……"

"那你知道她新号吗？只是问候问候，毕竟我们算是患难兄弟嘛……"他不知为何也瞎编起来，不知不觉把特警队时的口头禅都带来了。

"哦……不好意思，我也不知道她的新号码。对不起了……"说罢，对方就匆匆挂断了手机。

李定江的心彻底凉了。他几乎断定对方在撒谎，不想见他。这引起了他心中一阵复杂的失落感。毕竟他也算是叶锦雯的救命恩人。她为何不愿见他？难道是出于那种怕被恩人纠缠的市侩心理？可他有工作有收入年纪轻轻，能带给她什么麻烦呢？他把自己放在叶锦雯的角度进行换位思考，想着想着，脑海里灵光一闪，渐渐清晰：她八成是不愿再面对罗化文事件，这件事也成了她的心病！

在叶锦雯的单位，丽景江山房地产公司售楼处，李定江只见到了叶锦雯的同事，一位脸皮翻转神速的售楼小姐。本来热情洋溢，甚至不乏几分娇媚可人，一听说不是看房而是找叶锦雯，那张脸立刻像泥抹子抹过似的又光又平，冷冷地说了句："住院了。"

李定江又驱车到了那家妇科医院，却并无叫叶锦雯的住院病人。他不得不小心谨慎地动用了他的警察身份，才在护士站那里查询到，叶锦雯的确住过院，做的是小产手术，不过一个月前就出院了。

看来，叶锦雯是在有意回避他。电话上是撒谎，单位的同事恐怕也是她交代好的。那个电话再也打不通了。怎么办？越是找不到叶锦雯，越是坚定了他的信念。他越来越认定，只有弄清楚罗化文事件的所有前因后果，只有在力所能及的范围内，为唐少菊做到他能做的一切，他的心病才能得到舒缓。这个过程中付出的一切，不但心甘情愿，而且已经像疗伤似的，让他的心灵得到一丝丝抚慰。

想找叶锦雯，唯一的办法，只剩下蹲守了。这一切都得下了班之后进行。一连三天，每到华灯初上，李定江必开着车潜入星空小区。他把车停在小区西北角那片松树林下黑暗隐蔽的角落。那个角落正对着星空小区11号楼1单元入口处。他想过了，若想和叶锦雯细谈，只有尾随着到她家里去做个不速之客。只要提前预约，天知道她还会想出个什么拒绝的理由。

他坐在驾驶座里，边吸烟边盯着通向 11 号楼的那条花岗岩拼花小道。黑色的铁艺景观灯散发出温暖的光晕，仿佛在寒夜中撑起一把金黄色的大伞，笼罩着花岗岩小道的一段。小道爬出这团光晕向浓黑的夜色中蜿蜒蛇行，直游动到远处被另一盏灯光照亮。在那里，视线兀然被拔地而起的 25 层公寓大厦所阻挡。大厦那巍峨高大的体量，还有那图案简洁的大理石墙裙在寒夜灯光映照下泛出的一丝丝豪华而冰冷的光泽，无不给人以威严压迫之感。此时，远处小区大门处的动静把李定江的目光吸引过去。一辆白色丰田小轿车正通过门禁抬起的阻车杆，缓缓驶入院内。他马上联想到在售楼部的宣传栏里看到的那张叶锦雯作为年度销售明星的宣传照，照片里的她笑靥如花，正倚着一辆白色丰田小轿车。他紧张起来，目光紧盯着那辆丰田轿车。只见车辆缓缓驶入地下车库。片刻之后，一个女人从车库出口处拾级而上，沿着花岗岩小道款款而来。当她从景观灯的那团光晕下经过的一刹那，李定江看到了那张反复在脑子里温习的脸。有了前面打交道的经验，再加上年度售楼明星头衔，李定江知道这个女人的精明非一般人可比。他深吸一口气，戴好口罩，拉起羽绒服的帽兜，在目测距离最合适的一瞬下了车，不紧不慢地向 11 号楼 1 单元门口走去。

他尽量从西侧慢慢靠近单元门，以防在最后那一段路与她重叠，构成对她的尾随。他还得掐着步幅和频率，绝不能提前到门口。饶是如此，他还是感觉到她对他起了警觉。她的步子明显慢下来。此时，二人与单元门都只有几米之遥了。他只好假装鞋带松了，蹲下身慢慢系鞋带。他低着头，眼珠却尽量上翻，盯着她的脚。那脚竟然停顿下来，她对他的警觉已十分明显，这个曾遭绑架的女人。他的心扑通扑通剧烈地跳动起来，那一刻不知有多漫长，她的脚终于动起来了，不知她的心里都转了些什么念头。他也硬着头皮站起身，在她刷开门的一瞬间，貌似自然地一把接住正要关闭的门扇，跟了进去。

他和她并肩站着等电梯，他一直低头看着自己的鞋子尖。可是，余光总觉得她在一眼接一眼地瞟着自己。好在电梯到了。他与她一同走进去。难挨的两分钟，而且中间一个人都没进来。他多盼望有人进来与她打个招呼壮壮她的胆，至少也分散分散她的注意力，可愣是一个人都没上来！电梯越往上越难挨，电梯间里像抽成真空似的令人窒息。当电梯停在25楼，他与她一起下的时候。他觉得难挨到顶点了。他不得不装作去敲另一家的门，心里在编着词。他听到她在自家门前开锁，钥匙一直窸窸窣窣的，似乎插不进锁孔。她终于打开门了，他迅速地转过脸，她正在紧张地望着他，迅速地关门。他一把拉住门道："我是李定江，跟你谈谈。"却只听到她的嘶声尖叫："滚出去！我要报警，来人啊——"他硬拉开门冲进去，把门一关，迅速把帽兜抹下，口罩摘掉："别怕，只想跟你谈谈。是我救的你啊，你忘啦？"

叶锦雯靠在墙上，手捂着胸口，胸口一起一伏地喘着气，眼睛睁得大大的，望着他那张脸好久，脸上终于有了认出他的表情。

9

李定江的第一个问题就是：为什么躲着不见我。

叶锦雯斜倚在沙发扶手上，右手撑着下巴凝视前方，半天都不吭一声。片刻之后，她起身进了卧室，提溜出半瓶洋酒，对着李定江晃了晃："现在我就靠这个睡觉。"声调喑哑疲惫。她从茶几下拿出两只大号高脚杯，咕嘟咕嘟倒满，一杯推向李定江，另一杯端到嘴边，无声无息抿着。李定江眼看着她喉咙一耸一耸的，待杯子磕到茶几上，已矮下去一半。

她又懒懒地斜靠在沙发帮上,伸出左手疲惫地干搓了一把脸,一个酒嗝冲上来,酒气冲得她两眼湿润了。她失神地望着前方的虚空,忽然笑了一下道:"你说得对,咱俩眼下算是难兄难弟了,应该聚聚。"她转过脸来盯了他半天,古怪地一笑,道:"咋的,你也睡不着觉吧。"

李定江深深地望着她,只见她脸色青黄,尽管涂脂抹粉,也遮掩不住那两个隐隐的黑眼圈,更遮不住那满脸的疲态。或许因长期酗酒,她的眼眶里布满血丝。为了遮住那一脸烟酒相,她不得不涂抹得很重,由此在脸与脖子的交界处形成一圈明显的反差,而她自己却浑然不觉。不止于此,她刚才望着他怪笑的时候,眼角甚至已出现了几道细微的鱼尾纹。如今的她与宣传栏里那个妩媚明丽的销售明星反差太大了。

"我是因为你……"李定江积攒太久的情绪,有种喷薄欲出的趋势,但他强力抑制着自己。

"我怎么啦?我还不都是按行规办事……我遭的罪还少吗!婚礼取消了,孩子也没啦……"叶锦雯终于控制不住,捂着嘴吞声饮泣起来。

或许是酒精的作用,或许是得知李定江也和她一样,患上了让人生不如死的失眠抑郁症。她终于找到了一个平等的倾诉对象,开始了滔滔不绝。

她是从她那感天动地的个人奋斗开始讲起的。睡阴暗潮湿的地下室,满身臭汗地挤公交车,被形形色色的小老板盘剥,被同事欺凌耍弄。吃尽了人间的辛酸,迈上一个又一个台阶,终于在丽景江山房地产公司站稳脚跟,成了销售骨干。这么多年的奋斗弄得她遍体鳞伤,脱了好几层皮。年纪轻轻就有了饱经沧桑再也撑不下去的感觉,就有了不知啥时能吃退休金的念头。直到在一次年会喝酒的时候,她惊讶地发现酒后混迹人群之中的销售总监,居然好几次悄无声息地盯着她看。这一发现像一剂强心针，终于鼓起了她残存的斗志。她决心拼尽全力最后一搏，以换得个一劳永逸的好结果。她可以说使尽了浑身解数，终于把销售总监弄上了她的床，并且怀上了他的孩子。靠着这一手，她终于连哄带逼地迫使销售总监答应了结婚。

对婚期她倒是无所谓的，但为了给早就进入上流社会的销售总监留点体面，不让别人看出奉子成婚的迹象。她把婚期订得很仓促。婚期一仓促，所有的事情都仓促。其中最紧张的就是新房装修。可她万万没有料到，不知是用心险恶还是运气不佳，闺蜜介绍的张符雄装修公司，竟一手酿成了最后那场噩梦。

从买房到装修到结婚，她是可钉可铆地算好日子的。张符雄的公司她上网查过，是承揽过大工程的。但她万万没想到的是，正因为承揽了大工程，才把她这一家独门独户的装修排挤到一边不当回事。工人们三天打鱼两天晒网就不说了，关键是头道工序贴瓷砖不该让罗化文这个活死人来干。因为忙于别的事，她一开始并没有天天盯房子的进度。不料半个月过去了，竟连一半都没铺好。那天她可急眼了，暴跳如雷地把泥瓦工罗化文臭骂了一顿。她在江湖上混了这么多年，该泼辣时是绝不会含糊的，以前也曾把不知多少偷奸耍滑的手下治得服服帖帖的，大家公认她这方面是有一手的。可她无论如何没想到，世上竟还有罗化文这种人。那简直就是一具僵尸、活死人！不管你骂得有多毒，他一声都不吭，他那脸皮就像风干肉一样，一点儿活人的表情都没有。还有那胸腔子里呼噜噜的一刻都不停的痰鸣声，听着都瘆人！你再骂，他都是那个节奏，把铁锨抶在水泥坑里慢腾腾地搅弄着，搅几下就抶着铁锨呼噜噜地喘，搅几下就呼噜噜地喘。发展到最后，从这个房走到那个房，中间他都要扶着墙喘一阵子。一块砖切一半，都要站起来，挪到一边扒开口罩喘一阵子。她几次三番打电话骂张符雄，要求加人。张符雄也颇显为难,几次支吾着说手上泥瓦匠都扑到汇嘉时代大工程上,实在没人,最后逼急了才道出实情:"他手慢,别人跟他搭工不划算,咋个分钱?"她急眼了:"那你就把这手慢的专门派给我?我好欺负吗?我的钱不是钱吗?!"张符雄又说:"他慢是慢些,但活儿细。"她见对方狡辩,骂道:"活儿细有啥用!我这是急活儿,9月15日不交工,我按天扣钱!"不料张符雄竟说:"实在不行,扣钱你就扣吧。"自从踏入社会,竟还没见过这等滚刀肉,一时噎得她差点儿翻白眼。最后,只得忍气吞声求其次,说:"加人加不上,你给我换人!"不料张符雄压低声音说:"这活儿他已经做上了,你就不要换人了。这人难缠得很,你中途把他踢开,万一他缠住你了再弄出个事来,你就不划算了。"她彻底急了,破口大骂道:"亏你是个老板,连个臭打工的你都怕,你还混啥啊混的!"她刚骂完,就觉得不对劲儿,身后传来叮当一声。她一转身,见罗化文就站在后面,泥抹子脱手扔在地上,拍着巴掌,两眼阴森森地盯着她道:"老板,你口里积点德。我干活虽慢却是慢工出细活,就算二十天耗在你家,不多要你一分钱,不吃你一口饭。"

由于贴瓷砖是头道工序。头道工序一慢,后面的工序接二连三都开始拖延,工人们都还有理由,第一道慢了嘛。她眼看着订好的婚期要保不住了,自己的亲朋好友都还好办,关键是销售总监那边咋办。很多都是重要关系,有头有脸的人物。毕竟婚还没结,她得低三下四地去给销售总监解释,还得厚着脸皮、绞尽脑汁说服他把婚期后延到一个不三不四的日子。因为如果拖到元旦,肚子无论如何也藏不住了。那段时间,她恨透了那个活僵尸罗化文。既然刻毒辱骂对他不起作用,她决定狠狠地扣钱,这种人是只认钱的。

"你扣了他多少钱?"李定江忽然打断了叶锦雯。

她喝了一大口酒,从鼻孔里慢慢地吁出一道长长的酒气,疲惫地说:"其实到最后也只扣了2000块钱,与我的损失相比,简直微不足道。"

"难道为2000块钱……"李定江似乎不肯相信。

"我扣的是张符雄的钱,合同是跟他签的。我是想让张符雄收拾他……"叶锦雯说到这里停顿下来,抬起右手干搓着脸,搓摩了好一会儿,显然说这些事令她感到极为困难,"我没想到张符雄会把他扣个精光……毕竟人家是干了活的……后来我才知道,张符雄是想借这次事情甩脱他,因为那个病,他已经纠缠了张符雄好多年了……"

"他到底什么病?与张符雄有什么关系?"

"这个……这个我也不清楚。你去……你去问张符雄吧。"她躲闪着他的眼睛,结结巴巴地说。

她是知道的,只不过她不想再在这个话题上说下去了,李定江盯着她想。她从酒杯上瞟了他一眼,不过一触到他的目光,她立刻就躲开了。

李定江决定离开这里。就在他要出门的一瞬间,她忽然叫住他。她从沙发上的手包里抓出一沓钱,摇摇晃晃地走到他面前,抖抖索索地把钱递给他:"哥,你带给他老婆吧。其实,我没想过让他死,真的。他有个老婆,还有个儿子的吧,我知道的……你是公安,你能找到她的。"

李定江接过钱,看了她一眼,正准备离去。她忽然站立不稳,一把搂住他的肩膀失声痛哭起来:"哥,我难受死了!天天晚上睡不着,做噩梦……其实,我遭的报够多了我……孩子也流了,他不肯在凶宅结婚,其实他想甩了我,觉得我不吉利。"

她突然弯下腰剧烈地呕吐起来,哗哗地吐了一地。那干呕的声音,竟让李定江联想起了罗化文的呼噜声。他把她放倒在沙发上,打来热水给她擦了把脸。她转过脸,泪汪汪的眼睛迷惘地望着他:"哥,我咋办呀?"

"对别人好点吧。"他这么对她说,然后转身离开了。

10

就在李定江忙着寻找叶锦雯的时候,南园春菜市场暗流涌动,一件大事呼之欲出。

春节将至,刘盛大给河南帮大小头目开了会,准备在这一轮节日供应中,狠狠给经销紧俏菜的大批发商压一压价,为河南帮扎扎实实夺取一把利润。

按照约定,只要拉紧俏菜的卡车一进场,由刘盛大的人上去搞价钱。价钱搞妥后,刘盛大包圆,再给河南帮大小头目分配配额。至于其他人,想经销紧俏菜只有到刘盛大手里进货,吃他的过水面。这样一来,像韭黄、柿子、蒜薹、青椒之类的节前紧俏菜,几乎都被河南帮把持了。

一卡车一卡车进菜的大批发商们,今年莫名其妙、无声无息地栽进了南园春这个大泥坑里。往日紧俏菜一进场,立刻被众贩子像绿头苍蝇一样围住哄抢,谁都指着节前紧俏菜好好赚一把。今年怪了,在卡车前围过来围过去的就是那几个河南人,价压得奇低,而且异口同声都一个价位,跟商量好了似的。眼看着河南人一个个嬉皮笑脸,不慌不忙,不争不抢,就是没一个松口的。批发商的信心渐渐垮了,一个上午过去,扳指头一算,进场费、落地费、管理费、卫生费……光这费那费都搭进去几百元了,菜还一斤都没发出去呢。更要命的是,严寒天气,这刚从大棚里摘出来还冒热气的新鲜菜可禁不住这么冻下去,再熬几个小时把一车菜都冻坏,那赔起来可就大发了……批发商只好忍痛割爱,赔本赚吆喝地把菜卸给那几个河南人,走了。有经验老到的批发商,早看出其中猫腻，把举报电话打到了南园春集团市场部，扬言："你南园春菜市场我是再也不来了！没有你南园春我还发不了货啦？红星路、升仙桥，还有新开的铁路局，不都是菜市场吗……"

集团公司这下着了急，他们一听就知道是河南帮捣的鬼。如今几个菜市场竞争激烈，南园春因为河南帮称霸，搞得批发商不愿进场，其他帮派也人心浮动，市场人气一直起不来。这还面临着要搬迁新市场，扩大规模，人气都聚不起来，咋弄？弄不好要弄成空壳市场，垮台塌架。贩子们好办，大不了拔脚走人，巨额亏空就要由公司承担了。市场部临时成立了市场办公室，把石敬唐也拉进来了，给了个副主任，意思要他约束河南帮。石敬唐也感觉河南帮近来坐大成势，颇有些尾大不掉，再不打压，将来恐发展到难以收拾的局面。趁机再提二十个治安员的事，集团公司当此用人之际，也只得满口答应。

市场办有了警察撑腰，开始一家一家给贩子做工作，提前预订进货，谈定价格，再联系批发商。然而，真到了批发商进场的时候。河南帮一围上去，贩子们谁也不敢出头了，只是你看我，我看你。因为大家都知道，市场办副主任石敬唐是河南帮的后台，市场办说是给大家撑腰，谁知是真是假，谁也不敢当出头鸟。

就在这难挨的尴尬时刻，四川帮跳出来了，而且谁也没想到他们推出来的是个女人——唐少菊。唐少菊领着她儿子到批发商这里来进货，进的不是一般的多，显然是代表四川帮进货的。四川帮一挑头，其他帮的人胆子也大了，纷纷前来进货，很快把几个河南帮的人挤到圈外。他一脸愤怒，打起了电话。不一会儿，刘相坤带着几个人骂骂咧咧地赶到现场，说是这车菜他们谈好了，包圆了。说着给批发商报了个高价。批发商一愣，电光石火一瞬间就醒过味来，不能上河南帮的当，此时要支持市场办。于是告诉刘相坤，价格早跟市场办谈妥了，这次来是按合同给大家供货。刘相坤被当场打了嘴巴，火冒三丈："你就低不就高是扰乱市场，是针对我们搞鬼！"说着指挥几个河南帮的人从唐少菊等人手里夺菜，嘴里叫唤着："包圆了包圆了！河南人包圆了！"

不料唐少菊倔犟得很，死抱着编织袋不撒手。刘相坤恼羞成怒，一把搂住唐少菊脖子往后拖，勒得她直翻白眼仁。唐少菊的儿子发出一声稚嫩的号叫，扑上去对刘相坤连踢带打，河南人、四川人撕打成一团。周围的河南人、四川人也纷纷加入阵营，菜市场乱成了一片……

四川帮是除河南帮外的第二大帮派，早对河南帮欺行霸市恨得咬牙。得到市场办的消息后，唐跃发也召集四川菜贩子开了会，决定其他帮不出头四川帮出头，并且鼓动大家说，李定江警官是支持咱们四川帮的。又私下里安排唐少菊挑头，说："你女人孩子他们不敢把你咋样。况且，李警官对你特别关照，你也是看出来的，都帮了你两次，你不要怕，河南人要对你怎么样，李警官会给你做主的！"

这一场群架层层上报，媒体曝光，彻底揭了石敬唐的脸面。石敬唐怒从心头起，恶向胆边生，给脸不要脸的东西，老子要釜底抽薪，彻底整垮你河南帮。他知道四川帮不信任他，就让李定江负责到四川帮中间调查取证。他去跟刘盛大要人。

四川帮一看李定江来了，觉得撑腰做主的来了，围住李定江七嘴八舌地揭发河南帮的罪行，不但围绕这次打架，而且寻根溯源地一直追到南园春开业初期。斑斑劣迹、累累罪行，记了厚厚一沓笔录纸，很多人控诉得咬牙切齿、失声痛哭，状如土改斗地主。唐跃发看看火候已到，又表情沉痛地给李定江讲述了唐少菊母子眼下的悲惨处境。母子两个都受了伤，尤其唐少菊被踩了头，导致轻微脑震荡，送到医院呕吐不止，胳膊也被扭伤，动弹不得。至今躺在医院，无法出摊。儿子也受了伤，唐少菊目前靠老乡轮流照顾，经济来源也断了，医疗费都交不起，靠老乡募捐勉强度日……

唐跃发讲完唐少菊的事,对李定江察言观色一番,就见李定江眉头紧蹙,陷入沉思,笔录也不做了,手在身上几个口袋里盲目地摸索。唐跃赶紧递上烟,凑上火,心知李警官已被触动,又压低嗓音推心置腹地说:"李警官,镇住河南帮,那个人我们是不敢指望的,我们受欺小户,一没关系二没靠山的,只有靠你给我们做主啦,你就是给我们除暴安良的大侠啊……"

李警官却只是深深地吸着烟,长长地吐着烟,唐跃发的高帽子似乎并没有引起他的什么反应。等人都走散了之后,李定江悄悄拉住唐跃发,从兜里掏出四千块钱,让他转交给唐少菊。唐跃发不敢接,惊讶地问这算是什么钱。李定江沉思片刻道:"就算是打人者的赔偿,我先垫付上,等抓住人给我抵账就是了。"唐跃发十分感动,挺胸正色道:"李警官,我代表四川老乡谢谢你了!我们老乡会回去后也再给她募些钱。不过,我可不能贪你的大功大德,这钱你得亲自给她,我陪你去都可以!"

李定江却硬把钱塞他手里,两眼看着他道:"这钱我给她不合适。你也不要问为什么。你就这么给她说就是了。"唐跃发却铁了心要把李警官拉去看望唐少菊,坚持道:"李警官,你就亲自去一趟嘛!你扶危济困、正大光明,偷偷摸摸做啥子嘛!"

唐跃发最后那句话只是把李定江对唐少菊的那种微妙神秘的关照留给他的印象脱口而出罢了,哪知道"偷偷摸摸"四个字深深地刺激了李定江。

李定江一震,他感到自己偷偷摸摸藏着掖着的东西,似乎已经被众人窥破似的。话说到这份上,他已是不得不去的了,可他却怎么也下不了决心去面对唐少菊母子。

唐跃发那句"她是受害人，笔录起码要做一个的嘛"，终于把李定江逼到了死胡同。

唐少菊租住在野猫山脚下那一大片违建盲流村里。巷子里积雪烂泥一塌糊涂，窄得车开不进。李定江和唐跃发只得深一脚浅一脚地踩着烂泥往里走，待走到唐少菊家门口，皮鞋都糊成了黄泥巴坨。母子俩只有一间屋子，二十平方米左右。一进门左手边是案板灶台，锅碗瓢勺、筷筒调料占去了半个桌面，灶台右边顺墙靠着一溜儿的米筒、面袋、蔬菜、杂物，这算是厨房区。右手边靠墙摆着一张不知从哪个旧货市场淘来的旧沙发，前面一张旧茶几，漆色斑驳脱落。茶几上摊着课本作业，一个旧台灯电线拖着好远接到房间深处。茶几对面靠墙的一只八十年代风格的带玻璃组合柜上，安放着一台厚墩墩的21吋旧彩电，这一角算是客厅兼孩子学习的书房。再往里就是一张双人床顶到头了，唐少菊正躺在被窝里，头顶一只7瓦的节能灯散发出昏黄的一团光晕，这就是卧室区了。墙角的一只痰盂积着一层尿垢，这一角就是卫生间了。看着这间把所有的居住功能浓缩于一斗室的出租屋，李定江不由自主地蹙紧眉头，一句话也说不出来。可是唐少菊显然还想存点可怜的体面的，大概是唐跃发提前打了电话，他们进门的时候，屋子里前后两扇窗户对开着，灌了一屋子清新却寒冷的空气。唐少菊的儿子正在手忙脚乱地归置东西，想让房间里尽量显得整齐些，他的最后一个动作就是把那只起夜用的痰盂轻轻地踢进床下面。

唐少菊在昏黄的灯光下侧过脸望了他们一眼，那张脸只在唐跃发打招呼的时候掠过一丝笑容，随后就归于清寂。

大约这一段明里暗里的照顾多少触动了唐少菊的心，做笔录的时候，她的态度不像以前那么冷漠了，但清癯的脸上始终见不到笑容。在叙述挨打的经过和伤情的时候，她不像其他受害人那么激动，表现得十分冷静，语言简短干巴，不带任何感情色彩，似乎在说别人的事情。她的全部表现都让李定江感到，在这个人身上，除了生存的意志之外，似乎再无一丝人类的情感可言了。李定江在做笔录的过程中始终不敢去看她的脸，可又忍不住偷眼去瞟那么两眼。这种精神上的压迫感，在给她钱的那一刻，达到了顶点。他勉强挤出一丝笑容，感到递钱的那只手在微微地打颤。不料，她却语气生硬地问道："这是什么钱？"

"打人的赔的，先赔这么多，等案子了结的时候再细算。"李定江语气听起来十分虚弱，他觉得连自己都瞒不过去，内心深处有种出乖露丑的羞恼。

"打人的抓到啦？"

唐少菊这一问本应在意料之中，但李定江却十分慌乱："还……还没有……"

"那这钱是咋回事？"

唐跃发也感觉出李定江的难堪，抢上去答道："是李警官先垫付的，等抓到人再抵账给他。"

唐少菊半天没吭声，李定江只得把钱放在了枕边，起身告辞。临走之前，他眼光最后在唐少菊脸上一掠而过时，看到两行清亮的泪水正从她脸颊上滑落。

出门后，李定江问唐跃发孩子上学的事解决没有。唐跃发说，本来学校的插班费要凑够了，可是这一挨打住院，又填进医院里了。

11

李定江给唐少菊的四千元，有两千元是叶锦雯的，两千元是自己存折上取的。可唐少菊这一住院，孩子上学的插班费又成问题了。李定江决定继续找张符雄，张符雄为什么把罗化文的工钱都扣光，叶锦雯说的张符雄想甩脱他是什么意思，导致罗化文走极端还另有蹊跷。

然而，张符雄的电话此时也打不通了。李定江先还怀疑是否叶锦雯那里走漏了风声，但换公用电话也打不通。一个四处招揽生意的包工头，怎么会不接电话？只有一种可能，罗化文出事后，他把自己藏起来了。这时，李定江就回想起了击毙罗化文之前他对叶锦雯说的一句话："张符雄的债，胡战军会去讨……老子今天就专心来讨你的债。"

这个胡战军说不定知道张符雄的下落。胡战军什么人？八成是罗化文工友。难道找唐少菊打听胡战军？李定江感到自己在唐少菊面前越来越暴露，况且面见唐少菊对他来说压力很大。他绞尽脑汁思索着，忽然感到，罗化文说那句话的语气，似乎胡战军叶锦雯也认识的。他试着给叶锦雯打了电话，果然胡战军是与罗化文一起给她搞装修的，负责木工方面活计。他从叶锦雯处拿到了胡战军的电话。

李定江是在一处装修工地见到胡战军的，他正戴着口罩切割木料，锯末和灰尘落了一头一脸。听说李定江是警察，两只眼睛在灰尘中眯缝起来问道："你找张符雄做啥子？"语气十分生硬，显然对警察并无好感。李定江简短地说："听说张符雄还欠罗化文一笔工钱，罗化文的老婆娃娃现在日子不好过，缺钱用。我是管区民警，要帮扶的……"

胡战军听了，看了李定江一眼，摘下口罩吁了一口气，灰扑扑的脸在嘴巴周围现出一块四四方方、干净潮湿的皮肤。他沉吟了半晌，终于开口讲道："其实我也在找他，找了好久了。罗化文死了之后……"说到这里，他突然意识到什么，刹住话，看了他一眼，接着说："就再也找不到他了，可能躲起来了。现在你来了就好了，你是警察嘛……"他又看了他一眼，脸上有一丝笑纹一闪即逝。

胡战军坐进李定江的车里，带着他一处一处地寻找张符雄。他们去了装修工地，去了房产公司，去了建材市场，去了棋牌室、洗浴室。每到一地，胡战军都跟人说："这是李警官，这回不是我找他。是警察找他，你见到跟他说清楚，李定江警官找他，喊他有啥子话跟李警官讲清楚。莫躲，躲不是办法……"口气相当严厉。

李定江一路上问罗化文跟张符雄之间的事，得知了一个大概。

胡战军告诉李定江，说罗化文是个"面肺子"。"面肺子"本是当地一种小吃，把面粉熟油调料汁灌到羊肺子里煮熟切块凉拌。他们指的是严重的尘肺病。罗化文到张符雄的公司里打工七八年了，一直干贴瓷砖的活儿，粉尘比较大。两年前病情加重时，罗化文让公司拿钱给他看病，张符雄不肯背包袱，说这病不是在他公司里得的。后来，罗化文向他借钱看病，他也不借，只答应不管罗化文身体如何都带着他。但后来二人之间为赔偿的事情矛盾越闹越大。上次把姓叶的活儿干完后，张符雄没给工钱，说是耽搁工期误了姓叶的大事，姓叶的发飙把工钱都扣下了……但依他看，张符雄是想扣住这笔钱跟罗化文谈判，把罗化文彻底甩脱……

胡战军坐在李定江的警牌车里，那种好奇和畏惧混杂在一起的东西，刚开始还被他的拘谨压抑着、掩盖着，随着慢慢熟络，渐渐就露出来。他嘴里回答着李定江的问题，眼睛却四处乱转，打量他车内设施，时不时着摸摸单警装备皮套子里干警的警棍、手铐、警用匕首、辣椒水等物，抽冷子突然问道："李警官，你带着枪的吧？"李定江一个愣怔，忙说："我社区警，不带枪。"胡战军眼望着前方想了片刻，道："我有个点子，可以把张符雄勾出来。咱们去找吴浪勇，让吴浪勇把他约出来。"

"吴浪勇是谁？"

"也是个小老板，欠着张符雄十万块钱的。"

胡战军带着李定江在茗香茶楼找到吴浪勇，先是介绍了李定江的身份，说现在有紧急公务找不到张符雄，要他打电话约张符雄出来。

吴浪勇看了李定江的证件，满腹狐疑地盯着他二人看来看去，显然在琢磨这里面究竟有什么圈套。最后，他把脑袋摇得像拨浪鼓似的说："这事与我有什么相干！我欠他钱，那是我们俩的事，我又不是不还他，你们别东扯葫芦西扯瓢的。"

李定江不便多说，只铁青着脸站在那里，望着吴浪勇，望得吴浪勇有些心虚。然后就又看向胡战军。胡战军会意，把吴浪勇扯到一边小声道："张符雄这回摊上大事啦，抓住了少说也判个十年八年的出不来。你打个电话就走你的人，保证不让你两个见面。"

吴浪勇这回脸上有了几许活泛，道："那我打完电话就走人啦？"看着李定江，李定江点点头。

吴浪勇掏出手机到背人处打起了电话，片刻过来道："约在包厢。"又冲李定江哈腰一笑，"那我先忙去了，李警官。"

张符雄走进茶楼，一边东张西望，一边掏出手机打电话。万一他给吴浪勇打电话再露出马脚，就鸡飞蛋打了。李定江一个眼色，二人从角落沙发里大踏步出来，直奔张符雄而去。张符雄一见胡战军的面，反应很快，拔腿就朝门外跑。

二人在红星巷深处把张符雄按住的时候，张符难已跑得扒心扒肝，气喘不止。苍白的脸上，五官痛苦地抽搐在一起，嘴里断断续续地说："莫动手……莫动手……病我给你看……要钱也行……"他的话显然是冲着胡战军说的。

胡战军也喘吁吁地说："这回……不是为我来的……医生查了，我不是'面肺子'……这回是为化文哥来的，有话……你跟警察讲……"

张符雄坦白，罗化文六千元的工钱叶锦雯只扣了两千元，是他一分钱都没给他。他的打算是，如果罗化文来纠缠，就与他谈判，给六千元彻底把他打发走，这个包袱他已经背得太久，实在背不动了。不料罗化文疯了，是裹着炸药包来的，他只好编了叶锦雯扣了全部工钱的瞎话，先把他支到叶锦雯那儿再说……没想到他这一去就被击毙了。

"龟儿子！化文哥就被你这么支来支去支了一辈子，最后支到死路上去！"胡战军怒目圆睁，在张符雄脑袋上擂了一拳。

张符雄一副逆来顺受的模样，脸色苍白，气喘吁吁地说："我不该扣他钱……可他那个'面肺子'病确实与我没相干啊……他那是在青海的石棉矿上打工落下的，他在那里干了十年，又没个啥防护……"

"那鬼地方不也是你领着他去的吗？！"胡战军继续喝问。

"可是我早就劝他别干了……跟我一块去城里搞装修……他害怕揽不上活儿，石棉矿月月发工资……"

李定江待张符雄气喘匀了再细问一番，这才知道罗化文和张符雄都是老乡，被张符雄带到青海茫涯的石棉矿打工。张符雄在城里搞装修混出来了，罗化文去投奔他。尘肺病发作后，张符雄说是在石棉矿造下的，让他去找石棉矿。不料罗化文到青海后，发现石棉矿早倒闭了，人去山空。钱也花光了，只好回到张符雄的公司苟延残喘。

据张符雄讲，罗化文被击毙后他没少受罪，老觉得有人手里提着家伙在跟踪他。开始可能是胡战军，最后，他就觉得自己撞到鬼了。他到处躲，可这座城里，不知为啥到处都有穿件迷彩服或烂西装脏夹克，活像罗化文的人，手里提着家伙满大街转悠，看着看着就觉得是冲自己来的，那眼神都不对……弄到最后他有点儿神经了，开始是藏起来不敢见人，后来连电话也不敢接了。要不是手头缺钱，他今天是个不会出来的。他早想把欠罗化文的钱还给唐少菊母子，可不敢去见她。警察来了正好，来了正好……

他从口袋里摸出一张银行卡，颤抖着朝李定江递过去……

12

李定江让胡战军把张符雄给的六千元交给唐少菊。交代这件事的时候，他沉吟半晌，加了句："这件事你不要提到我的名字，就说是你从张符雄那里讨到的。"

"那为啥？"胡战军诧异地问道。

"你不要问那么多了，这只是工作需要。"说这话时，李定江的眼睛望向了别处，胡战军也就不好再细问什么了。

但李定江没有料想到的是，胡战军一来禁不住唐少菊的盘问，二来对自己带着警察抓张符雄的经历有几分沉不住气，忍不住要吹嘘几句，竟将此事来龙去脉向唐少菊和盘托出。说到最后，他看到的是唐少菊疑云深沉的一张脸。

办完这件事，并且从唐跃发那里打听到唐少菊的儿子已经上了学之后，李定江的心终于踏实下来。几个月来头一次如此踏实。他可以把心思专心用在工作上了。

首先是到处摸情况，找线索，最终将打群架的为首分子刘相坤抓获。其次，二十个人的治安员队伍终于成立起来了。石敬唐把训练这支队伍的重任交给了李定江，毕竟他特警出身，军事素质高，对付河南帮的积极性也高。由他带这支队伍，想必对河南帮的震慑力更强。

李定江果然不负所望，像练新兵蛋子一样练这群治安员。每天带着在菜市场最大的那片空地里又是踢正步，又是擒敌拳，又是摔跤格斗的，成天喊打喊杀声一片。没事就领着这支队伍提着警棍在市场里巡逻，把几个膀大腰圆、军事素质好的摆在最前面，把河南帮看得噤若寒蝉，敢怒不敢言。

敢怒不敢言，就得想歪招。刘二冬、丁老三几个离唐少菊摊位近的，总觉得这李定江与唐少菊之间，有着某种神秘微妙的关系。说有关系吧，又不大大方方的，而是总给人一种遮遮掩掩、藏着掖着的感觉。尤其最近一次打群架的事，四川帮为啥偏偏把唐少菊推出来打头阵，没有李定江的关系，他们敢把个寡妇往前推吗？从事后看，果然是这个李定江抓人最积极。这二人到底有啥关系？不行，这得研究研究。

河南帮毕竟人多眼杂，关系网密布，最后通过派出所其他人，竟把这李定江与唐少菊的关系弄了个一清二楚。

原来如此！

刘二冬是最擅揣摩人心的，稍加揣摩，他就明白了李定江的心思。不能把你咋的，还不能恶心恶心你们吗？！这就是刘二冬最后的想法。

于是在星期天的下午，趁着顾客稀少，丁老三罕见地主动走进了唐少菊的菜棚。先是皮笑肉不笑地搭讪了一番，最后，就在没话可说的时候，他突然凑向唐少菊身边，俯耳低语道："知道你老公罗化文是被谁打死的吗？"说到这里停顿下来，干咽了一口吐沫，终于豁出去了："就是咱们菜市场的李警官，李定江！"

那一瞬间，唐少菊一下呆住了，削菜刀划破了手指，鲜血顺着手指滴滴答答往下掉，人却浑然不觉，只是茫然地望着眼前的虚空。忽然，她扭过脸向棚子里扫了一眼，确认孩子不在，歇斯底里地抓住丁老三撕扯起来："滚！滚起走！你个黑了心的恶狼杂碎……"边撕边把他往外推，脸上已泪流满面。

丁老三哎哎地叫唤着，讪笑着："你干啥你干啥……人家好心告诉你……"

一周后，李定江带着治安队路过蔬菜区最北头，发现唐少菊的棚子不见了。他让队伍继续巡逻，自己来到唐跃发那里。在那里得知，唐少菊已经搬到新开的升仙桥菜市场去了，说是那里摊位费便宜。

李定江从唐跃发那里出来,遥遥地望向唐少菊以前搭棚子的地方,只觉得那里空得很扎眼,就像人拔掉一颗病牙,很长时间都觉得那里发空,不适应。

创作谈:与"娱乐文学"的角逐

众所周知,二十年来随着网络文学的崛起,纯文学受到了空前挤压,生存和发展的空间正在日益缩小。作为一名纯文学作家,有过焦虑和困惑,但伴随着二十余年来对纯文学创作苦心孤诣的坚持和探索,我感到在与网络文学的角逐中,越来越有信心了。

网络文学虽然有多种类型,比如武侠、仙侠、玄幻、穿越、科幻、恐怖灵异、侦探推理、都市言情等等,不一而足。但细加分析和抽象,它们的共同特质,或者说共有的核心竞争力,就是娱乐性。网络文学没有门槛,没有专业编辑的审读把关机制。网络文学能否成功,完全看读者大众的点击量。所以说,网络文学是读者说了算的文学,是一味迁就读者的文学。纯文学作为传统文学,追求的是思想性、艺术性,其次才是可读性。纯文学承担着歌颂"真、善、美",批判"假、恶、丑"的时代和社会责任。纯文学在给读者提供高品位审美趣味的同时,还负有引领读者的思想和精神追求不断向上攀升的义务,而绝不是一味的迁就。

然而,网络文学这种完全按市场机制运作的文学形式,抛掉了一切所谓"沉重"的东西,只留下轻松的娱乐,向读者兜售。纯文学一时之间竞争不过网络文学,这是可以理解的。但所谓物极必反,在网络文学热闹繁盛的表象之下,2017年左右,以文学期刊为代表的纯文学开始悄然回暖。我相信,读者们在阅读了大量的网络类型化文学之后,不会永远满足于肤浅的娱乐和感官刺激。随着广大读者所接受的素质教育和文化熏陶的水平不断提升,他们会越来越关注文学作品中所蕴含的思想深度、人文关怀和高品位的审美趣味,他们的目光也会转移到纯文学作品上来。

我经常思考,面对网络文学的碾压,纯文学作家应该如何应对,从而使人文精神能够薪火相传?

首先要加强作品的可读性。作为小说,可能就是要更加关注故事性。近些年我着力加强小说的故事性,取得了一点成效。如选在这部集子里的《鬼卡点》,《花城》杂志2018年4期一经推出,立刻就引起关注,先后被《小说月报》《北京文学·中篇小说月报》《长江文艺·好小说》等选载,2019年度荣获公安部第十四届金盾文学奖。接着小说第一章又被选入云南、贵州、广西2020届三省大联考高考语文模拟试卷以及河北衡水中学的高考语文模拟试卷中作为阅读理解试题。2020年4月该小说被影视公司买断版权拟拍摄电影。

《鬼卡点》的故事梗概如下:窝囊半生的姜崇武发现老婆公然出轨,忍无可忍之下手刃奸夫。在零下35度的雪崩天气,驾车冒死穿越冰封的黑水河,沿备战公路逃往边境。路经哨卡,遇到了一个因为工作失误而被发配至此的警察。警察孤身一人守在高山哨卡,见到来人显得异常高兴,几乎是强行将其拦下留宿款待。姜崇武因身负命案而时时警惕,警察因职业敏感又似乎有所觉察。两人一个想尽快逃离,一个似有意拖延,三天两夜的周旋中,紧张之势如箭在弦,一触即发。

《花城》杂志评价道:张弛擅长掌控叙事的节奏和悬念的布局,写出了人生极端之境的拉锯与较量、压力与温情,让看似无关的两个人在亦正亦邪之间亦敌亦友。

《鬼卡点》的成功，关键就在于上述评论中谈到的几点。再有一点就是某种意境的营造。而这些因素，都是着眼于加强小说的可读性。

又如中篇小说《起盗心》，发表于《当代》2019年1期，选载于《小说月报》2019年3期。《起盗心》的开篇就描述了一对儿进城打工的夫妻所面临的贫富悬殊的命运反差给人的尊严带来的挑战和伤害：李惠梅沦落为足浴店洗脚工，这天却恰恰轮到她为当年村中发小、如今已混为城中贵妇的李载芳服务。李惠梅万箭穿心，只得以口罩遮面。不料擦汗误将口罩挂落，被李惠梅认出……作品层层铺设悬念，逼真细腻地刻画人物心理活动，为读者营造出强烈的代入感和阅读期待，构建了比较完美的叙事策略。

为了与网络娱乐文学竞争，纯文学作品必须加强可读性，要比过去更加重视小说的故事构建、人物设置、人物关系的搭建、叙事氛围的营造等技巧方面的东西。同时，纯文学作品必须保持自身的品格，不能为了增强可读性而掉入泛娱乐化的泥淖。什么是纯文学独有的品格？这就是思想性、艺术性和高品位的审美趣味，也就是作品要关注人与人的、人与时代的、人与社会的、人与自我的各种复杂纠结的关系，关注人在当下社会中所遭遇的种种困境，并予以心灵的抚慰和精神的引领。

例如《鬼卡点》，虽然运用了多种故事技巧、独特的人物设置和环境设置等手段，但这一切只是让故事好看的外壳，其内在核心仍然是刻画了一名基层警察在极其艰苦寂寞的极端环境下，所展现出的乐观向上、热爱生活的精神。这就是小说的思想意义和现实意义。

例如《起盗心》，通过两线交织、复杂纠结的故事，引发读者深思：在市场经济社会的当下，穷人如何维持尊严。

收入这部集子的小说，多属于"公安题材"小说。其中《善终》《救风尘》是直接从公安民警的视角切入的,《鬼卡点》和《起盗心》则是从犯罪嫌疑人的视角切入的。近些年来,"公安文学"在文坛上有所勃兴:一方面是因为公安或犯罪题材的小说故事性强,比较有"看点",日益受到纯文学领域的重视;另一方面也跟公安领域的作家们近些年来文学创作的主体意识和使命感日益增强有关。作为公安领域的一位作家,近些年来"公安题材"小说在我创作中的比重也越来越大,自身也积累了一些经验和体会。首先就是要善用"公安题材"的优势。"公安题材"作品往往与犯罪、侦破有关,故事性强,易于制造悬疑,易于描写紧张刺激的情节,要发挥好这种优势。其次,不要拘泥于这种优势。如果仅仅沉浸于悬念制造、紧张激烈的情节展开等,这就又陷入"娱乐至上"的泥淖。犯罪或侦破故事,只是一个故事的外壳,它会让小说"好看",让读者欲罢不能地读下去,但它不是小说的本质。小说的本质还是在于写"人",写出能够代表能够反映这个时代普遍的生存状态和精神状态的"人"。对于"人"如何面对这个时代,面对他人,面对自我,面对困境,面对生命,"公安题材"小说也应当有新的开拓。

如《善终》,特警李定江奉命击毙绑架人质的所谓"绑匪"罗化文,但在开枪前,罗化文与人质叶锦雯之间的一段对话却令他疑窦丛生。良心不安的李定江对罗化文的作案动机进行深入调查,一个农民工在艰难困顿中走向极端的人生历程徐徐展开。小说立足对底层社会精细入微的观察,深入探讨了在底层社会"丛林法则"盛行的现实之下,如何维护公平正义的问题。

中篇小说《救风尘》(以《观音莲》为名发表于《上海文学》2018年第3期),虽然是以公安民警的视角来写的,但不同十大多数公安题材小说,这篇小说的上半部分并未写罪案与侦破,而是描绘了一幅当代官场在公安系统再现的图景:研究生毕业后分配到某省公安厅工作的民警陈靖安,因其知识分子气质,在官场上屡受排挤,在激烈的仕途竞争中,被所谓"情商"高、擅钻营的温卡华踩在脚下,从而心灰意冷。当其管理的车辆发生重大交通事故时,眼看要被顶头上司当作替罪羊,一直同情他的"老油条"老姚与社会女子杨广袖联手,以江湖的方式救了他,使他仅被下放到派出所锻炼。小说以略具荒诞感的表现手法,揭示了"官本位"和"尊卑等级"在公务员体系中的渗透,以及此类"流毒"对人的积极性和创造性的压抑。小说的下半部分,陈靖安来到派出所社区民警的岗位上,见识了真正的社会众生相,在化解和驾驭各种复杂纠结的社会矛盾中锻炼了才干。最后在一起复杂的下岗职工群体性事件中,他搭救了曾帮助自己的杨广袖,并在基层公安工作和复杂社会矛盾中体会到自身价值。至此可看出,这虽然也是一部"公安题材"小说,但并未借重罪案侦破等传统公安题材优势,而是深入描写陈靖安作为一个当代个体的"人"对于时代和社会的感受,在面对"自我"与"社会规约"的冲突所造成的困境时,如何坚守自身的价值观,从而实现困境的突围。

中篇小说《爱辽阔》(发表于《作品》杂志2018年11期,并获该杂志季度和年度双奖)与"公安题材"没有太大关系。主人公桑德江自幼并不显得聪明出众,内心世界却丰富、纯净、辽阔。他的经历曲折坎坷:当过边防军,在抓捕持枪歹徒过程中头部重伤失忆,后来他遇到一生挚爱的姑娘伍颖男,对大自然和纯洁精神生活的追求使二人摆脱世俗的污泥浊水,最终走到了一起。小说重点描写了桑德江和伍颖男所身处的污浊的世俗环境,以及二人不甘随波逐流的崇高精神追求。对于当前迷失于物欲和名利追逐的人们,不啻一剂清醒剂。

总而言之,"公安文学"因其现实主义的文学归属,理应属于纯文学家族的一员。而作为一名纯文学作家,要在保有作品的思想性和艺术品格的前提下，努力增强作品的可读性，以大众读者所喜闻乐见的方式，努力为纯文学开拓疆域，为人文精神的传承留下根脉。

张弛

2020 年 5 月 11 日

鬼卡点

出 品 人	郭文礼	选题策划	刘文飞	责任编辑	刘文飞
复　　审	王国柱	终　　审	贾晋仁	装帧设计	FAWN
印装监制	郭　勇	项目运营	有度文化·刘文飞工作室		

投稿邮箱｜liuwenfei0223@163.com

微　　博｜http://weibo.com/liuwenfei0223　　微信公众号｜YOUDU_CULTURE